꽃은 제힘으로
피어나고

꽃은 제힘으로 피어나고

이조경 수필집

연암서가

이조경 李祚慶

수필가·시조시인·화가. 숙명여중·고, 서울대학교 문리과대학 영문과를 졸업하고 십여 년 동안 중·고등학교 교사 및 대학 강사를 역임했다. 2013년 수필 「군자란을 보며」로 에세이스트 신인상을 받고 등단하였으며, 2016년 시조시인으로도 등단하였다. 2017년 시조 영역집 『자유와 절제 사이』(공저)를 프랑크푸르트 세계도서전에 출품하였고, 2018년 파리에서 〈한국의 미소〉를 주제로 개인초대전을 갖기도 하였으며, 국내 개인전을 두 차례 열었다. 현재 한국문인협회, 한국시조시인협회, 세계전통시인협회, 국제펜클럽 한국본부 회원으로 활동하고 있다. 정경문학상, 세계전통시인협회 공로상, 2019 자랑스런 대한국민대상(문화예술부문)을 수상하였으며, 저서로는 화문집 『선물로 온 사람들』, 『한국의 미소』, 시조 영역집 『초대』, 『도반』(공저), 『자유와 절제 사이』(공저) 등이 있다.

꽃은 제힘으로
피어나고

2022년 10월 10일 제1판 1쇄 인쇄
2022년 10월 15일 제1판 1쇄 발행

지은이 ㅣ 이조경
펴낸이 ㅣ 권오상
펴낸곳 ㅣ 연암서가

등 록 ㅣ 2007년 10월 8일(제396-2007-00107호)
주 소 ㅣ 경기도 고양시 일산서구 호수로 896, 402-1101
전 화 ㅣ 031-907-3010
팩 스 ㅣ 031-912-3012
이메일 ㅣ yeonamseoga@naver.com
ISBN 979-11-6087-101-2 03810

값 17,000원

우리는 서로에게
꽃입니다

이른 새벽 동쪽 하늘을 바라봅니다. 해가 떠오르기 직전 구름과 하늘빛은 매 순간 변화합니다. 매일 그 빛깔과 모양은 달라도 어김없이 해가 뜰 것이라는 저의 믿음은 번번이 성공입니다. 오늘도 해는 솟아오르고 이에 감사하는 저는 희망 속에서 하루를 시작합니다. 모든 것에 경탄하는 마음으로 제 눈에 들어오는 어느 한 장면도 새롭게 보자고 생각합니다. 이 하루를 꾹꾹 눌러 살아보기로 신발 끈 조여 매고 걸어 나갑니다.

문학이란 무엇일까요. 사람살이, 인생 문제를 알아가는 과정이 아닐까요. 오래된 물음에 새로운 물음을 보태다가 오래된 답에 제 나름의 답을 보태보는 일이라 여겨집니다. 수필을 쓰며 작은 일에서 큰 의미를 발견하게 되고 히투루 지나친 것에서 전혀 다른 해석을 하게 되니 삶이 더욱 풍성해집니다. 무엇보다 나를 만나는 일인 것 같습니다. 사람을 더 사랑하게 되는 것은 문학이 주는 커다란 선물입니다.

생의 겨울에 이르러 수필집을 냅니다. 그동안 많은 분들의 책을 읽어오며 감동하고 배운 바가 큽니다. 그 책들은 저의 무딘 감성을 일깨워주고 세상 보는 눈을 밝혀주는 안내자였습니다. 그분들이 저에게 마중물을 부어주셨습니다. 늦게나마 저도 응답을 하고 싶습니다. 쓸만한지 아직 부족한지 모르는 채로 제 안에 고여 있는 물을 끌어 올려 내어놓습니다. 치장할 수도, 감출 것도 없는 나목의 모습 그대로, '이게 접니다.'

놀라운 분들이 곁에 있어 저를 이끌어준 덕에 그나마 여기까지 오게 되었습니다. 그 사는 모습이 저를 다그쳐 주었지요. 고맙고 존경스러운 저의 은인들입니다. 둔감한 제 성정 탓에 영감이나 신명은 못 만나지만 정진하는 자세만은 지키려 합니다.

우주 비행사가 무한공간에서 내려다본 지구는 크나큰 한 송이 꽃과 같더랍니다. 이곳에 생을 받아 태어난 우리, 서로 꽃으로 여기며 살아가기를 바랍니다.

2022년 9월
이조경

제1부

거울 앞에서

들리세요?

축복받은 사람

　몇 해 전 봄, 영화 〈동주〉가 개봉되었을 때였다. 수필 교실에서 전원 의기투합해서 공부를 대신해 영화를 보러 갔다. 독립운동 행동파 송몽규가 친구인 윤동주 시인에게, 세상을 변화시키지 못할 거면 문학이 무슨 소용이 있느냐고 묻는다. 이에 윤동주는 선뜻 답한다. 시(詩)로 사람들 마음속에 살아있는 진실을 드러낼 때 문학은 온전하게 힘을 얻게 되고, 그 힘이 하나하나 모여 세상을 바꾸는 것이라고. 그래서 자신은 더 나은 세상을 꿈꾸며 시를 쓴다고 덧붙인다. 우리는 그날 문학 수업을 제대로 하고 왔다.

　수필 쓰는 사람들이 스스로 변하는 예는 많다. 수년간 우울증이 있던 분이 수필을 쓰면서 활기를 찾고 얼굴까지 환하게 바뀌는 경우를 보았다. 어느 날엔가 수필 문우 한 분이 이런 말을 했다.

　"저는 수필을 써 오면서 아직 이렇다 할 대작을 내어놓진 못했지만 저는 그보다 더한 기쁨을 얻었어요. 제가 어려서부터 숨기고 싶던, 오래 묵은 저의 상처가 수필을 쓰고 읽는 동안 아무것도 아닌 게 되어 있어요."

그 말을 하는 작가의 얼굴은 어느 때보다 밝았고 큰 문학상 수상자보다 더 행복해 보였다. 자신의 오랜 아픔을 새롭게 해석해낸 그분의 변화를 우리는 내 일인 양 축하했다.

벌써 10여 년 전 일이다. 이른 봄 어느 날 택배를 받았다. 천리 멀리에서 청매, 홍매 한 다발과 고운 한지에 쓴 손 글씨 편지가 왔다. '저는 79세의 노파입니다…….' 사십여 년을 대인공포증으로 대문을 걸어 잠그고 살아온 분이 내 화문집(畵文集)에 실린 수필을 읽고 난 후, 글에서 사람에게 가득한 사랑을 느꼈고 이제 사람이 무섭지 않을 것 같다는 고백이었다. 나는 그분을 만나고 싶어 그 먼 곳을 찾아갔고 그분은 수십 년 굳게 닫아 놓았던 철대문을 활짝 열고 나를 맞아주었다. 우리는 서로를 부둥켜안았고 그분은 초면의 나에게 전 생애의 우여곡절을 다 털어놓았다.

그 비슷한 시기의 어느 날, 뉴욕의 지인으로부터 전화를 받았다. 본인도 신기했는지 간밤의 꿈 얘기를 들려주었다. 그 가족은 오래전 미국으로 이주해서 백인들 교회에 다니는데 부인은 피아노 반주 봉사를 해왔다. 미국 생활 내내 백인들에게 주눅이 들어 그들을 마주 보기 어려웠다고 한다. 그래서 부인은 이제껏 피아노를 돌려놓고 연주해오다가 내 책을 다 읽고 잠든 날 밤 꿈에, 처음으로 피아노를 바로 놓고 그들을 바라보며 연주를 했더란다.

"선생님 글이 꿈에서나마 오래 묵은 저의 대인공포증을 힐링해 주셨어요."

비록 꿈이었지만 그분이 소망하던 치유의 경험이다. 그 꿈이 현실이 되기를 간절히 빌었다.

근래에 수필집을 여러 권째 받고 있다. 내가 받아든 그것은 그냥 종이 뭉치가 아닌 살아있는 유기물이다. 작가의 잠 못 이룬 시간과 공력이, 땀이 배어 있는 작가의 분신이다. 한 사람의 내밀한 삶이 녹아 살아있는 결정체이다. 그것은 어느 누구의 삶을 변화시킬지 모르는 미지의 힘을 내장하고 있다. 그 소중한 것을 보여줄 선택된 자가 되어 나는 선물을 받은 것이다. 나도 모르게 책을 어루만지며 가슴에 한 번 안아본다. 그리고 작가분께 감사의 문자를 보낸다. 이 수필집을 내놓은 작가의 심경을, 자신의 내면을 차지하고 있던 온갖 사연들을 세상에 드러내 놓은 뒤의 해방감, 비워서 얻은 충만함을 짐작해 본다.

어느 작가는 수필 쓰기를 자기 과거와의 화해라고 하고, 누군가는 수필을 써냄으로써 자신의 삶이 주체성을 가진 역사가 되었다고 한다. 작가는 자신의 책 속에 살아있다. 그의 글이 독자에게 읽히는 한 그는 영생을 누릴 것이다. 오늘도 우리는 수십 년, 수백 년 전에 살았던 작가의 글을 읽고 있다. 나는 내 자녀에게 수필을 쓰라고 열심히 권하고 있다. 사람이 오래 사는 길이기도 하고 성숙해지는 길이기도 하다고. 그리고 누군가 내게 '수필을 왜 쓰는가?'라고 묻는다면 수필 쓰기는 한 마디로 인생 공부의 도정(道程)이라고 말하고 싶다.

수필은 진실게임이라고 한다. 진실이라야 힘이 실린다. 소설 같은 허구가 아니며 시에서처럼 상징과 은유 뒤에 숨을 수도 없다. 오로지

내가 체험한 이야기를 인간과 자연, 우주에 숨겨진 본질과 비의(秘義)와 조응하기 위해 이리저리 숙고의 과정을 거듭해서 써낸다. 사실 수필 쓰기는 고도의 고독한 자기 수련이다. 반면, 내가 오랜 시간 외롭고 힘들게 써낸 수필을 독자는 단숨에 읽어내고 평가한다. 모든 예술작품이 그렇듯 작가가 바친 시간에 비해 감상자가 들이는 시간은 턱없이 짧다. 그렇다면 작가는 승부사가 되어야 할까 보다. 독자에게서 단번에 나올 판단을 위해 작가는 자기의 모든 함량을 총동원하는 수밖에 없다.

수필을 쓰며 우리는 정직하게 자신의 결핍을 드러내고 상처를 내보이며 못남을 고백한다. 나의 허물을 본 남들과 허물없는 사이가 된다. 독자로서도 자기의 아픔을 그대로 드러낸 글을 읽으면 그 작가를 무시하게 되는 게 아니고 오히려 정반대로 그래서 더욱 그분이 훌륭해 보이고 더 다가가서 그 상처를 어루만져 주고 싶어진다. 우리의 삶은 변화되고 세상은 바뀐다. 이게 바로 진실의 힘일 것이다.

수필을 쓰고 읽는 길에 들어선 사람들은 축복받은 사람들이다.

맏이

언젠가 누가 물었다.

"그림, 왜 그리세요?"

"자유요, 이 캔버스는 내 세상이거든요."

그가 다시 질문을 해왔다.

"글을 쓰면 뭐가 좋으세요?"

"글 속에서 진짜 나를 찾아가니까요."

일순의 지체 없이 튀어나온 내 대답에 내가 놀랐다.

나는 오 남매의 맏이였다. 친구들이 '우리 오빠가~~', '우리 둘째 언니가~'라고 말할 때면 얘기 내용이야 어떻든 부럽기만 했다. 아버지는 늘 내게 말씀하셨다,

"너는 맏이니까, 동생들한테 본(本)이 되어야 한다."

이 말씀은 평생 내 삶에 선로(線路) 노릇을 했다. 아버지가 깔아놓으신 레일에서 나는 절대 이탈하면 안 되었다. 때로는 내려서서 샛길로 들어가고 싶기도 했다. 대학생 시절, 한번은 수업 끝난 후 〈누구를 위하여 종은 울리나〉를 보러 갔다. 워낙 긴 영화였는데 영화의 중간쯤부터 보게 되었다. 삼류 극장이라 연속 상영하니 처음부터 다시 볼 수 있었지만, 마음이 불안했다. 도저히 끝까지 보지 못하고 집으로 향했다.

버스에서 내리니 어둑한 정류장에 아버지가 나와 계셨다. 아버지는 얼른 다가와 아무 말씀 없이 내 손을 꼭 잡았다. 따뜻한 아버지의 손에는 예상치 못했던 큰딸의 늦은 귀가로 노심초사하던 아버지의 시간과 염려가 고여 있었다. 내 손만 꼭 쥐고 걸음을 옮기던 아버지가 나지막하게 한마디를 하셨다.

"해지기 전에 오거라."

꾸중도 아닌 말씀이었는데, 죄송한 마음에 후회가 되고 울고 싶었다. 아버지는 어두워 오는 길에 서서 버스를 몇 대나 보내고 서성거리며 애태웠을까. 내 눈시울이 붉어졌다. 앞으로는 아버지를 실망하게 하는 일은 결코 없어야겠다고 다짐을 했다.

부모님은 맏이인 내게 듬뿍 첫정을 쏟기도 하셨지만, 기대도 책임감도 안겨주었다. 맏이 의식은 받아들이는 내 쪽에서 더 확대했던 것 같다. 나는 뉘 집 잘난 아들 못지않은 맏딸이 되겠노라고 속으로 결심했다. 공부 열심히 해야 하는 건 기본이고 대학 다니는 4년 동안 단 한 달도 아르바이트를 쉰 적이 없었다. 친구들은 몰려다니며 영화도, 전시회도 보러 가며 청춘의 낭만을 즐기는 듯 보였다. 나로선 눈길도 주지 않았다. 영어 교과서 출판사에 가서 자습서 만드는 일이나 고등학생 과외 지도하고 받은 사례비는 고스란히 어머니께 드렸다. 아버지가 교사 월급을 가불해서 어려운 학생들 등록금 내어주느라 엄마 살림이 늘 쪼들리는 걸 나는 눈치채고 있었다. 그런 아버지를 탓하기는커녕 내색도 않고 어떡하든 혼자 꾸려보느라 애쓰는 엄마를 나는 맏이로서 도와드리고 싶었다.

대학 졸업하고 외국 유학은 아예 내 청사진에 없었다. 나는 내 나라에서 부모님과 동생들을 지켜야 하는 맏이니까. 여성의 직업으로 교직이 최고라는 아버지 권유에 순종하고 택한 교사직은 내게 천직이었던 듯, 나는 열성을 다해 가르치고 학생들을 사랑했다. 내가 결혼 적령기를 넘길까 걱정하시던 부모님이, 나는 별로 감동이 없는 상대에게 후한 점수를 주며 내 승낙을 종용했다. 선보러 나온 시가 어른들도 내가 맏딸이라고 만족해했다. 신랑감은 자그마치 종가의 장손이었다. 늑대를 면하니 호랑이를 만난 격이었다. 결혼 전 연애도 못 해보고, 맞선 본 지 50일 만에 결혼했다. '우리 살면서 평생 연애합시다'라던 새 신랑의 말은 구호였을 뿐, 그는 무역의 일선에서 일 년이면 거의 반을 온 세상으로 출장을 다녔다.

혼자 가계부 움켜쥐고 종가의 큰살림을 감당하는 일은 쉽지 않았다. 많은 식구를 건사하고 수시로 드나드는 고향 손님과 이어지는 행사에 종부(宗婦)인 나는 허리 펼 날이 없었다. 그 많은 제사 때마다 남편은 장손으로서 전통 제례의 모범을 보여야 한다는 막중한 사명감을 가진 듯 보였다. 이따금 그는 둘만의 시간을 만들어 내기도 했다. 저녁 무렵 서류를 갖고 나오라는 구실로 나를 불러내었다. 나는 그럴듯한 명분을 앞세워, 대가족 틈에서 빠져나와 함께 영화도 보며 서로를 위로하기도 했다. 그 세월을 버텨내게 한 건, 내 무의식에 자리한 맏이 의식, 내 부모님의 교육을 제대로 받은 사람으로 살아야 한다는 책임 감이었던 것 같다.

　지나온 나를 돌아본다. 평생을 맏이로, 종가의 맏며느리로, 어깨가 무거웠다. 생각하니, 나는 이제껏 남의 버팀목이 되려고 노력하며 살 아왔던가 보다. 다 늦은 지금, 그동안 시간이 나지 않아서, 다른 이의 필요를 채워주느라 하위에 두었던 내 안의 소망들을 찾아 나섰다. 맏 이로 살면서 거듭되던 물음, 그것은 이 길이 진정한 나로 사는 일인가 였다. 끊임없이 내 안에서 꿈틀대던 그것이 마음껏 글 쓰고 그림 그리 며 나 자신을 찾아가는 일임을 알겠다. 이것이 아버지께서 바라는 진 짜 맏이의 모습이 아닐까. 아버지의 레일은 구속이 아니고 성장이고 자유였다.

　'남을 위해 살고 또한 너로 살아라.' 아버지의 응원이 들리는 듯하다.

아무 걱정하지 마라

아버지는 창문 바로 아래 벽에 바짝 붙어 서서 떨고 계셨다.

"그런 사람 없어요!"

옆집 아주머니의 다급한 목소리와 타다닥 어지러운 구둣발 소리가 들렸다. 연이어 옆집 마당에 잇닿은 우리 집 안방 들창문을 사정없이 열어젖히는 커다란 손과 일본 순사의 얼굴이 불쑥 올라왔다. 치켜뜬 눈으로 방 안을 한 바퀴 휘둘러본다. 나는 숨이 막힐 것 같아서 눈을 꼭 감아버렸다. 당시 나는 다섯 살이었다. 그날의 아찔했던 장면은 그 후로도 오래 악몽으로 되살아나서 나를 괴롭혔다.

일제 강점기 말 아버지는 국어 선생님이자 한글학회 초기 회원이었다. 일본 경찰의 요시찰 인물이던 아버지는 숨어 지내야 했고 식구들은 가슴 졸이며 살았다.

아버지를 추억하면 제일 먼저 떠오르는 것은 '적선지가 필유여경

(積善之家 必有餘慶)'이다. 착한 일을 많이 하는 집에는 반드시 좋은 일이 생긴다는 이 말을 귀에 못이 박히도록 들으며 자랐다. 우리 집 아랫방은 비어 있을 새 없이 서울로 유학 온 학생들로 채워졌다. 어느 엄동설한에 아버지는 겉옷만 입고 퇴근했다. 놀란 어머니가 연유를 물으니, 내복을 못 입은 학생에게 당신 것을 벗어 입히고 왔노라고 아버지는 태연히 대답했다. 형편이 어려운 학생들의 밀린 등록금을 대납해 주느라 아버지 월급은 늘 가불이 이어졌다. 아버지는 교직을 성직(聖職)이라 하셨고, 대학 졸업 후 나의 진로도 교직을 권해서 나는 두말없이 따랐다.

아버지는 맏딸인 나에게 유독 사랑을 많이 주셨다. 늦게 결혼해서 얻은 맏이에 대한 첫정이었던가 보다. 내가 서너 살이 되도록 어깨에 태우고 좋아하셨다. 크는 동안 내내 동생들한테 '너희 언니 봐라', '너희 누나 봐라' 하며 나를 본보기로 내세운 게 나로서도 편치는 않았다.

이 세상에서 나와 제일 비슷한 사람은 바로 나의 아버지이다. 성향도 소소한 생활 습관도 남의 어려움 못 보아넘기는 것, 남의 말 잘 믿는 것이나 식성까지, 부녀간에 참 많이도 닮았다고 어머니는 반쯤 흉보듯 말하곤 했다.

아버지는 신명이 많아 늘 노래나 시조 가락을 흥얼거렸고 춤추기를 좋아했다. 입담 좋고 남의 흉내를 내거나 익살스러운 표정을 지어 우리를 웃기셨다. 나는 퇴근하는 아버지를 기다렸다가 발도 씻겨드리고 다리도 안마해 드렸다. 안마해 드리는 동안 아버지 얘기 듣는 게 좋았다. 당신 고향 경주에서 자랄 때, 장난치다가 어른들께 혼나던 얘기에서부터, 동향 친구 박목월, 김동리 작가와 어울리던 에피소드며, 일본 교토에서 고학하며 대학 다니느라 겪은 갖가지 고생담은 거의 울면서 들었다. 신문 배달 일을 할 때 비 오는 날이면 신문이 젖을까 봐 하도 노심초사를 해서 이제껏 비 오는 날이 싫다 하셨다.

아버지와 함께 읊조리던 시조와 우리 고전 가사 문학의 한 대목들이 지금도 귀에 쟁쟁하다. 그때 우리 집에는 꼭 트럼프처럼 생긴 시조 카드가 있어서 온 식구가 둘러앉아 시조의 초·중·종장 맞추는 놀이를 했었다.

나의 아침을 열어주시던 아버지의 시조창(時調唱) 가락이 아직도 귓전에 남아 있다. 아버지가 즐겨 읊던 시조는, '동창이 밝았느냐 노고지리 우지진다 소치는 아해야 상기 아니 일었느냐 재 너머 사래 긴 밭을 언제 갈려 하느냐'였다. 아마도 이 시조가 학생과 교직원을 독려하는 당신의 마음을 표현하는 듯해서 더 애정을 가지셨던가. 정월이면 제자들을 비롯해 세배객이 많았다. 어머니와 내가 바쁘게 수정과며 식혜를 대접하던 일도 엊그제만 같다.

방학이면 아버지는 친구의 별장으로 쉬러 가면서 항상 원고지 뭉치를 챙겨 넣었다. 아버지는 주변의 친구들처럼 글을 쓰고 싶어 하셨다. 개학 즈음해서 집으로 오실 때면 나는 아버지의 글이 기다려졌다. 아버지도 이런 내 마음을 알고 계셨다. 언젠가 글을 써왔노라고 자랑스럽게 내어 보인 적이 있었다. 반색을 하고 읽어보니 그곳의 자연을 찬탄하는 시 몇 편이었다. 아버지의 이야기가 궁금했던 나는 실망스러웠다. 나는 글 속에서나마 아버지의 속마음을 알고 싶었다. 내가 아버지와 친했다고 해도, 아버지의 삶의 외형만 알 뿐, 그 내면의 모습까지 알 수는 없었다. 내가 아는 것은 단지 딸이 본 아버지로서의 겉모습이었다.

아버지의 일생에는 아픔이 많았다. 가세가 기운 집안에서 아무 후원도 못 받고 고학으로 서울과 교토에서 유학하며 고생을 했다. 첫 번 부인과 사별하는 슬픔을 겪었고, 가난한 홀아비라고 냉대 속에 어머니와 재혼을 했다. 게다가 다 키운 아들 둘을 병으로 앞세우는 참척의 아픔도 겪었다. 이후 아버지는 수유리 4·19 묘지 근처로 거처를 옮기고는 매일 묘소를 참배했다. 아마도 나라를 위해 스러져 간 젊은 고혼들을 위무하면서 당신의 슬픔쯤은 아무것도 아니라고 삭이셨던 것 같다. 그 모진 세월을 겪으면서도 아버지는 늘 온화하고 긍정적이고 유머가 넘쳤다.

내가 수필작가가 되어 보니 아버지가 우여곡절을 겪으며 느꼈을 고뇌를 왜 글로 풀어내지 않았는지 아쉽다. 그랬더라면 아마도 상처가 스스로 치유되는 체험을 하시지 않았을까. 그런 글을 읽으며 나는 아버지를 더 깊이 이해했을 것이고 이렇게 아버지가 그리울 때 글이라도 읽으면 참으로 반가울 것 같다.

아버지가 은퇴 후 만년을 보내고 계실 때, 나는 그저 잠깐씩 찾아뵙고는 허둥지둥 돌아오기 바빴다. 시집살이한답시고 마음 놓고 오래 얘기해 본 기억이 없다. 그래도 내가 친정에 들어서면 만면에 웃음을 지으며 반겼다.

"아이고, 우리 청이 오나!" 부족한 나를 늘 효녀 이청이라고 했다. 맑은 정신으로 천수를 다하며 세상을 작별하기 전 마지막으로 말씀하셨다.

"아~무 걱정하지 마라."

그 말은 나도 좋아하고 있던 아프리카인들의 지혜의 주문(呪文)인 '하쿠나 마타다'였다. 어쩌면 아버지는 나에게 똑같은 말씀으로 당부를 하셨고 내가 평생을 지니고 살아갈 최상의 선물을 주셨다.

아버지!

저는 오늘도 아무 걱정하지 않고 삽니다.

겨울꽃

"나도 저기 나가보고 싶어. 어른 프로그램도 있으면 좋겠다."

〈도전, 골든 벨〉을 보던 어머니는 가끔 말했다. 어머니가 생전에 즐겨보던 그 프로그램은 고등학생들의 퀴즈 프로그램인데 만점을 받으면 골든 벨이 울린다. 나는 다른 프로그램은 잘 안 봐도 이것만은 꼭 보려고 한다. 이 프로그램을 틀어놓으면 어머니가 곁으로 다가오는 듯하다. 어머니는 우리 고시조, 가사 문학에 깊은 관심을 갖고 있었고 이외에도 다양한 분야에 호기심과 학구열이 대단했다.

네댓 살 무렵 외가 앞마당 풍경이 때때로 선명하게 떠오르곤 한다. 일꾼들이 삼태기나 가마니에 가득 담은 먹거리들을 곳간으로 부엌으로 나른다. 할아버지는 부농이었고 아랫사람들에게 후덕했다. 그런 아버지를 그대로 빼닮은 큰딸이 나의 어머니이다. 어머니는 집안에서 소녀 신문고였다. 일하는 분들이 잘 먹는지 어려움은 없는지 돌아보고 다니다가 그런 사람이 눈에 띄면 바로 당신 아버지께 알렸다.

아버지는 어머니의 여고 시절 국어 선생님이었다. 모범생이던 어머니는 당시 반장이었다. 두 사람은 선생님들과 학생들 모르게 사랑을 해오다가 어머니가 졸업하고 나자 공개를 했고 화제의 중심이 되었다. 고루하던 그 시대의 외조부모님이 완강하게 반대를 했다. 열두 살이나 위인, 그것도 상처(喪妻)한 가난한 교사가 맏사윗감은 아니라고 생각했다. 외조부님은 여고 졸업 후에도 공부를 더 하고 싶은 어머니를 적극 만류하던 터였다. 여자는 공부 많이 하면 팔자가 세진다고. 평소에 온순하던 어머니가 결혼만큼은 뜻을 굽히지 않았다. 학업에의 꿈이 꺾인 데 대한 반동이었을지도 모른다. 졸업하던 해, 친정으로부터 외면당하는 아픔과 죄스러움까지도 참아내면서 맨몸으로 집을 나와, 사랑하는 선생님과 결혼을 강행했다. 온 주변을 떠들썩하게 만든 대사건이었다.

나는 어른이 되어서야 어머니의 로맨스를 직접 들었다. 내가 그 얘기를 더 어려서 들었더라면 이해할 수 있었을까. 어머니의 용기가 멋지고 부럽다고 박수를 쳤다.

내가 태어나고 비로소 친정과의 사이에 두껍던 얼음장이 녹기 시작했다. 내 존재가 다리가 되고 윤활유가 되었다. 나는 엄마 등에 업혀서 서울 집이 있는 계동 외가로, 좀 커서는 아버지 자전거에 실려서 양주 외가로 자주 불려 다녔다. 외할아버지는 사위의 박봉을 안타까이 여겨 쌀가마며 땔감 지원을 맡았다. 그뿐 아니라 점점 사위를 인정하면서 함께 육영사업을 할 계획까지 세웠다. 학교를 지어 사위에게 그 운영을 맡기기로 하고 두 분이 부지(敷地)를 물색하러 다니던 중에 6·25전쟁이 터졌다.

6·25전쟁은 내 외가를 강타했다. 젊은이들을 의용군이란 이름으로 마구잡이로 북으로 끌고 간다는 소문이 돌았다. 그 겨울 아침, 어머니가 양주에서 달려온 소작인을 돌려보내곤 쓰러지듯 주저앉았다. 외삼촌들 셋이 몽땅 끌려갔다고 했다. 외삼촌 둘은 대학을 졸업했고 막내는 대학생이었다. 어서 도망쳐 오라고, 어떡하든 살아 돌아오라고 어머니는 목이 메이도록 삼촌들 이름 하나하나를 소리쳐 불렀다.

며칠 후 양주에서 사색(死色)이 된 소작인이 뛰어왔다.

"아씨 마님, 큰일 났어요! 어르신들이······!" 흐느끼느라 말이 끊어졌다. 나머지 온 가족은 대지주 집이라고 터뜨린 폭탄에 몰살당했다는 보고였다. 어머니는 억장이 무너져 울지도 못했다. 아버지가 어머니를 단단히 부둥켜안았다. 단 한 사람 어머니만 유일한 혈육으로 살아남았다. 나날이 이어지는 총소리, 대포 터지는 소리가 머리 위에서 꽝꽝 정신을 쑥 빼놓았다.

어느 날 새벽, 우리 식구는 어디든 피할 데를 찾다가 집 앞 개천에 나 있는 커다란 하수관 속으로 숨어 들어가기로 했다. 아버지가 대문쪽에서 급박하게 소리쳤다.

"빨리 나와! 내 손 잡고 뛰자!"

나와 보니 어머니가 안 보였다. 아버지가 도로 집안으로 뛰어들었다. 어머니는 부엌에서 주먹밥을 뭉치느라 바빴다.

"애들을 굶길 순 없어요."

그 와중에도 어머니는 침착했다.

다음 순간 머리꼭지에 천둥 벽력이 치는가 했는데 밖에서 외마디

소리가 났다.

"다~ 다 죽었어요!"

폭탄이 집안에 떨어져 피투성이가 된 뒷골목 아주머니가 미친 사람이 되어 길길이 뛰고 있었다.

나는 아홉 살이었다. 남동생 손을 꼭 잡고 1·4후퇴 피난길, 얼어붙은 한강 위를 걸었다. 콩나물시루 기차 칸에 끼어 일주일 걸려 내린 곳이 대구였다. 어머니는 우리 삼 남매에다 만삭의 몸이었다. 임산부가 제대로 먹지도 못하고 남의 집 아래채에서 유난히 춥고 긴 겨울을 나야 했다. 게다가 열 살짜리 나를 학교도 못 보내고 골목 모퉁이에 사과 궤짝을 놓고 껌, 사탕 장사를 시키고 있었으니 아무리 국가 비상시래도 어머니 속마음은 아리고도 아렸을 게다.

수복해 돌아오자 어머니의 친정 재산 찾기가 시작되었다. 지금도 우리 남매들은 무슨 전설처럼, 영웅담처럼 회고한다. 대체 어머니는 문서 한 장 안 남은 외가댁 재산을 어찌 찾았을까. 어머니는 매일 눈 뜨면 의정부 지방법원으로 출근을 하다시피 했다. 외조부님 농사짓던 소작인들 중에 살아남은 사람들을 샅샅이 찾아다니며 내 아버지 땅이었음을 증언해달라고 서명을 받아냈다. 후덕하기로 소문났던 아씨 마님이라고 옛날의 의리를 지켜 사실대로 손을 들어주는 분들이 많았다. 물론 개중에는 세상이 바뀌었다고 안면을 바꾸고 대가를 요구하기도 했다. 그럴 때마다 악에 대적하려니 더 꿋꿋해지더라고 했다. 순탄치 않은 일을 혼자 억척스럽게 하고 다니다가 해가 꼴딱 져서야 집으로 돌아왔다.

어느 해부턴가, 추위가 찾아올 무렵이면 해거름에 추수한 쌀들을 끌어모아 대형 트럭에 가득히 싣고 왔다. 커다란 트럭 안에 그득한 쌀가마 위에 서 있는 30대 중반의 젊은 어머니가 개선장군 같아 보였다. 예전에 외가댁 높은 댓돌 위에 서서 일꾼들에게 일머리를 틀어주던 외할머니 그대로였다. 그 쌀의 일부는 우리들 학비가 되기도 했으나, 그보다 북으로 끌려간 동생들 중 누구라도 살아 돌아오면 줄 것이라고 했다. 어머니는 이산가족 찾기에도 끊임없이 신청하고 애를 태웠지만 외삼촌들 소식은 끝내 듣지 못했다.

혼란기에 정부는 주인 없는 토지를 정리하는 기회를 주었다. 참혹하게 간 식구들, 돌아오지 않는 동생들에 대한 절망감 속에서 살아남은 어머니는 도리이자 의무감에서 친정 토지 환수 재판을 신청했다. 외롭게, 그리고 간절하게 노력한 끝에 어머니는 몇 년을 끌며 애태우던 재판에서 승소했다.

"내가 변호사를 코치했더니, 어느 학교 나오셨어요? 하고 묻더라. 학교 문턱도 안 갔다고 했어."라며 웃던 어머니 모습이 생생하다.

그즈음 나는 중학생이었는데 철이 없었나 보다. 어머니의 애끓는 심정을 함께 나누었던 기억이 별로 없다. 오히려 어머니가 눈앞의 우리에게 더 많이 마음 써 주기를 원했다. 이제 와보니 남 같은 방관자였던 내가 부끄럽고 죄송하다.

우리 집 아랫방은 늘 서울 유학 온 학생들의 무료 숙소였다. 워낙 인정이 많아 사람을 끌어들이는 아버지를 어머니는 거역하지 않고 받들었다. 아버지 그림자도 안 밟으려는 어머니였다. 아버지는 퇴근해 들어오면 어머니부터 찾았다. 늘 마중 나간 우리들 어깨 너머를 살피며 말했다.

"너희 엄마는?"

애인 찾듯 하던 그 음성이 귓전에 맴돈다.

내 남편은 말하곤 했다.

"자주 가서 많이 배워 나한테 그리해보소. 당신은 장모님 따라가려면 족탈불급(足脫不及)일걸!"

잠시 틈을 내서 찾아가는 사위에게도 어머니가 아버지 대하는 모습이 부러웠던 모양이다.

어머니는 누구에게도 당신의 아픔을 드러낸 적이 없었다. 친정의 비극으로 가슴에 멍이 들어 살면서도 어머니는 자애로움을 잃지 않았다. 주위의 친척들, 지인들은 내 어머니를 회고하며 제각기의 가슴에 어머니로부터 받은 따뜻함을 간직하고 있다. '사람이 세상에 와서 할 일은 끊임없이 배우고 여한 없이 주는 것이다.'라고 자주 말했다. 어머니는 누구를 봐도 장점을 찾아내어 칭찬해주고 누구든지 스스로 잘난 사람이라고 느끼게 하는 힘이 있었다.

아버지는 90세가 되면서 기력이 부쩍 떨어졌다. 어느 날, 서둘러 장을 봐서 친정에 들어섰다. 해가 질 무렵이어서, 돌아갈 일에 마음이 바빴던 나는 두 분만 뵙고 바로 일어설 작정이었다. 어둑한 마루에 두 노인네의 등이 보였다.

"저 왔어요! 뭐하고 계세요?" 내게 눈인사로 아는 체를 한 어머니는 그때, 아버지 좋아하는 시조를 읊어 드리는 중이었다. 아버지가 점점 말씀이 없어지자 정신줄 놓을까 봐 애를 쓰는 어머니의 방법이었다. 어머니의 시조가 이어졌다.

"(청산리 벽계수야 수이 감을 자랑 마라) …… 일도창해하면 다시 오기 어려우니⋯⋯."

가슴이 철렁했다. 남편을 붙잡고 싶은 아내의 심정이 애절했다. 아버지가 고개를 돌리고는 나직하게 느린 목소리로 화답을 했다.

"명월이 만공산하니 쉬어간들 어떠리."

이분들을 어쩔거나~ 어머니의 마음이 이 시조 속에 다 있었고, 아버지는 '당신 마음 내 다 알아⋯⋯.' 하는 듯했다. 가슴에 먹먹한 통증이 왔다. 어머니는 이어서 아버지가 평소 애송하는 이시카와 다쿠보쿠(石川啄木)의 시를 외우기 시작했다. 엷게 웃음 지으며 아버지는 드디어 어머니와 목소리를 합쳤다.

나는 훌쩍 일어서지지가 않았다. 연로하신 어머니에게서 참으로 이쁜 여인을 보았다. 두 분은 문학으로 맺어진 인연임이 틀림없다. 나는 돌아갈 일도 잊은 채 그 장면 속에 오래 함께 있었다.

어머니의 지극한 공경을 받으며 아버지는 90세로 천수를 다하셨다. 아버지 보내고 어머니는 슬퍼하는 기색이 없어 보였다. 최선을 다해 산 사람은 걸림이 없는 것이던가.

어머니 86세 때, 몸은 쇠약했지만 정신은 맑았다. 당시 나의 남편은 병중이었다. 사위의 병세가 심상치 않음을 눈치챈 어머니는 바로 곡기를 끊고 보름 만에 눈을 감았다. 사위 앞세우기 괴로웠을 것이고 나이 더 든 사람이 먼저 가야 젊은이 명(命)을 이어준다는 속설을 믿고 싶어 그런 결단을 내렸을까. 그러나 맏사위는 장모님의 바람을 이루어 드리지 못하고 40일 만에 뒤따라갔다.

격동의 역사 속에 상처받은 인생이 어디 한둘이겠나. 어려운 시대를 만나 큰 아픔을 겪었지만 그래도 어머니는 일생 동안 많은 이들에게 사랑받고 사랑을 베풀며 살았다. 어머니가 세상에 온 것도 떠난 것도 한겨울이었으니 어머니는 '겨울꽃'인가 보다. 모진 겨울을 이겨낸 꽃은 강하고 귀하다.

〈골든 벨〉을 애청하던 어머니의 모습이 선하다.

'어머니에게,
함께 살다 간 모든 분들에게
울려라, 골든 벨.'

나비와 나눈 말

 아침 하늘이 온통 잿빛이다. 기상 뉴스는 오늘 비 예보를 하지만, 아직 무소식이니 얼른 산에 다녀오고 싶다. 부엌에 나와 주스를 만든다. 채소와 과일을 준비하며 바쁘게 손을 움직이다가 문득 드는 생각, 아지루하다. 어제와 똑같이, 아마 내일도 나는 이 자리에 이러고 서 있겠지. 언제까지 이렇게 시지프의 바위 굴리기를 되풀이하려나? 푸념 같은 생각들이 꼬리를 물다 불에 덴 듯 정신이 번쩍 든다. 아니지, 오늘도 멀쩡하게 살아나서 내 성한 두 다리로 걸어 나와 여기 서 있는 게 어디라고. 더구나 내 땀 한 방울 보태지 않고도 먹거리가 앞에 있는데. 감지덕지하고 머리를 조아려도 모자라는데. 그 단 몇 초의 생각을 멀리 내던져 버리고 싶어서라도 산행을 서두른다.

 밤새 비가 와서 길이 젖어 있나 내다보려고 유리창으로 다가간다. 유리창에 회색빛 무언가가 딱 들러붙어 있다. 회색 하늘 한 조각이 날아와 있나? 그 물체는 미동도 하지 않는다. 나는 일순 긴장해서 조심스레 가까이 가본다. 그건 뜻밖에도 작은 나비다. 하늘빛에 물든 회색 날개가 비단옷을 입은 것처럼 귀티가 난다. 네 개의 날개가 활짝 펼친 꽃잎 같다. 영락없이 꽃 반쪽 모양이다. 자세히 보니 내 유리창에 날아온 손님은 살짝 연보라가 섞인 잿빛 제비꽃을 닮았다.

순간, 나비와 눈이 마주친다. 나는 바깥 길바닥이 젖었거나 말거나 온통 나비에만 집중한다. 이미 산에 가는 일도 잊었다. 나비도 가만히 나를 바라본다. 유리창을 사이에 두고 탐색이라도 하듯 나비와 나는 서로를 유심히 살피고 있다. 갑자기 나비가 포르르 난다. 순간 내 가슴이 철렁한다.

"가지 마, 아직 가면 안 돼."

내 절박한 음성을 들었을까. 다행히 작은 나비는 자리를 옮겨 좀 더 내 가까이로 다가와 앉는다. 행여 내 작은 몸짓에라도 나비가 놀라 날아갈까 봐 나는 숨죽이며 꼼짝하지 않은 채 나비와 교신을 시도한다.

"나는 네가 부럽기도 하구나. 그 가벼움, 무애(無碍)의 비행, 너의 자유로움을 선망한다."

나비는 나를 보며 무어라고 하려나. 나를 다 꿰뚫어 보고 있다면 할 말이 많을 게다.

"감사해라, 아버지 유언대로 아무 걱정하지 마라." 그리고, 분명 더 하고 싶은 말이 있을 텐데……. 나는 눈을 크게 뜨고 귀를 한껏 연다.

초면 사이의 눈 맞춤인데도 낯설지 않다. 이렇게 서로를 들여다보고 있는 이 작은 나비의 의미는 무엇일까? 넓은 허공을 날아 왜 여기까지 왔을까? 그러고 보니, 누구의 사자(使者)인 듯 영물(靈物)인 듯도 하다. 누구의 넋이 나비 몸을 빌려 나를 찾아왔나. 나비가 누군가의 넋이라면 저 가라앉은 날개 색깔로 보아 짐작이 된다. 슬픔이 많은 분의 영혼일 게다. 밝지 않은 빛깔에 스며 있는 아픔이 배어난다. 아, 어머니! 내 어머니의 화신(化身)이다. 어머니 가실 무렵, 우리 삼 남매가 제각기 슬픔을 안겨드렸다. 어느 자식도 희망이 아니었다. 어머니 가슴을 절망으로 절게 했다. 세상 그 어떤 자식이 불효자가 아닌 이 있으랴만, 어머니와 함께 살던 남동생은 어머님 뜻을 제대로 살피지 못했고, 오래전 미국으로 이주한 여동생은 이런저런 사연으로 한 번도 부모님 뵈러 오지 못했다. 어머니는 슬픔과 그리움에 목이 메어 사셨다. 나마저도 크게 불효를 저지르고 말았다. 맏사위의 병이 깊은 걸 어머니가 알아채셨으니 어머니로서는 믿고 있던 땅이 꺼진 것이다.

어머니는 부농의 맏딸로 명석하신 분이었다. 가난한 선생님과 결혼하면서 오로지 가사와 내조만으로 평생을 헌신했다. 학문에의 길은 포기했어도 그 열망은 가슴 깊이 묻은 채 살아오신 걸 내가 안다. 어머니가 다시 산다면 자신의 역량을 마음껏 펼치며 사실 것이다. 그 오랜 꿈이 자유로이 세상을 훨훨 나는 나비가 되었나 보다. 말년의 불효를 보시지 않았더라면 훨씬 밝은 빛깔의 나비였을 것을.

퍼뜩 한 생각이 든다. 부모님은 무한 사랑이시니 이제 어머니는 우리를 다 이해하고 용서하신 게 아닐까. 나는 괜찮다고, 더이상 슬프지 않다고 오직 너희들이 잘하고 있나가 궁금하다고 말하고 싶어서 맏이인 나에게 오신 게다. 동생들 안부도 물을 겸.

내가 모르는 사이에 어머니는 이제껏 계속 나를 지켜보아 오신 것 같기도 하다. 때로는 바람으로 구름으로 아니면 눈에는 보이지 않는 에너지의 파장으로.

시간이 얼마쯤 흘렀을까. 나비는 어디론가 사라졌다. 나는 개의치 않는다. 형체가 없어도 나는 믿기로 했다. 누군가가, 그분이 어머니든, 우주의 무엇이든 나를 지켜보고 있다는 것을. 나를 아끼는 사람들의 애정 어린 염력(念力)을 비로소 알겠다. 그것과 내가 하나 됨을 느낀다. 세상의 신비로움에 더하여 외경심마저 든다.

여느 날과 똑같이 시작한 이 아침을 나는 경이로움으로 맞이한다. 그리고 실제로 누가 아나, 이 시간 이후 어떤 일이 나에게 있을지. 기쁜 소식, 반가운 메일, 정다운 전화가 올지도 모른다. 신통한 글 한 줄이 불현듯 떠오를 수도 있다. 그날이 그날인 평범한 이 순간이 고맙기만 하다. 일상의 항상성(恒常性)은 안정이고 평화이고 위대함이다. 바위를 굴리고 땀에 젖어 내려오는 시지프의 얼굴에 엷은 미소가 보인다.

나는 지금 내 생의 화양연화(花樣年華)로 가고 있다.

거울 앞에서

화실에 나가는 날이면 늘 마음이 설렌다. 서둘러 붓이며 물감 통을 챙겨 나서다가 눈길이 머문 건 그리다 만 인물화였다. 수년 전, 부부 문제 전문 TV 프로그램을 보는 중이었다. 50대 후반의 어느 남편이 아내에게 정색을 하며 말했다.

"당신, 나 만나기 전에 꿈이 있었을 것 아냐? 시부모 봉양, 시동생들 뒷바라지하는 데 세월 다 바치고 그 꿈은 놓아버렸잖아, 안 되겠어. 내가 당신에게 너무 못할 짓을 했어. 앞으로 5년간, 당신은 자유야. 조금 미루어 두었다 생각하고 지금이라도 당신의 꿈을 다시 찾아내 봐. 시간도 비용도 줄게. 당신 꿈 근처에라도 가 보고 돌아와."

그 멋진 말을 한 남편은 강원도 모 대학 교수였다. 내 나이 또래이던 그 부인은 남편의 제안을 받아들여 이제라도 연극 공부하러 뉴욕으로 떠나야겠다면서 환하게 웃었다. TV 속 그 남편은 아내를 애틋하게 바라보았다.

그 순간 내 가슴이 벅차올랐다. 나에게 한 말도 아닌데 주르르 눈물이 흘렀다. 이 세상에는 저런 남편도 있구나, 엄청난 충격이었다. 그와 비슷한 상황의 나에게 그런 말을 못 하는 남편의 심정은 어떨까. 나도 모르게 곁에 앉은 남편을 힐끗 쳐다봤다. 차라리 안 봤어야 했다. 그런 그의 얼굴을 본 적이 없었다. 그는 미안함과 자괴감이 뒤섞인 눈빛을 내게서 얼른 피했다. 어쩔 줄 몰라 하는 남편을 오히려 내가 위로해주고 싶었다. 나는 아무 말 없이 그의 등을 두드려주었다.

자유. 나도 내 자유 시간에 목말라 하던 참이었다. 종부(宗婦)로서의 나의 삶은 무거웠다. 대가족에 행사도 많고 상주(常住)하는 손님이 끊이질 않았다. 언제까지일지 시한이 있는 것도 아니었다. 나만의 오붓한 시간이 간절하게 그리웠다. 그 시절 나를 버티게 한 것은 딱 두 가지, 내가 우리 부모님에게서 가정교육 제대로 받은 사람임을 보여주는 것, 또 하나는 남편이 나의 입장을 알아주고 고마워해 주는 것이었다.

어느 날엔가, 남편이 아이들한테, "너희 엄마는 무얼 해도 잘할 사람인데……"라고 혼잣말같이 하는 걸 얼핏 들었다. 그 말에 나의 고단함이 녹는 듯했고 부쩍 힘이 났다. 나의 꿈을 가둬 둔 채 시간이 흘러가고 있다는 안타까움은 지울 수가 없었지만 내게 있어 우위는 가족과 함께하는 시간이었다. 그리고 내가 그의 감사함에 못 미칠까 봐 더 잘하고 싶었다.

만일 남편이 가정사로부터 나를 해방시켜 줄 용단을 내렸던들 내가, '좋아요!' 하고 선뜻 집을 떠날 위인도 못 되었다. 부모님, 아이들, 남편 걱정뿐 아니라 나 없으면 큰일 날 줄 알고 집을 지키려 했을 것이다.

내가 아는 어느 여인은 어린 남매를 시부모님께 맡기고 부부가 함께 자기들의 장래를 위해 10여 년 동안 외국 유학을 했다. 각기 자기 길을 걸어, 한 분야에 우뚝 선 사람들이 되어 돌아왔다. 그동안 아이들은 조부모님 사랑을 많이 받았지만 어린 딸아이에게는 엄마의 빈자리가 준 응어리가 평생 가는 지병이 되었고 끝내 엄마를 용서하지 못했다. 다 그러랴만, 이 댁 경우는 회복 불가능한 불행이었다. 주부가 자기 자리를 지킨다는 것과 한세상 태어나 분명코 자기의 꿈은 펼쳐봐야겠다는 것, 양쪽에게 다 이론(異論)의 여지가 있을 것 같다. 책임과 성취, 그중 무엇을 선택하느냐 하는 것은 개인 성향이나 상황의 문제일 수도 있겠다.

윗대 어른들이 타계하신 후 내 임무는 훨씬 가벼워졌고 자유는 얻었으나 젊음은 저만큼 가버렸다. 아이들이 출가는 했으나, 나 할 일에 몰두해서 남편을 혼자 있게 하는 건 내가 원하는 바가 아니었다. 그제야 둘만의 시간을 누리는가 싶던 즈음, 뜻밖에도 그는 먼저 내 곁을 떠났다. 그를 위해 최선을 다했다는 생각에 여한은 없다. 내 꿈을 펼칠 시간은 갖지 못했어도 내게는 무엇으로도 살 수 없는 나만의 당당함이 있다.

그가 떠난 직후 친구가 위로하며 건넨 말이었다.

"네 남편은 너를 정말 아껴서, 너만의 시간을 선물하려고 일찍 가셨나 봐."

친구의 말은 옳았다. 나는 60대 중반에 이르러 선물을 받은 거였다. 수년 전 TV를 보면서 부러워했던 5년간의 자유가 아니고 그 이상일 수도 있다. 앞으로 나에게는 안식년도 정년도 없을 것이다.

나는 비로소 거울을 똑바로 들여다보았다. 거울 속 얼굴이 말하고 있었다. 이제부터 너는 그 누구를 위해서가 아니라 네 안의 꿈을 위해서 사는 거다. 네 안에 잠자고 있는 광맥을 캐어내 봐라.

그 무렵 마침, 그동안의 내 희망과 절망을 모두 들어주던 친구가 미국 뉴저지 자기 집으로 나를 불렀다. 나는 새장에서 나온 새가 되어 그곳으로 날아갔다. 거기에서 나의 그림 공부는 시작되었고 한국으로 돌아온 후 수필과 시조 쓰기에도 몰두하게 되었다.

'그래 당신, 맞아. 그렇게 살아.'

남편이 흐뭇해하며 말해주는 것 같았다.

들리세요?

3월 초순의 새벽 바다, 공기는 차고 사방에는 아무도 없다. 나는 지금 미명(未明)의 어둠으로 싸인 여수 바다를 마주한 채, 하늘을 응시하고 서 있다. 섬뜩하던 어둠의 색깔이 차츰 보랏빛으로 바뀌는가 싶더니, 어느새 붉은 기운이 퍼지기 시작한다.

드디어 불쑥 해가 솟아올랐다. 허공이 박명(薄明)에서 밝음으로, 차갑기만 하던 대기에 조금씩 따스함이 스며들고 있다.

아, 천지의 운행은 어김없는 것이구나! 아니, 가차없구나. 나의 슬픔과는 무관하게.

나는 태양이 떠올라 천지의 어둠을 거두어 가는 바로 그 장면을 분명하게 확인하고 싶었다. 그리고 그 순간, 연달아 어머니와 남편을 여읜 내 가슴속 두꺼운 어둠과 깊은 슬픔을 떠나보내고 싶어 먼 길을 달려온 것이다.

어머니와 남편이 떠나기 전 모습이 어른거린다. 하늘로 오르기 위해서는 가벼워야 했던 것일까? 마치 자코메티의 청동 조각상처럼. 사르트르는 이 조각상을 보면 무와 존재의 중간 지점에 있는 것 같다고 했다. 이 가늘고 섬세한 사람들이 하늘로 떠오르는 듯해서 우리는 집단적인 승천을 목격하게 된다고.

세상을 떠나는 망자들은 이승과 저승 사이에 있는 중간역에서 일생을 돌이켜보고 가장 행복했던 추억 하나만을 가지고 천국으로 간다고한다. 지금쯤 어머니와 남편이 거기 중간 지점에 이르러 있다면 내 목소리를 들을 수도 있지 않을까? 나는 머뭇거릴 수 없었다. 하늘을 향해 소리쳤다.

"들리세요? 나는 할 수 있어요."

두 분이 평소에 강조형으로 말할 때 잘 쓰던 일본말이 생각나 반가우라고 덧붙였다.

"야레바 데끼루! 할 수 있어요."

틀림없이 듣고 안심하고 가기를 바라면서 다시 한 번 더 큰 소리로,

"나는 혼자서도 살 수 있어요! 살 수 있어요!"

환하게 번져오는 햇살을 타고 메아리가 허공에 가득 퍼진다.

"맞다, 내 딸아 너는 야레바 데끼루다!"

어머니의 목소리다.

"그렇지, 당신은 할 수 있고말고!"

남편의 목소리다.

나는 두 팔을 높이 들고 힘껏 감사의 박수를 보냈다. 아, 그분들이 계셔서 나는 참으로 행복했는데……. 두 분은 이승에서 행복하셨을까? 행복한 추억만이 천국의 열쇠라는데 어머니와 그가 행복한 추억을 떠올리는 순간, 천국의 문은 열린다는데, 나는 간절한 마음을 담아 나직하게 중얼거렸다.

"제가 당신들께 행복으로 기억되기를 바랍니다."

생전에도 마음이 통했던 두 분인지라 의견이 일치했을 것이다.

"그래, 너는 우리의 행복이었지!" 합창하듯이 들려왔다.

나는 그 말씀이 사실이기를 바랐다. 듣기 좋으라고 하실 때도 있었지만…….

순간, 목이 메었다.

"고맙습니다."

그래도 나는 지금 기쁨에 넘치는 목소리로 대답해야 한다.

"당신들이 주신 사랑으로 저는 충분히 살 수 있어요."

함께했던 수십 년의 시간들이 하늘 가득히 펼쳐지면서 아스라이 먼 곳에서 들려오는 음성.

내 배가 떠날 때, 울지 말아라.
무한히 깊은 바다로부터 태어나
다시 그 본향으로 돌아갈 때 조수(潮水)여
잠든 양 고요히 물거품도 일지 말아라.
내 배가 떠날 때, 이별의 슬픔 없어라.
이승의 시간과 공간으로부터 멀리

물결이 나를 실어가, 나 모래톱(砂洲)을
건너서면 나의 안내인(Pilot)을 마주 대하고 싶네.
　　　　　　— 앨프리드 테니슨, 「사주를 건너며(Crossing the Bar)」 중에서

　이제 태양은 하늘 높이 솟아올라 찬란한 빛을 내리쪼인다. 나의 가슴 속으로도 햇살을 들여와, 어둠을 내어 보내자. 슬픔은 축원으로 바꾸자. 우주의 품에 안기는 분들에게 명복을 빌자. 더 나아가 천국으로 데려가 주는 안내인을 만나게 되기를 기원하면서 두 분을 기쁘게 보내드리자. 나는 돌아서려다가 다시 한 번 숨을 골랐다. 태양과 바다와 하늘을 향해 증인이 되어 달라고 부탁하면서, 나 스스로에게 다짐했다.

　"나는 할 수 있어요!"

　그리고 돌아섰다.

　해변을 따라 길게 뻗어 있는 길 위에도 햇살은 아낌없이 쏟아져 내리고 있었다.

울타리를 넘어

여행은 몸보다 마음이 먼저 떠난다. 익숙함에서 벗어난다는 두려움보다 변화에 대한 호기심으로 설렌다. 출발 며칠 전부터 들떠 있다가 길을 나선다.

이번 여행은 특별하다. 영국에서 열리는 세계전통시인대회에 참가차 우리 시조시인들 서른세 명이 함께 가니 약간의 부담감, 긴장감이 든다. 우리 시조 단체가 '전통 시는 민족의 꽃'이라는 기치를 내걸고 6년 전 동서양 전통 시인들 간의 모임을 만들었다.

대회 기간 중 내가 할 역할은 여성 시인들과 같이 한복차림으로 합창에 두 번 참여하고 영국 교회에 가서 내가 영어로 번역한 시조를 낭송하고 스무 개의 부채에 그려가는 우리 민속 장면의 인물화를 전시한 후 외국인들에게 선물하는 일이다.

가는 비행기 안에서 고전영화 〈그리스인 조르바(Zorba the Greek)〉를 보았다. 주인공 조르바 역의 안소니 퀸이 해변에서 춤추는 장면이 나왔다. 세속에 닳고 닳은 투박한 얼굴에 천진하기가 어린아이 같은 해맑은 웃음, 선량해 보이는 눈빛으로, 온몸의 세포 하나하나까지 너울너울 무애(無涯)의 춤을 춘다. 그의 등 뒤로 파도도 너울너울 춤을 추었다, 탁 트인 바다는 자유인 조르바의 상징으로 그만이다. 나는 이 부분을 거듭 되돌려 보았다. 부러운 눈으로 입가에 미소를 지으며. 내 만감(萬感)이 그의 춤사위를 따라서 춤을 추었다. 맏이로, 교사로, 주변의 기대와 틀 안에 스스로를 욱여넣듯이 절제하며 살아온 나로선 속이 시원한 명장면이었다. 조르바 덕분에 여행 떠나오기 전의 다소 무겁던 마음이 한결 가벼워졌다.

나는 이번이 네 번째의 영국행이지만 매번 그 동행인이 달랐고 색깔이 달랐다. 시조 대회 끝나면 런던 관광이 예정되어 있으니, 정보도 얻을 겸 책을 한 권 넣어 와 읽었다. 이 책의 저자는 혼자 6개월을 머물며 런던의 음악, 그림, 펍(선술집)에서 박물관까지 요령 좋게 누비고 다녔다. 우리의 일정과는 한참 거리가 먼 내용이다.

나도 언제, 내 안의 소소한 기억을 따라 자유롭게 런던을 더듬어 볼 날이 올 수 있을까. 존 레넌의 노래 〈이매진(Imagine)〉을 흥얼거리며 영화에서처럼 하노버 스트리트를 걸어보고, 조금 떨어진 워더링 하이츠(폭풍의 언덕)에 올라가 보면 히스클리프와 캐시의 영혼이 바람결에 사랑을 찾아와 있으려나.

영국 한인노인회를 방문한 날, 수십 년 전 이곳에 와 뿌리 내리며 살고 있는 우리의 어르신들을 뵈니 마음이 애잔해졌다. 무조건 안아드리고 박수쳐 드리고 얼마간의 헌금을 거두어드렸다. 그분들이 우리를 맞이하려고 마련한 점심상은 바로 우리 고향 어머니의 솜씨였다. 여흥이 이어졌다. 장기 자랑, 시조 낭송, 가야금 연주 끝에 자연스레 춤판이 벌어졌다. 가운데 넓지 않은 공간으로 네댓 분이 나와 춤을 추었다. 그때였다. 누가 시키지도 않았는데 내가 벌떡 일어났다. 가운데로 나가니 춤추던 교민들이 나를 반기며 두 손을 내밀었다. 나는 그들의 손을 마주 잡고 그분들이 흔드는 대로 몸을 내맡겼다. 가야금이 신들린 듯이 소리를 더 튕겨 올렸다. 흥이 절로 났다. 얼씨구~ 리듬을 타며 나도 모르게 어깻짓, 고갯짓이 넘실거려졌다. 시는 노래로 노래는 춤으로 춤은 흥으로 흥은 무아지경으로 흘렀다.

이게 웬일인가, 국내에서는 이런 자리에 한 번도 나가 본 적 없던 나였으니. 엉뚱한 나의 등장에 모두들 웃으며 손뼉으로 리듬을 맞추어 주었다. 내 안의 조르바가 눈을 끔벅여 신호를 보냈던가, '춤추어요, 자유롭게~!' 아~ 조르바의 기분이 이런 거였구나……. 천방지축으로 막춤을 추는 내 모습이 하도 신기했던지 누군가가 사진을 찍어 보내 주었다. 나는 바로 저장해두었고 내 안에 숨어 있던 나를 가끔 들여다본다.

이번의 메인 행사인 총회장에는 11개국에서 온 시인들 120여 명으로 가득했다. 그날 가장 비중 있는 순서로 영국 시인 토니 피크(Tony Peek)가 영국 전통 시, 지금은 잊혀 가는 소네트(sonnet: 한 줄이 열 음절로 되고 모두 열네 줄인 정형시)를 강의한 끝에 각자 자국어든 영어로든 소네트 한 편씩 써내어 발표를 하자는 것이다. 일종의 백일장인 셈이다. 예측하지 못한 과제였으나 모두들 몰두해서 쓰는 시간이 흘렀다. 나는 영어로 쓰자니, 석 줄의 시조에 비해 열네 줄은 상당한 분량인데다가 끝의 운을 맞추어야 하고 내용의 기승전결까지……. 만만치가 않았다.

어느 나라 시인이 얼마나 좋은 작품을 써서 나올까? 이 짧은 시간에. 그리고 더구나 영어로는. '그건 셰익스피어나 가능한 일이지' 이렇게 움츠러들고 있을 때, 우리나라 남성 시인이 앞에 나가 우리말로 쓴 소네트를 발표했다. 박수를 받고 자리로 들어오던 그분이 뜻밖에 내게로 다가왔다.

"누님, 안 나가고 뭐 하세요? 영어로 하세요!"

돌발 상황에 내가 다급하게 말했다.

"정리가 안 됐는데……. 두 줄이 모자라요."

"에이, 그냥~ 시는 소통이다, 전통 시는 우리의 영혼이다, 라고 마무리하면 안 되나요?"

순식간에 나는 선택의 기로에 섰다. 내 머릿속은 콩 튀듯 바빠졌다. 어설픈 채로라도 다른 나라보다 앞서서 발표를 하는 게 나을까? 아니지, 여기가 어디라고! 이 국제적인 자리에서 부실한 글로, 사서 망신하지 말자.

다음 순간 나는 이미 벌떡 일어서 있었다. 어디서 용감한 배짱이 나를 등 떠밀기라도 한 듯이, 말리는 손길이 나를 붙잡아 앉히기 전에, 빠르게 앞으로 나아갔다. 홀 안을 가득 메운 세계의 시인들 앞에 서서, 나는 마치 완벽하고 자랑스러운 원고를 읽기나 하듯, 최대로 자신감 있는 척, 미소 지은 표정으로 청중도 한 번씩 휘돌아보며 낭송해 나갔다. 마음속으로는 '제발 아무도 지금 이걸 녹음하지 마세요, 다시 쓰면 되죠.' 허나 이게 말이나 되는가! 낭송을 마친 나는, 양팔을 번쩍 들어 올리며 득의만면으로 '해냈다!'는 몸짓까지 하고야 들어왔다. 박수가 나왔다. 자리로 들어오니 원고 내용을 아는지 모르는지 동료 시인들이 소곤소곤 잘했다고 했다.

나는 미처 몰랐었다, 내가 이렇게까지 뻔뻔스러운 줄을. 이건 본래의 내 모습이 아니었다. 어렸을 땐 아는 답도 쭈뼛거리던 소심쟁이었는데, 내 안에 이런 막무가내 엉뚱하고 당돌한 면이 있다니!

이틀 후, 런던 남부 브리스톨 지방에 있는 영국인 교회를 방문했다. 오래된 교회인데 몇 년 전 영국인 장로들이 뽑은 목사가 한국인 장순택 씨이고 그 부인이 우리 시조시인이어서 우리가 응원 겸 친선으로 가게 되었다. 대부분이 노년층인 교인들은 우리가 온다고 다과상을 풍성하게 차려놓았다. 우리는 한복을 입고 합창도 하고 개인 장기자랑도 벌였다. 다음, 내 차례가 왔다. 다른 시인의 시조를 내가 번역했으니 나한테 낭송을 하라고 한다. 지난 총회 때와는 달리, 이미 써놓은 영역 시조만 낭송하면 된다. 한결 편한 마음으로 앞에 나가 섰다.

나가보니, 연로하신 영국인 교인들이 하나같이 웃는 얼굴로 나를 바라보고 있었다. 내가 한복을 입은 모습이 흥미로워서, 혹은 자기네 목사와 같은 한국인이어서, 혹은 내가 시인이어서 호의를 보이고 싶었는지는 모르겠다. 나는 그분들이 우리 장 목사를 천거해 준 게 고마워서, 그리고 오늘 우리를 환영해 주는 게 고마워서, 달랑 시조만 읊을 게 아니라, 친근하게 말을 건네고 싶었다.

"여러분, 저는 지금 여러분들의 웃는 모습들을 뵈니 너무나 기쁩니다.

여러분들은 여기 계신 장 목사님과 그의 부인 사라 장과 함께, 더욱
이 하나님의 사랑과 함께 행복해 보이십니다, 그런가요?"

여기저기서 웅성웅성 입들을 떼었다.

"그럼요, 우리는 행복하답니다."

"와 주셔서 반가워요~!"

"우리는 장 목사 부부 사랑해요!"

피부색도 다른 사람들이 초면에 만나 약간 서먹하고 긴장도 되었다
가, 이렇게 말문이 트이니 분위기가 훨씬 부드럽게 풀렸다. 나도 그분
들과 더 가까워진 마음이 되어 여유롭게 웃음 지으며, 애기하듯이 영
역 시조를 낭송했다. 시조는 이명(耳鳴)에 관한 것이어서 그들에게도
남의 얘기 같지 않은지 듣는 동안 고개를 끄덕이며 박수를 보내주
었다.

누군가, 여행이란 결국 다음 생에서가 아니라 이생에서 다른 생을
살아보는 일이라고 했다. 다른 생이란 다른 나로 사는 일이려니…….
새로운 곳에 가서 새바람을 만나면 수십 년 잠들어있던 낯선 내가 깨
어날 수도 있다. 나는 또 여행을 꿈꾼다. 내 안의 나를 울타리 너머로
나가게 길을 열어주고 싶다.

제2부

우리의 미소를 나르다

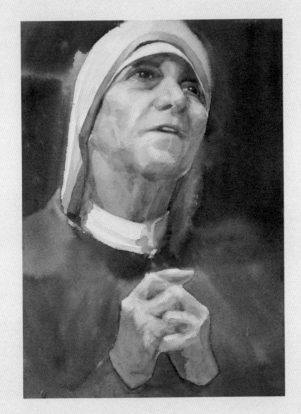

테레사의 기도

저녁노을 속에서

7월 말, 한여름인데도 시애틀은 쾌적했다. 진즉에 여기 와서 자리 잡은 홍(洪)이 여고 동창인 나와 유(柳)를 자기 집으로 초대했다.

홍의 집은 시애틀의 남쪽, 조용하고 평화로운 마을에 있었다. 도착한 날 저물녘, 지금 밖에 나가면 좋은 볼거리가 있다며 홍이 앞장을 섰다. 이름 모를 꽃들이 아기자기 피어 덤불을 이루는 모퉁이를 몇 구비 돌아가니 태평양 바다가 한눈에 펼쳐져 있었다. 우리 세 사람은 언덕으로 올라가 자리 잡고 앉았다. 하늘을 한 바퀴 올려다보며 유가 말했다.

"난 이렇게 크고 둥근 캔버스를 본 적이 없어."

홍이 눈길을 멀리 보내며 말을 받았다.

"여기가 미국에서 한국이 제일 가까운 곳이야. 난 한국이 그립거나 낙조가 보고 싶을 땐 늘 이리로 올라와."

그러고는 흥얼흥얼 노래를 부르기 시작했다. '즐거운 곳에서는 날 오라 하여도~' 자연스레 우리도 따라 불렀고, 연달아 추억의 노래가 이어졌다.

　점점 어두움이 드리워지면서 해는 어느새 오렌지색 덩어리가 되어 수평선을 향해 서서히 내려가는 중이었다. 하늘에는 온갖 빛깔의 구름이 색색으로 풀어지고 있었다. 넘어가는 해가 구름을 물들인 빛깔들은 너무나 오묘해서 화가의 팔레트에서는 흉내조차 낼 수 없을 것 같았다. 구름이 없는 날이면 이런 장관이 아닐 수도 있겠구나 싶었다. 구름과 해가 연출하는 한바탕 빛의 놀이에 홀려 있는 사이, 이글대는 새빨간 불덩어리가 수면에 딱 얹혔다. 나는 긴장이 되어 숨을 멈추었고 눈도 깜빡일 수 없었다. 십여 년 전 남편의 임종 순간이 생각났다. 그를 꽉 붙들어 두고 싶은 내 간절함을 하늘은 삼켜버렸었다.

　이윽고 우리들의 입에서 동시에 "아!" 탄식의 외마디가 터져 나왔다. 어떤 불가항력의 힘이 밑에서 왈칵 끌어내린 듯, 해는 순식간에 넘어갔다. 내 가슴도 철렁 내려앉았다.

　누구도 더이상 입을 열지 않았다. 우리 세 사람은 다들 남편을 여읜 처지였다.

　무거운 침묵이 잠시 흘렀다. 혼자 말처럼 유가 가라앉은 목소리로 중얼거렸다.

　"사람도 저렇게 가."

　그만 집으로 돌아갈 때가 되었는데도 아무도 자리에서 얼른 일어서질 않았다. 제각기 지난 일이 회상되었는지 아쉬운 듯 멈칫거리던 즈음, 놀라운 일이 벌어졌다. 장관은 바로 그 다음부터였다. 해가 없어졌어도 아랑곳없다는 듯, 마지막 이 지상에 해가 있던 자리, 아니 정확히는 수평선에 닿았던 그 자리의 황금빛이 오래도록 사라지질 않았다. 가다가 멈추고 돌아보는지, 해는 오히려 그 경계를 넓히고 넓히는 중이었다. 거대한 황금색 빛 덩어리가 되어 하루 동안 그 품에 안겼던 만물에게 축복을 주고 싶은가 아니면, 응달이라도 있었더냐 미안하다는 듯, 해는 하늘에 온통 황금색, 보라색, 오렌지색, 청회색과 그 농담의 색깔들을 섞어가며 천상의 잔치를 열어 보였다. 그 기막힌 아름다움을 사진은 담아내지 못할 것이 분명했지만 우리는 수없이 셔터를 눌러댔다. 빛의 축제는 무려 40분이나 계속되었다. 내가 흥분이 된 채 먼저 말을 꺼냈다.

"놀랍지? 해가 있을 때보다 오히려 지고 난 후에 노을이 더 불타다니!"

나는 무슨 대발견이라도 한 듯 가슴이 벅차올랐다. 기어이 한 마디 더했다.

"저 노을을 닮고 싶어."

마치 '너는 나이 들었어도 앞으로 더욱 활기차게 무언가를 이루며 살아갈 수 있다'는 하늘의 계시라도 받은 기분이었다.

홍이 말을 받았다.

"나도 몰랐어. 오늘 처음 봐. 해가 떨어지고 나면 그게 끝인 줄 알고 바로 들어갔으니! 너희들 덕분이야."

유가 다짐하듯이 말했다.

"이건 황홀하다는 말로는 부족하지 않니? 그리고 오늘 하루로는 모자라. 내일 또 오자."

때마침 붉은 기운이 아직 남은 하늘을 배경으로, 한 떼의 새들이 춤을 추듯 날아올랐다. 새떼들은 이내 마지막 남아 있던 노을빛마저 싹 거두어 몰고 가듯이 사라져갔다. 어둠이 서서히 내려 덮었다. 검어 오는 하늘에 아쉬운 눈길을 남기고 우리는 마지못해 돌아섰다. 집으로 향하는데 동쪽 하늘에 크고 둥글게 떠오른 것이 우리를 내려다보고 있었다.

만월이었다. 멋진 여행을 하려면 음력 보름을 끼고 떠나라더니, 마침 음력 유월 보름날이었다. 오색이 어우러진 수채화를 보다가 고개를 돌렸을 뿐인데, 바로 다음 순간에 담백하고 그윽한 수묵화를 대하는 느낌이랄까. 거뭇한 계수나무 주위로는 아무 색이 없이 온통 말갛기만 했다. 그 맑음이 마치 거울 같아서 신비롭기도 하지만, 나를 속속들이 꿰뚫어 보는 것만 같아 두렵기도 했다. 그렇게 가까이에서 그렇게 큰 달을 본 적이 없었다. 달은 너무나 커서 바로 아래 서 있는 내게로 뚝 떨어져 나를 덮칠 것만 같았다.

우리의 노을 맞이는 그곳에 머무는 2주 동안 하루도 거르질 않았다. 똑같은 해가 하늘에서 벌이는 빛의 향연이었지만 매일매일이 새로웠다. 거기에는 자유로움과 다양함이 더해졌고 그래서 더욱 아름다웠다.

우리의 미소를 나르다

  몇 년 전 수필문학 모임에서 경주로 가을 세미나를 갔었다. 경주박물관 조각관에 들렀을 때, 내 눈길을 자석처럼 끌어당긴 한 물건이 있었다. 한 뼘 남짓한, 그것도 깨어진 기왓장이었다. 그 기와에 문양으로 그려진 여인이 나를 마주보고 웃고 있었다. 나는 그 자리에서 붙박이가 되어버렸다. 천 년 전 신라 도공의 솜씨가 나를 사로잡은 것이었다. 동그란 기왓장 속 여인은 갸름한 눈매에 주름살을 지으며 입꼬리를 살짝 올려 미소를 지었다. 일행은 이미 한 사람도 안 보였지만 나는 겁이 안 났다. 천하의 보물이라도 발견한 사람이 되어 기와 속 미소에 넋을 잃었다.

  그 소박하고도 포근한 미소는, 모나리자의 알 듯 모를 듯한, 내 눈에는 약간은 차가운 미소에 견줄 게 아니었다. 한쪽 턱 밑이 깨어져 나가 더 눈에 띄었고 오히려 비대칭의 아름다움이 기묘하면서도 친근했다.

고대 밀로의 비너스가 두 팔이 잘려 나갔어도 아름다움이 반감되지 않듯이. 알고 보니 그 기와의 이름은 기와지붕 끝을 막음하는 수키와라서 수막새라고 하고 2013년 경주세계문화 엑스포가 열렸을 때 '천년미소'라는 이름으로 신라 문화의 상징, 엠블렘이 되었다고 한다.

수막새에서 깊은 영감을 받고 집으로 돌아온 나는 우리 조상의 멋과 존경스러움을 자랑할 계획을 세웠다. 조상이 남긴 더 많은 미소를 찾아 그림으로 표현해서 널리 알릴 작정을 했다. 이번 그림들에 나의 창의성은 들어갈 여지가 적다. 다만 우리 민족이 많은 역경을 이겨 나온 힘, 미소 속에 담긴 풍류와 해학의 멋을 그대로 세상에 알리고 싶었다. 또한 지금 역시 위기의 상황이지만, 조상이 그랬듯이 우리가 미소 지으며 일상을 의연하게 살고 있음을 보여주고 싶었다.

김대성이라는 분이 『한국의 미소』라는 책을 내었으나 이미 절판이 되었기에 그 책을 찾으러 국립도서관으로 갔다. 단숨에 다 읽고 중요한 부분을 복사해 와서 하나하나 자료 조사를 했다. 반가사유상의 미소를 더 잘 보려고 국립박물관을 찾았다. 앙드레 말로가 일본 국보 1호인 교토 고류지(廣隆寺) 목조 미륵반가사유상(우리 국보 83호와 판박이다)을 보고 최고의 걸작이라 찬탄한 자태, 그 미소 앞에서 가슴으로 뜨거움이 지나가고 두 손이 저절로 모아졌다. 석굴암 대불의 미소를 다시 보고 싶었지만 마침 개인 입장이 허용되지 않아, 방혜자 선생님이 펴낸 책 『한국의 보물』을 들여다보며 대불에 바치는 박종화, 유치환의 시조를 외우다시피 했다. 그림으로 표현하는 동안, 대불(大佛)의 서기(瑞氣)에 위압당한 나는 몸 둘 바를 몰라 합장하고 절하고 붓질하기를 거듭했다.

지리산 속 절 한켠에 모셔진 조각, 이름 없는 할머니의 소박하고 편안한 미소도 찾아냈다. 효를 숭상하는 우리 민족 정서로 이분을 효의 상징으로 받들어 지금도 참배행렬이 이어진다고 한다. 시골 마을 입구에 있는 장승들의 미소는 얼마나 호방한지, 붓을 든 나도 선 채로 덩실거려졌다. 솟대 위의 새들은 세상일을 하늘에 고하는 노래를 불러대고 들판의 허수아비도 빈손으로 웃고 서 있다.

　2016년 초 예술의 전당에서 〈영원한 인간(Human Image)〉이라는 타이틀을 붙여 대영제국 박물관전을 열었다. 이 전시는 인간의 얼굴이 중심 소재였는데, 그 중 Mask(가면) 코너에 가보니 탈을 쓴 인물들 중에 미소는 어디에도 없었다. 놀라움이나 슬픔, 절망과 비탄을 드러내는 표정은 많아도 웃는 얼굴은 찾을 수 없는 게 이상했다. 우리의 갖가지 탈들은 모두 익살스럽거나 호방하게 웃는다. 사람 형상은 물론이고 도깨비나 호랑이까지도 우호적이고 환하게 웃는다.

　우리나라는 오랜 역사 동안 수 없는 외침(外侵)과 지배층의 수탈로 백성의 가슴 속에 고통과 한이 맺혔다. 그럼에도 불구하고 우리 민족의 핏줄 속에는 끈질긴 생명력과 낙천적인 기질이 있어서, 이웃과 신명나게 어울리는 놀이 속에 한을 소망으로 바꾸었다. 웅숭 깊은 선량함으로 괴로움을 견디고 삭여서 웃음으로 승화시켰다. 이 여유로움과 여운이 우리 민족예술의 결정적 특장(特長)이 아닌가 싶다. 이번 전시를 준비하느라 그 미소들을 다시 만나며 치유와 평화를 느끼게 하는 은근한 멋에, 해학과 페이소스가 담긴 웃음에 나도 물들어 행복했고 우리 조상의 후손이라는 사실이 자랑스러웠다.

　조상의 미소에 매료되어 있던 나는 같은 시공간에서 살아가는 우리

시대 사람들의 미소에도 관심을 돌렸다. 평범한 내 이웃을 포함하여 다양한 사람들의 미소 지은 모습을 그리는 동안 나도 따라 미소 짓는다. 무엇보다 사람에 대한 나의 사랑이 더 깊어 감을 느낀다. 두 사람을 이어주는 가장 가까운 길은 미소라고 생각된다. 한 장의 그림은 때로 천 개의 낱말만 한 가치가 있을 것이다.

화려한 고전 미술의 역사와 함께 최첨단으로 세련된 현대 조형미술의 집결지인 파리로, 나는 이 소박하고 구시대적이라고 볼 수도 있는 구상회화 30점을 가지고 나선다. 우리 한국의 멋을 알리는 데 조금의 기여라도 하게 되기를 바라면서.

삶이여 만세

멕시코의 여류화가 프리다 칼로(Frida Kahlo, 1907~1954)는 47세 되는 자기 생일 하루 전날, 그림 한 장을 그렸다. 수박을 그린 정물화다. 프리다는 이 그림을 그려 놓고 여드레 후에 생을 마감했다.

프리다의 그림은 자신의 아픈 모습을 그린 초상화가 대부분이다. 그런데 마지막 그림으로 왜 수박을 그렸을까. 심상치 않은 함의를 읽는다.

그림을 들여다본다. 우선 잘 익은 수박의 붉은 색이 강렬하게 시선을 자극한다. 그녀의 아픈 모습을 그림으로 하도 많이 본 터라 그 붉음이 핏빛 같기도 하다. 혹은 그녀의 삶에 대한, 또 사랑에 대한 펄펄 끓는 열정의 빛깔이려니 싶다. 그림 속에는 여러 모양으로 잘린 수박이 있는 가운데, 채 자르지 않은 두 덩이의 수박도 있다. 그건 아직 살아보지 못한 미지의 자기 삶을 상징하는 듯하다. 그녀가 그림으로 가감

없이 자기를 들어낸 것처럼 수박 한가운데를 잘라 제일 큰 단면의 수박을 보여준다. 자기 얼굴에 유난히 까만 눈썹과 눈을 그려왔던 그 대신, 수박 안에 까만 씨들을 그려 넣었다. 그토록 낳고 싶던 아이를 의미하고 싶었을까. 그것과 대칭으로 찌를 것 같이 뾰족하게 칼질을 한 수박이 있다. 자신을 찌른 세상의 은유일 수도, 혹은 성당의 첨탑 모양을 그리며 자신의 삶을 성전에 바치고 싶었던가.

무엇보다, 이 그림엔 특이한 게 있다. 잘 보라는 듯이 정면 한가운데 아래 수박 조각에 새겨 넣은 글자, 'Viva la Vida(삶이여 만세)'가 그것이다. 그 아랫줄에 자신의 이름, 또 아랫줄에는 그린 날짜와 자기가 태어났고 죽음을 맞게 될 집이 있는 지명, 코요아칸이 적혀 있다. 이 세 줄은 바로 그녀 스스로가 쓴 묘비명인가 싶다. 죽음이 가까이에 와 있는데 그게 두렵지 않고 오히려 삶을 찬미하다니. 그것도 고통의 대명사격인 자신의 삶을 뒤돌아보며 어떻게 이렇듯 삶을 향해 만세 부를 수 있을까? 그녀가 살아낸 게 기적 같은 일이지만 그 삶에 찬사를 보내는 이 무한 긍정이라니! 이 또한 기적 같은 그녀만의 용기 아닌가.

프리다는 가난한 사진사의 딸로 태어났다. 여섯 살 때 척수성 소아마비를 앓았고 열여덟 살 되던 해에 치명적인 교통사고를 당했다. 47년 생애 동안 서른두 번의 외과 수술을 받아야 했다. 그러나 프리다는 고통으로 무너지지 않았다. 그걸 감추지도 않았다. 다리를 잘라내야 하는 수술을 받고도 그녀는 말했다.

"내게는 날개가 남아 있으니 괜찮아!"

프리다는 원래 의학도를 지망했었다. 허나 만신창이의 몸이 되어 병상에서 지내야 했던 여건에서 자신을 표현하는 길은 그림이었다.

그림을 그리며 생존의 의지를 붙들 수 있었다. 특수 이젤을 침대 네 기둥에 고정시킨 채 천장에 거울을 붙이고, 누워 있는 자신의 모습을 적나라하게 그려 내었다. 프리다는 극렬한 고통 속에서 주저앉은 게 아니라 오히려 스스로를 인간 의지의 극점으로 밀어붙였다. 그녀는 미술 전문 교육을 받은 것도 아니면서 고해하듯 호소하듯 처참한 자기를 고스란히 그려 보였다. 보는 사람이 너무 아파 고개를 돌리고 싶을 정도로.

그렇게 그린 200여 점의 그림이 거의 자화상이었고 그 인고의 세월이 결국 프리다를 예술가로 만들었다. 자신의 삶을 직시해 왔던 그 수많은 자화상의 궤적 끝에서 드디어 프리다는 정물화로 귀결한다. 그 오랜 과정의 완결판으로. 멕시코에서 정물화는 삶의 무상함을 상징한다고 본다. 무상이란 항상성이 없는 것이지 허무가 아니다. 정물화는 매 순간 변하고 있는 삶 속에서 어떤 대상을 잠시 붙잡아 놓고 그린 그림이다. 그래서 영어로 정지한 물체(still life)다. 프리다는 삶에서 무상함의 본질을 알아본 걸까.

남편 리베라 디에고의 배신도 껴안을 수 있었던 그녀다. 1949년, 프리다는 '우주, 대지, 디에고 나, 세뇨르 솔로들의 사랑의 포옹'이라는 긴 제목의 그림을 그렸다. 이 그림 속에서 그녀가 안고 있는 디에고는 그녀의 아기이다. 마치 성모 마리아가 아기를 안고 있는 듯한 모성의 자애를 본다. 그녀가 아기를 낳지 못했기 때문일까 이 장면은 더 애틋하고 절절하게 느껴진다. 이 두 사람을 다시 여신이 껴안고 이 모두를 우주가 끌어안은 포옹의 자세로 그는 죽음 앞에서 더이상 아파하지 않는다. 자신의 아픔을 용서하고 그것과 화해하고 있다.

프리다의 아픈 자화상 앞에서 사람들은 그 끔찍함에 놀라면서도, 자기 상처를 돌아보며 내 아픔은 아픔도 아니구나 할 수도 있으려나. 그런데 이 마지막 수박 그림은, 보는 이들에게 위로 그 이상일 수 있다. 죽음을 앞두고 그 고통의 삶을 사랑하는 이 긍정의 찬가가 보는 이들에게 '세상에 두려울 건 없어'라고 소리치는 듯하다. 무수한 예술가들이 진흙 속에서 연꽃을 피워 올렸다. 고통 속에서 피워 내야 그 꽃은 예술이 된다. 니체는 위대한 인간이란 역경을 극복할 줄 아는 동시에 그 역경을 사랑할 줄 아는 사람이라고 했다. 그 역경을 사랑한 결과물이 프리다의 이 그림인가 싶다.

나는 프리다의 화풍을 그다지 좋아하지는 않는다. 오직 이 마지막 작품이 주는 메시지 때문에 프리다는 나에게서 천 길이나 격상되고 있다. 내가 수년 전, 내 삶에서 가장 가까운 두 사람을 연달아 잃고 나서, 나를 치유한 길이 바로 그림을 그리는 일이었다. 내가 그림으로 끌어낸 내 아픔을 바로 보면서 점차 내 고통의 해석이 달라졌다. 삶의 무상함을 나 또한 받아들였고 긍정의 시각을 갖게 되자 아픔은 더이상 내 안에 고여 있기를 마다했다.

프리다의 수박 그림에 다시 눈길이 머문다. 한창 잘 익은 수박을 선물하며 프리다는 우리 손에 거울을 들려준다. 그대여 삶을 사랑하는가?

어둠에서 나온 빛

-마더 테레사를 그리며

인물화를 즐겨 그리다 보니 인물에 깃든 성스러움을 표현해보고 싶었다. 그래, 성인의 반열에 올라 노벨 평화상을 받은 마더 테레사를 그리자. 수녀님 같은 성인의 내면에는 언제나 찬란한 빛이 가득하고 끊임없이 천사의 나팔소리가 들리리라. 당연히 그분의 얼굴은 밝은 미소가 가득 차 있으려니 싶었다.

그림을 위해 수녀님에 대해 좀 더 자료를 검토하다가 뜻밖의 사실을 알게 되었다. 수녀님 사후, 생전에 신부님과 주고받은 편지가 공개되었다. 그 편지들은 공개되리라고 생각지 못했기에 내밀하고 적나라했다. '신부님, 제 마음속 어둠은 너무나 깊습니다. 제 영혼 안에 주님이 계셔야 할 자리에 아무도 없습니다. 그 고통과 괴로움은 이루 말로 다 할 수 없습니다.' 또, 예수님께 쓴 편지에는 '제 안에는 해답 없는 의문이 너무나 많습니다. 그런 의문을 드러내기가 너무나 두렵습니다. 그건 하느님에 대한 모독이니까요. 제 영혼은 모순으로 가득 차 있어서 저의 균형을 무너뜨립니다. 저는 주님을 애타게 부르고 매달리는데 아무 대답이 없습니다. 저는 혼자입니다.'

　미약한 한 영혼의 절절한 목소리였다. 온 존재가 밝고 굳은 신앙으로 가득 차 있는 줄만 알았는데, 그분은 고뇌의 폭풍 속을 꺼질 듯 꺼질 듯 걸어가는 위태로운 등불이었다. 도대체 신이 없는 자리에 신앙이 가능한가? 고통 속에 내던져진 사람들을 도울 힘이 미약할 때 수녀님은 하느님을 갈망했고 응답이 없을 때 그는 흔들렸다. 그리고 버려진 이들에게서 신음하는 예수님의 모습을 발견하고 더욱 고통스러워했다. 그러나 자신의 내적 고뇌를 '정화의 수단'으로 여기고, 해답 없는 의문과 싸우며 오히려 최선의 섬김으로 순응하면서 신앙의 등불을 밝혔다. 위대한 신앙이란 흔들림 속에 피어 있는 등불을 끝까지 꺼뜨리지 않는 것일 게다. 그래서 그의 위업은 더욱 빛난다. 나는 한층 심오한 성스러움을 만난 것이다.

　테레사 수녀님 생전, 『타임』지는 그분을 특집기사로 다루면서 타고르(R. Tagore)의 짧은 시 한 편을 소개하며 마무리했다.

　　I slept and dreamt that life was joy
　　삶이란 기쁨이라고 꿈꾸었네
　　I awoke and saw that life was duty
　　깨어나서 보았네 삶이란 의무임을

I acted and behold that duty was joy.

일하며 깨달았네 의무가 기쁨임을

산다는 것은 해야 하는 의무이고 그 일이 기쁨임을 알게 되었다는 타고르의 시구에서, 테레사 수녀가 고뇌 속에 헌신하는 과정이 고뇌만에 머무르지 않고 그 가운데 보람도 기쁨도 있었다는 해석이 가능하다. 그 가운데 기쁨을 찾은 것 또한 성인다운 위대함이다. 예전에는 기적을 행해야 성인이라 여겼다. 그러나 이 기사의 제목은 「우리 가운데의 성인(Saints Among Us)」이다.

내 그림이 이런 고귀한 영혼에 얼마나 가 닿을 수 있을까. 그 성화(聖化)의 여정을 그림으로 따라가 보려고 이젤 앞에 앉았다. 때로 그림 한 장은 수많은 말을 대신할 수 있어야 한다. 아크릴로, 수채화로 시도해 본다. 물성(物性)상 아크릴에는 수분과 유분이 섞여 있어서 수녀님의 얼굴에 기름기가 돌 수 있다. 그것은 그분의 이미지와 거리가 있으니 수채물감으로만 묘사하기로 한다.

그리다가 종이를 버리기 여러 번, 다시 물감을 풀어 새하얀 백지를 마주한 끝에 수녀님의 뺨에 목줄기에, 기도하는 깍지 낀 손마디에 고통으로 수척함이 투명한 물감 속에 드러난다. 그러나 아직도 내 그림 속 테레사 수녀님의 눈빛에는 간절함이 부족해 보인다. 나는 지극한 마음으로 기도드린다.

'당신의 성스러움 한 자락이라도 제 붓에 닿게 해주십시오.'

수녀님의 입술에서 무슨 말씀인가가 새어 나오려고 한다.

천지에 빛 뿌리며

-빛을 그리는 방혜자 선생님

만남

선생님의 그림 전시회는 내 마음에 경탄의 파동을 일으켰다. 선생님은 미대 졸업 후 1961년 파리로 유학 가서 계속 파리에서 활동하고 있는 화가이자 수필가, 서예가라는 것은 알고 있었다.

주제는 '빛'이었다. 그림들을 보는데 지금껏 느껴본 적 없는 전율이 일었다. 그것은 하도 유현(幽玄)해서 한 장의 그림이라기보다 우주였고 육안이 못 보는 정신세계인 듯했다. 사물을 비추는 물리적인 빛을 넘어 내면을 비추는 영적인 빛이다. 제목은 빛으로 가는 길, 빛의 탄생, 우주의 빛, 빛의 숨결 등이었고 그 빛은 살아 숨 쉬는 호흡으로 다가왔다. 그림들에서 구도자의 경지가 느껴졌다.

바로 안내인에게 혹시 이 화가의 책이 있느냐고 물었다. 사람을 알

수 있는 것이 글이라는 생각에서, 어떤 분인가 더 알고 싶었다. 선생님의 두 번째 수필집 『마음의 침묵』이 있어서 펼쳐보는데, 마침 이때 방혜자 선생님이 들어오셨다. 단아하고 가녀린 몸집에서 범상치 않은 기운이 느껴졌다. 그날은 선생님의 그림과 글 그리고 운 좋게도 선생님까지 그 자리에서 만났으니 나에게는 귀한 인연이 맺어지는 잊을 수 없는 길일이었다.

그날 밤으로 책을 다 읽었다. 이렇듯 고결하고 순수한 인품을 가진 분의 그림을 곁에 두고 보고 싶었다. 다음날 선생님이 계신 영은미술관으로 찾아갔다.

"선생님 그림 중 원형으로 그린 그림 세 점을 나란히 제 거실에 걸고 싶습니다. 또 세 점을 더해서 제 며느리에게 선물하고 싶으니 골라 주세요."

선생님은 손수 액자의 크기와 색을 정해서 단골 화방에 부탁해 주셨다. 며칠 후 그림 세 점이 내 집에 왔고 그것들을 거실에 거는데, 액자의 크기와 꼭 맞게 벽 아래위에 홈이 패여 있었다. 마치 선생님 그림을 맞이하려고 준비하고 있던 것처럼. 그림들의 제목은 〈빛의 입자〉인데 이 빛의 입자 하나하나가 내 안으로 들어와 마음을 환하게 밝혀준다. 나는 만다라를 보듯이 바라본다.

오래된 장소

수년 전 파리에서 딸아이의 결혼식을 며칠 앞두고 딸과 사윗감을 선생님께 인사시키기로 한 날이었다. 나는 빛바랜 엽서 한 장을 들고 몽파르나스가(街) 171번지의 레스토랑, 라일락 정원(La Closerie des Lilas)을 찾아갔다. 30여 년 전 남편이 파리 출장 때 이곳에서 귀빈을 대접하면서 이 집 전용 엽서를 고국의 나에게 보냈었다. 라일락 향기를 품은 듯한 귀부인이 그려진 엽서 뒷면에는 함께 못 온 아쉬움이 적혀 있었다.

오랜 세월 프랑스 문화계의 살롱으로 역사를 자랑하는 이 고급 레스토랑은 자부심이 가득했다. 나는 미리 가서 매니저에게 옛 엽서를 보여주었다.

"내 남편이 30년 전 이곳에 와서 식사하며 저에게 보낸 엽서예요. 오늘은 제가 귀빈을 대접하니 좋은 자리 부탁합니다."

매니저는 빙긋이 웃으며 요즘 쓰고 있는 엽서도 가져다주었다. 거기에도 역시 같은 솜씨로 귀부인이 그려져 있었다. 아마 이 레스토랑 전속 화가가 몇십 년째 그대로 있나 보다. 이곳은 헤밍웨이의 단골 식당이었고 메뉴판에는 그가 즐겨 먹던 요리인지 헤밍웨이 스테이크가 있었다. 곧 이어 유리창 밖으로 택시에서 내려서는 방혜자 선생님을 한눈에 알아보았다. 달려 나가 얼싸안다시피 모시고 들어왔다. 선생님은 자리에 앉자마자 약간 흥분된 어조로 말씀하셨다.

"와 보니 글쎄, 여기가 바로 그 집이에요! 덕분에 오늘 내 50년 전 꿈이 이루어졌어요!"

꼭 반세기 전 대학을 갓 졸업하고 파리로 온 젊은 화가는 캔버스 살 돈이 떨어지면 치마폭을 찢어내어 그림을 그렸다. 그림이 팔리면 먼저 물감과 캔버스부터 샀던 그 시절, 이 거리를 지나가다 겉모습만으로도 아름다운 이 식당 문 앞에서 동료 화가와 약속을 했다.

"우리 이 다음에 성공하면 꼭 이 식당에 들어가 보자."

그러고는 한참을 잊고 살았다는 선생님은 감회에 젖어 한동안 말씀이 없었다. 듣고 있던 우리는 낮은 탄성을 터뜨렸다.

"소설 속 장면이네요."

별 하늘 아래 화실

남프랑스의 산간지대인 아르데슈(Ardeche)에 선생님의 아틀리에가 있다. 해발 700미터의 고지인데 인간의 생존 조건에 최적의 고도라지만 그보다 선생님은 빛에 더 가까이 가고 싶었던 게 아닐까. 청정지역에 풍광도 아름다웠다. 선생님 화실은 자랑스럽게도 그 중세의 옛 마을에서 가장 우아한 건물이었다. 건축가인 아들이 어머님을 위해 온 마음을 다해 지어 드렸다.

몇 년 전 여름, 딸아이 부부와 함께 그곳에서 며칠 머무는 호강을 했다. 우리가 도착했을 때 별채로 황토방이 거의 다 지어져 가고 있었고 내 사위와 딸이 들어서서 마무리 삽질을 했다. 선생님과 나는 손바닥으로 흙을 다지며 잔돌을 골라내었다. 그 참여의 공로로 우리는 평생 출입증을 받았다.

선생님은 이 황토방을 이웃에게 다 열어놓고 언제라도 와서 흙의 좋은 기운을 받고 가라 하셨다. 늘 입에 붙은 말씀이, "사랑을 많이 주고 가야지!"였다. 그때 나를 위해 내어주신 방은 천정이 넓은 유리로 되어 있어 밤이면 주먹만 한 별들이 한가득 들어찼다. 매일 밤 별들을 오래오래 보느라 잠들기가 아까웠다. 시처럼 동화처럼 아름다운 단편 「별」을 쓴 알퐁스 도데가 바로 이곳 사람이라는 걸 여기 와서야 알았다.

근처의 고성(古城) 보귀에 성은 문화 공간으로도 활용되어 그해 여름 석 달 동안 선생님의 전시가 열리고 있었다. 그 기간 내내 선생님은 그 자리에서 아이들에게 미술 교실을 열어주시며 말씀하셨다.

"내 강의를 듣는 아이들 중에 한 사람이라도 화가가 나오면 보람이지요.'

한마디 말씀

수년 전 나는 어느 문학단체의 작가회장직을 권유받고 극구 사양 중이었다. 내 완강한 거부를 보다 못한 선생님이 한 말씀 하셨다.

"뭘 그리 못 한다, 안 한다고 사양을 해요? 그 자리가 높은 자리인 줄 아세요? 봉사해 달라는 건데……. 나는 요즘 좋아하는 말이 있어요. '내 모든 행동은 하늘과 땅을 잇는 춤이다.' 이 말을 가슴에 품고 살아요."

이 한 마디가 나에게서 착한 마음을 확 끌어내었다. 저렇게까지 거룩하진 못해도 내 힘껏 도와드려야겠구나. 한 달 이상 끌던 일에 결론을 내렸다. 바로 발행인께 전화를 했다.

"부족한 이대로 저를 쓰십시오."

언젠가 선생님께 여쭈어본 적이 있다.

"선생님의 종교는요?"

"다 좋지요. 구태여 가를 게 있나요?"

선생님의 경지는 이미 모든 종교를 넘어서서 마음으로 몸으로 원융무애(圓融无涯)를 실천하며 살아오신다. 파리의 한국 유학생들에게 어머니 같은 존재로 여러모로 챙겨주고 다리가 되어 주신다. 그곳 지인들이 선생님께 한국의 문화를 알고 싶은데 자료가 없다는 말에, 선생님은 손수 우리 문화유산을 알리기 위해 나섰다. 그래서 만든 책이 『경주 남산』이고, 석굴암과 불국사를 알리는 두 번째 책은 『한국의 보물』이다. 내가 〈한국의 미소〉전을 파리에서 하게 된 것도 선생님의 주선이었다. 선생님은 그곳에 지인이 별로 없는 내 입장을 배려해서 지혜롭게 공동전시를 제안했다. 인물화인 내 그림과 인체 조각가의 합동 전시는 한 공간에서 조화로웠고 조각가의 많은 지인들이 전시장을 찾아주었다. 오프닝 당일, 홀을 가득 메운 파리지앵들 앞에서 선생님이 따뜻한 격려의 축사를 하시자 큰 박수가 나왔다. 선생님은 전시되어 있는 선생님 그림 속의 의상 그대로를 입고 오셔서 그 앞에서 사진을 찍으니 보는 사람들이 '그림에서 나오신 거예요? 도로 들어가실 거예요?'라며 즐거워했다.

세상에 빛을 주려고

'나는 우리가 빛의 존재라는 믿음을 갖고 있다. 빛의 작은 점 하나

를 그리는 것은 사랑과 기쁨과 평화의 씨앗을 심는 것이다.'

파리 외곽의 유서 깊은 샤르트르 대성당 참사회의실 네 개의 창에 선생님의 스테인드글라스 네 작품이 설치된다. 거기에 담은 메시지는 '빛은 생명, 생명은 사랑, 사랑은 평화'이다. 선생님은 그 작품으로 프랑스 역사의 일부가 된다.

온 영혼을 쏟아부은 듯한 예술작품을 끊임없이 내어놓으며 '내가 그린 것이라기보다 이미 나의 세포 속에 있던 것이 발현된 것이라고 생각된다.'고 하시는 선생님! 모두들 신기해한다, 그림 그리고 그 전시를 위해 유럽과 한국을 부지런히 오가시는 그 에너지는 어디에서 나올까.

안으로 가는 길은 마음이 깨어나는 길
어둠을 다 거두고 밝게 피어나는 시작의 길
세포 하나하나 까지도 활짝 깨어나 새로 태어나는 길,
천지에 마음의 빛 뿌리며 간다.
─ 방혜자 선생님의 책, 『빛의 숨결(Souffle de Lumiere)』 중에서

그 사명감이 초인적인 작업을 계속하게 하는 듯하다. 영화 〈미션 (Mission)〉에서 가브리엘 신부가 오보에로 구원의 〈넬라 판타지아(Nella Fantasia)〉를 연주하듯이 선생님은 글과 그림으로 빛과 생명의 판타지를 보여주신다.

앞으로도 더 많은 작품 활동을 빌어드리며 선생님 대하듯, 선생님

께 받은 편지 하나 꺼내어 읽어본다.

감사와 사랑으로
기쁨이 가득히 담긴 편지를 여러 번 읽었습니다. 몇 해 전에 주신 불가마를 가슴에 품고 겨울을 따뜻하게 지냈습니다. 설날부터 갑자기 봄이 온 듯, 온천지가 수액을 머금은 듯, 봄풀이 쑥쑥 오르는 소리가 들리는 듯합니다. 해님과 달님과 놀면서 아들, 시몽의 마음이 담긴 새 화실에서 작업하며 잘 지내고 있습니다. 밤에는 산 뒤에서 솟아오르는 별들과 함께 잠들고, 새벽별과 함께 잠이 깹니다.
올 한 해도 지혜의 빛 가득하시어 주변에서 함께 살아가는 우리들에게 기쁨을 나누어 주시고, 주시는 기쁨 속에 행복하시기를 빕니다.

2011년 2월 8일 방혜자 모심

하나인 전체

나는 인물화 그리기를 즐긴다. 꽃도 좋고 풍경도 멋지지만 사람만큼 무궁무진하고 재미있는 그림 소재는 없다. 그리는 동안 그림 속 대상과 이야기를 나누다가 완성이 되어갈 무렵 나는 이미 그들과 사랑에 빠져 있다.

인물화는 그 정신까지 드러내는 전신사조(傳神寫照)여야 한다고 들었다. 나는 늘 고민한다. 내가 그리는 인물들의 내면까지 표현할 수 있을까, 그들의 이야기를 어떻게 묘사해낼까, 그것이 항상 나의 도전이자 화두이다.

십여 년 전 파리의 오르세(Orsay) 미술관에서 인물화를 유심히 둘러보던 나는 한 그림 앞에서 발이 딱 붙어버렸다. 할머니와 젊은 엄마와 아기, 세 사람을 그렸는데 한 사람인 듯한 이 분위기라니! 의자에 앉은 할머니가 아기를 안고 있고, 엄마는 지금 막 외출에서 돌아온 듯 바닥에 무릎을 꿇은 채, 상체를 곧추세워 아기에게 얼굴을 가까이 대고, 아기는 양팔로 엄마의 목을 끌어안으며 볼에 입을 맞춘다. 안도와 감사, 충만한 행복감과 서로 간의 끈끈한 유대감이 세 사람 사이에 흐른다.

태초부터 생명은 이렇게 이어져 왔다. 어머니가 딸을 낳고 그 딸이 어른이 되어 아기를 낳았다. 그 오랜 시간이 고여 있는 듯한 어둠이, 장중하면서도 부드럽게 세 사람을 감싸고 윤곽선을 지우며 서로에게 흘러들어 한 덩어리로 스며있다. 이제 생의 전면에서 한 걸음 뒤로 물러선 할머니의 갈색 옷은 배경과 섞여 있다. 엄마의 검정 드레스와 아기의 흰옷은 빛 속으로 드러난다. 가장 환한 빛은 세 사람의 중심인 엄마의 얼굴 위에서 눈길을 확 끌어 머물게 하다가 아기의 이마로 어깨로 번진다. 그림의 제목은 〈친밀함(Intimite)〉이지만 그림은 그 이상의 의미로 다가왔다. 그것은 모녀 3대(代)로 압축된 생명의 역사, 그 흐름의 한 컷이었으며 개체가 모여 이루는 일체였다. 프랑스의 상징주의 화가 외젠 카리에르(Eugène Carrière, 1849~1906)의 작품인데 당시 그의 이름이 내게는 생소했으나 그림은 특별한 감동으로 오래 남아 있다.

몇 년 전 파리의 딸네 집을 방문하면서 그 화가를 집중 탐구해 보고 싶었던 그 옛날의 꿈을 떠올렸다. 딸과 화가인 사위도 앞세우고 카리에르의 개인미술관을 찾았다. 파리 외곽, 센강의 지류인 마론강가 고즈넉한 마을에 카리에르 미술관이 있고 바로 옆에 카리에르 이름을 딴 학교가 있어서 청소년들의 목소리가 풋풋하게 들리고 있었다. 예약 시간에 맞춰 우리가 도착했을 때, 30여 명의 고교생들이 단체로 다녀가는 중이었다.

오르세에서 그가 그린 한 점의 그림을 보고도 감동했던 내가 카리에르의 많은 다른 그림들까지 감상하며 안내인의 자세한 설명도 들을 수 있던 약 한 시간 반 내내 나는 얼굴이 상기되었다. 옆에 선 사위와 딸도 한 점 한 점 그림 보기에 열중했다. 그림들이 거의 다 차분한 단색 톤인데 주로 거무스레한 갈색 계통이었다. 또 눈에 띄는 점은 배경과 형태 사이, 인물과 인물 사이에 윤곽선이 뚜렷하지 않았다. 경계가 없이 서로에게 삼투하고 있었다.

나이 지긋한 프랑스 여성 안내인의 말에서 자부심이 엿보였다.

"저도 카리에르의 그림이 좋아 자원봉사하고 있답니다. 저렇게 학생들도 공부하러 많이 와요. 생전의 카리에르는 오귀스트 로댕(1840~1917)과 단짝 친구여서 두 사람은 서로의 예술세계에 많은 영향을 주고받았대요." 나는 문득 떠오른 생각을 놓치지 않으려고 끼어들었다.

"아~ 친구의 조각 작품을 보고 한 가지 색깔이 주는 독특한 맛을 알게 되었나 봐요! 점토, 대리석, 청동, 무엇이 재료이든 조각 작품은 단색이니까요." 내 말에 덧붙여 사위도 거들었다.

"완전히 형태를 파악한 다음에 디테일을 과감하게 절제한 게 보여요. 그래서 오히려 다양한 뉘앙스를 주는군요. 그림에서 조각품처럼 표면 뒤에 숨어 있는 양감이 느껴져요." 깊은 관심을 보이는 우리에게 안내인이 맞장구를 쳐주었다.

"맞아요. 그의 그림에서 한 사람 한 사람을 자세히 그리는 건 중요하지 않아요. 그는 사람과 사람이 만들어 내는 조화로운 하나 됨을 그리는 게 그의 목표였지요. 그걸 효과적으로 표현하려고 모노크롬(單色調, monochrome)의 기법을 썼답니다. 후에 피카소(1881~1973)의 청색시대가 나오게 한 선두주자이지요. 20대 초반의 피카소는 청색으로 슬픔과 우울함을 그렸지만, 만년의 카리에르는 거무스레한 갈색(blackish brown)으로 따스한 인간애를 그려내었어요. 그는 탁월하게 개인의 내면을 강조한 작가, 소위 앵티미스트(intimiste)로 꼽히지요."

나는 속으로 박수를 쳤다. 내가 사람을 그리며 늘 생각해오던 내면 표현을 그에게서 배울 수 있구나 싶어서, 또 예전에 그의 그림에서 느꼈던 그 일체감을 그녀도 가장 힘주어 말하고 있어서였다. 과연 그의 그림들에서 같은 색깔의 농담의 배합은 그 형태들을 서로 떼어놓을 수 없게 하는 마법의 힘이 있는 듯했다. 물론 한 사람을 그린 초상화에서도 배경과 인물이 단색의 명암과 어우러지면서 그의 내면이 더 드러나고 호소력이 강해 보였다. 특히 그가 그린 피에타(Pieta)는 단순한 색과 절제된 묘사로 슬픔이라는 정서가 훨씬 진하게 전해졌다.

돌아오며 우리는 카리에르의 그림을 본 소감을 나누었다. 카리에르가 사상가로, 당대의 지도자로, 인류애를 실천하며 살아온 삶이 저런 인간미 넘치는 그림을 낳았다고. 인물을 그린다는 건 화가가 사람을 보는 관점, 애정이 우선하고, 그 다음에 표현 기법과 만나서 완성도를 높일 거라고.

카리에르가 자신의 책에서 말했다.

'배경과 형태들로부터 하나인 전체를 창조해야 한다. 그리고 각각

의 형태는 다른 형태를 반향한다.'

　나는 가끔 이 말을 떠올리며 고개를 끄덕인다. 나도 젊어서는 선을 뚜렷이 그어야 되는 줄 알았다. 이제 나이 들어가니 저절로 경계가 허물어지면서 너와 내가 서로 스며드는 걸 알겠다. 그게 더 편하고 좋다. 결국 우리는 하나라는 생각이 점점 확고해진다. 나는 내 그림 속에서 어떻게 '하나인 전체'를 이룰 수 있을까.

사이 좋으세요?

그림 한 장을 들여다본다. 프랑스의 인상파 화가 구스타브 카유보트(1848~1894)가 그린 이 그림 제목은 〈오르막길(Rising Road)〉이다.

화면의 중심에 두 남녀가 걸어가는 뒷모습이 보인다. 그들의 앞으로는 한적한 전원의 오르막길이 펼쳐져 있다. 풍성한 나무 그늘을 통과중인 그들 앞에는 풀밭으로 쏟아져 내린 햇살이 눈부시고, 살랑거리는 나뭇잎들 사이로 새소리도 섞여 들려올 것 같다. 멀리 라벤더색 하늘엔 흰 구름이 한가롭다. 왼편의 남자는 경쾌한 복장으로 페도라를 쓰고 사파리를 입었다. 오른팔이 굽어진 각도로 보아 손에 파이프라도 든 듯하다. 오른쪽의 여인은 긴 드레스에 빨간색 양산을 썼는데 길가에 보이는 집의 벽이 같은 빨강이어서 조화롭다. 평화롭고 로맨틱한 그림 정도로 내 기억 속에 있던 이 그림을 다시 보니 숨겨진 코드 몇 가지가 읽힌다.

그림의 제목에서, 두 남녀가 걷는 길을 평지가 아닌 〈오르막길〉로 표현한 건 어떤 의도에서였을까. 카유보트가 이 그림을 미혼이던 서른두 살 때 그렸다는 점을 떠올리며 나는 주제넘게도 그의 결혼관이랄까 당시 그의 생각을 유추해 보게 된다. 경사진 길을 오르노라면 숨이 가쁠 것이다. 힘이 들 땐 쉬어가기도 해야 한다. 함께 가는 사람과 페이스가 맞지 않을 때도 생긴다. 그런 경우, 처지는 쪽의 손을 잡아 이끌어주는 사람이 있는가 하면, 모른 채 내버려두고 혼자 먼저 가버리는 사람도 있을 것이다. 남녀가 함께 걷는 길은 쉬운 길이 아님을 상징하는 것이 아닐까 싶다.

화폭 전체를 통틀어 그들이 걷고 있는 길은 그늘, 다음은 환한 햇살, 다시 그늘을 지나야 햇빛이 비치는 구간, 이렇게 반복된다. 마치 삶의 고락과 희비가 교차함을 보여주듯이. 그는 앞길이 평탄치 않은 길이라고 지레짐작하고 깊이 고뇌라도 했던가. 그래서인지 그는 평생 독신으로 살았다.

이 그림을 보니 길 위의 두 남녀, 그들의 여정을 그린 영화, 〈길(La Strada)〉이 떠오른다. 서로를 너무나 다르게 대하는 두 남녀의 인생길은 전혀 행복하지 않음을 보여준다. 거리의 가난한 차력사(借力師) 잠파노는 젤소미나를 무시하고 끝까지 이용만 한다. 여인은 그를 한없이 의지하고 헌신하다가 죽는다. 그는 뒤늦게야 놓쳐버린 사랑 젤소미나를 부르며 절규한다. 그림 속, 이 두 남녀는 어떤 관계일까. 같은 길을 걸으면서 서로 다른 생각을 하지는 않을까.

두 사람 사이에는 한 사람이 더 들어 있을 정도의 거리가 있다. 팔짱을 낀 경우보다 더 안정감을 주는 구도이기는 하다. 나는 이 배치가 단순히 구도상의 안배 때문만은 아니라고 생각된다. 화가는 왜 두 사람 사이에 공간을 두었을까?

인간(人間)이라는 단어를 떠올린다. 사람 사이, 곧 인간이라는 말속에는 이미 거리, 사이가 있다. 사이는 관계를 말하고 관계 맺음은 혼자가 아님을 말한다. 거꾸로 관계 속에는 사이가 있어야, 적정의 거리가 있어야 한다는 뜻이 아닐까? 그렇다면 그 적당한 거리는 얼마만큼이어야 하는지. 칼릴 지브란이 『예언자』에서 한 말이 생각난다. '두 개의 기둥은 떨어져 있어야 지붕을 만든다.'

'사이가 좋다'는 말이 내 머릿속을 맴돈다. 예전에 남들이 남편과 나를 두고 '사이 좋아 보인다'고들 했다. 아마도 그럴 수 있었던 것은 자주 서로 헤어져 있었던 때문이었을 것이다. 그는 수시로 출장을 다녔고 우리는 떨어져 있느라 부딪칠 사이도 없이 아쉬움이 쌓였다. 곁에 없는 동안 주고받은 편지에는 그리움이 가득했고, 다시 함께 있으면 최고로 잘해주고 싶은 결의로 가득 찼다. 떨어져 있는 거리가 약이 되었다.

너무 과밀한 어항 속의 붕어들은 서로 부딪치다가 포악해져서 서로를 뜯어 먹어 버리더라고 한다. 최소한의 여유 공간이 있어야 운신(運身)의 자유가 있다. 그렇다면 이 그림 속 두 사람 사이의 거리는 화가가 생각하는 이상적 거리인가, 아니면 반대로 마음의 거리를 의미한 것일까?

화가는 두 사람 바로 앞에 쏟아지는 햇빛과 나무 그림자가 만들어 내는 순간을 빛과 그림자의 극적인 대비효과로 표현하고 있다. '한 찰나도 머무름이 없는 세상만사, 그러니 다시 돌아오지 않을 지금 이 순간을 잡아라'라고 그림이 말하는 것 같기도 하다.

　나는 이 그림을 보며, 젊은 나이에 이미 인간관계의 본질, 관계 맺기의 어려움과 개체로서의 자유로움에 대한 고찰을 한 카유보트와 공감한다.

　인상파 그림의 가치를 가장 먼저 알아보며 그 흐름을 이끌고, 그 당시 가난한 인상파 화가들을 후원했던 카유보트는 500여 편의 그림을 남겼다. 대부분 남자들의 모습이 많고 그것도 혼자 산책하거나, 혼자 창밖을 내다보는 장면 등을 즐겨 그렸다. 그는 그 시대의 파리를 가장 아름답게 그린 화가로도 꼽힌다. 〈비 오는 날의 파리 거리〉가 그의 대표작으로 많이 소개된다. 그의 작품 중 보기 드문 소재의 이 그림을 보며, 그림 속 남자를 카유보트라고 가상하고, 그에게 짓궂게 말 걸고 싶어진다.

　"이 여인하고 사이 좋으세요?"

　싱긋이 미소 지으며 그가 답한다.

　"통풍이 될 만큼요."

이 여인은 누구예요?

느닷없이 자화상이 그리고 싶었다. 다른 인물은 많이 그려왔어도 나를 그려볼 생각이 난 건 처음이다. 나는 이제껏 나를 본 적이 없다. 거울로 사진으로만 보던 나를 마주 보는 듯이 그려낼 수 있으려나. 내가 그리는 나는 어떤 모습일까 궁금했다. 백지의 화폭을 대하니 흥미롭기도 하지만 긴장도 되었다. 시간이 제법 걸려 한 인물의 모습이 그려졌다. 화폭에는 지금의 나와는 거리가 먼 웬 중년 여인이 나를 보고 있었다. 당황스러웠다. 내가 왜 이렇게 그렸을까? 내가 이런 중년의 모습에 머물러 있을 리가 없는데…….

마음을 다잡고 다시 이젤 앞에 앉았다. 노년의 여인이 거쳐 온 세월, 그 역사를 정직하게 그려야 한다고 속으로 되뇌면서. 우선 나이답게 머리칼도 힘이 없는 터치로 눈동자도 덜 또렷하게 턱밑도 늘어지게 그려 놓았다. 사실 거울로 보는 나의 모습이니까. 대충 묘사가 되었다는 생각에 몇 걸음 뒤로 가서 바라보았다. 좀 떨어져서 보면 가까이서 보는 것보다 더 제대로 보기 쉽다. 그런데, 이건 또 현재의 내가 아니었다. 지금의 나보다 훨씬 과장되게 생기 없는 모습의 노파였다.

자화상을 많이 그려낸 화가로 렘브란트가 있다. 말년의 렘브란트는 노쇠하고 비참하게 몰락한 자신의 초라하고 가엾은 걸인의 행색 그대로를 여과 없이 그려내었다. 바로 그 그림이 최고의 명예와 부를 한 손에 거머쥔 전성기 때의 화려한 자화상을 압도하고 사랑을 받고 있는 줄을 뻔히 알고 있다. 우리 조선시대 화가 공재 윤두서의 자화상은 터럭 한 올이라도 있는 그대로 그려내며 그 엄정(嚴正)한 정신까지도 표현해 내었다.

인물화는 누구를 그렸느냐가 관심의 초점이 된다. 인물이 지닌 스토리가 흥미롭고 범상치 않을 경우, 그림도 매력이 더 할 수밖에 없다. 피카소는 유럽으로 건너와 많은 가난한 화가들의 대모로 후원자 노릇을 했던 미국의 여걸 거트루드를 그렸다. 그 그림은 강력한 영향력을 발산하는 인물을 유감없이 표현한 걸작으로 손꼽힌다. 얼굴 생김새의 디테일보다 그 인물이 뿜어내는 존재감이 압도적이다. '이 그림은 그 여인을 닮지 않았다'라는 말에 피카소는 주저 없이, '곧 닮게 될 거요.'라고 말했다.

그런가 하면 정반대의 경우도 있다. 연전에 덕수궁 미술관 전시에서 본 고려인 화가 변월룡의 그림 〈어머니〉는 보통의 연로하고 수수한 어머니를 그린 그림이었다. 그러나 화면에는 어머니이기 때문에 줄 수 있는 한없는, 무조건의 사랑과 자애로움, 거룩함이 가득해서 고개가 절로 숙여지고 쉬이 발걸음이 떼어지지 않았다.

피카소의 작품 〈거트루드〉나 변화백의 〈어머니〉 그림을 보아도 인물화의 매력은 얼굴의 생김새보다는 그 인물이 지닌 고유한 개성, 존재감이 주는 분위기에 좌우된다.

생각해 본다. 눈 뜨면 남의 얼굴만 보고 사는 우리, 그들의 어떤 모습이 좋던가. 내가 바로 볼 수 없는 내 얼굴은 남들에게 어떻게 보이려나. 나만이 가진 개성은 어떤 것일까.

새삼스럽게 거울 앞에 서본다. 시인 구상이 「얼굴」이라는 시에서 말했듯이 영악하지도 못하고 그렇다고 숫되지도 않은 나이 든 여인이 서 있다. 세월에 풍화되고 세상살이에 닮은 모습이다. 하늘과 구름을 보기보다, 영원을 그려보기보다 맨날 코앞만 들여다본 근시의 여인이다. 본연의 나는 어디로 갔나? 행여 이제라도 내 본연으로 돌아갈 수 있기나 한가. 문득, 탯줄 떨어질 때의 내가 보고 싶다.

또다시 이젤 앞으로 와 앉는다. '그래, 이 두 장의 그림은 초벌 그림에 불과하다. 글쓰기로 치면 초안 얼개일 터, 퇴고 없는 글이 어디에 있던가.' 그림도 퇴고가 필수 아니겠나. 먼저 그림은 중년에 머물러 있는 내 모습이다. 이로부터 몇십 년을 더 살아왔으면서 그 세월을 인정하지 않은 셈이다. 나중 그림은 너무 늙은 나를 그렸다. 현상을 직시하기 싫어서 아예 훨씬 훗날로 도망을 해버린 꼴이다. 나는 지금껏 인물화를 그려오면서, 그리는 대상과 교감하며 그의 이야기에 귀 기울이다가 다 그려갈 즈음에는 그 인물을 사랑하게 되곤 했으니, 내 딴에는 그 점을 즐기는 줄 알아 왔다. 그런데 막상 나를 그리면서는 그보다 우선하는 게 있었다. 이제야 내 속내를 알겠다. 내가 보기에도 남이 보기에도 보다 '좋은 모습'으로 표현하고 싶은 욕구가 내 안에 있었다. 나는 듬뿍 물감을 풀어 두 개의 초상화에다 대고 번갈아 붓질을 계속한다. 젊어 보이든 나이 들어 보이든 '밝고 순한 인상'이면 좋겠다.

자화상 그리기란 내가 나를 어떤 사람으로 보고 있나, 내가 생각하는 나는 누구인가의 문제와 닿아 있는 건 아닌지. 그리고 그것을 얼마만큼 정직하게 드러내는가의 여부와 관계있는 게 아닐까. 나는 이어지는 물음 끝에 마음을 접기로 했다. 이건 아마도 답의 그림이 아니고 질문의 그림인지도 모르겠다.

다음날, 그림 두 장 중에서 나와 더 닮은 것을 골라 딸에게 카톡으로 보냈다. 나를 세상에서 제일 잘 아는 딸에게서 즉시 응답이 왔다.

'이 여인은 누구예요?'

제3부

희망은 한 마리 새

바이올린의 기도
바이올리니스트 크리스티안 테츨라프의 연주 장면을 그렸다.

산길을 걸으며

해가 떠오를 무렵 나는 앞산을 향해 집을 나선다. 산이래야 야트막하니 이름도 그냥 '소실봉'이다. 3분이 채 안 되어 산의 초입에 이르면 깊은 숨을 한껏 들이마신다. 그리곤 하루치 건강과 행복 충전을 위해 산에 플러그를 꽂는다.

저만치 위쪽에서 이웃 S선생이 내려오며 활짝 웃는다. 나보다 산에 오는 시간대가 빠른 그는 내려오고 나는 올라가며, 늘 이 언저리에서 마주친다. 그가 먼저 인사를 건넨다.

"아직 5월인데, 벌써 땀이 나네요, 오늘도 생기 가득 받아 가세요."

내가 말을 받는다.

"좋~지요. 근데 왜들 집안에서 이리 안 나온대요? 이렇게 좋은걸!"

우리 동 이십여 가구 중에 매일 산을 즐기는 사람은 몇이 안 된다. 안에서 산을 내다보는 기쁨과 산길을 걷는 즐거움은 또 다른데!

그는 싱긋 웃음을 짓는다.

"그 안에 더 좋은 게 있나 보죠!"

나도 따라 웃고 말았지만 산을 오르면서, 나는 한참 멀었구나 싶다.

내 말에는 왜들 우리같이 적극적이고 부지런하지 못한가 하는 힐난이 들어 있는 반면, 그의 대답에는 우리와 다른 방식으로 사는 이들에 대한 넓은 이해가 깃들어 있지 않은가. 몇 년 후가 될지 나 역시, 나와서 걷고 싶어도 여의치 않을 때가 다가올 것에 생각이 미친다. 오늘 여기 올 수 있음에 새삼 감사하고 좀 전에 했던 내 말이 부끄럽다.

오르는 동안 자동차 소리는 점점 멀어지고 들리는 것이라곤 새들이 화답하는 소리, 바람이 여울져 휘감는 소리, 잔가지가 따닥하고 부러지는 소리뿐, 울창한 숲속에는 고즈넉함이 고여 있다. 오늘은 새소리가 유난히 낭랑하게 들린다. 멀리서 배경음인 듯 구룩구룩 들려오는 산비둘기 소리는 영락없는 튜바의 저음이다. 이따금 딱따구리가 스타카토를 넣기도 한다. 산이 만들어 내는 오케스트라는 이렇듯 오묘한가.

산은 오랜 세월 묵은 사연의 저장고이다. 그동안 이 숲길을 걸어온 사람들의 이야기와 생각들이 곳곳에 스며 있을게다. 해묵은 아름드리 밤나무, 도토리나무, 소나무와 꽃나무들……. 이들의 둥치와 가지, 잎사귀 어디쯤에 흙더미 켜켜이.

남편이 시한부 생명을 선고받았을 때, 나는 이리로 와서 내 두려움, 슬픔을 다 부려놓고 궁극의 질문을 쏟아내었다. 누구와도 나눌 수 없는 나의 절망과 절박함을 이 산과 나누었다. 산은 가만히 들어주었다. 울다가 진정을 하고 태연한 척 집으로 들어가면, 아무것도 모르는 남편과 딸은 왜 그리 오래 있다 오느냐고 했다. 그럴 때마다 대답은 하나, '산이 너무 좋아서'였다.

나에게 산은 오래된 친구이자, 어머니이다. 내 모든 것을 받아주니 나의 치기 어린 독무대가 되곤 한다. 앞뒤에 오는 이가 없으면, 좋아하는 시구(詩句)를 읊조리며 혼자 흥을 낸다. 오늘은 김수영 시인의 「풀」 중 몇 줄이 떠오른다.

풀이 눕는다. 풀이 눕는다.
바람보다 늦게 누워도 바람보다 먼저 일어나고
바람보다 늦게 울어도 바람보다 먼저 웃는다

이 시에 붙인 문태준 시인의 해설도 시 못지않게 좋아한다.

새날이 왔다. 새날을 받고도 많은 사람들의 마음은 어제에 있다. 우리는 우리 스스로의 내심에 모든 것을 다 갖추고 있다. 이것을 아는 사람은 만 명의 적이 와도 무서울 것이 없으며 물러섬이 없을 것이다. 자존과 자립의 에너지가 우리의 자성이다. 나아지고 있다는 믿음, 일어서고 있다는 믿음, 넓고 큰 세상으로 나아가고 있다는 믿음, 당신을 더 사랑하게 되리라는 믿음. 우리는 이 다짐으로 새날을 살아야 한다.

나는 성소(聖所)에 가듯이 산으로 간다. 바람결에 법문(法文)이라도, 기도문이라도 듣고 싶어진다. 산은 언제나 온몸으로 보여준다. 흙과 물과 햇빛과 바람이 어떻게 조화롭게 어울려 여기에 깃들어 사는 뭇 생명을 살리는지를. 키 큰 나무 그늘에는 그늘을 좋아하는 이끼식물이 다복하게 자라고 있다. 토종 다람쥐가 있고 청설모가 있고 두꺼비와 뱀도 함께 있다. 네가 있으므로 내가 있다. 자연의 품 안에서는 이름 모를 풀 한 포기도 그대로 충만하다.

내가 제일 좋아하는 구간에 들어섰다. 어릴 적에 맡았던 아련한 향내가 배어 있는 지점이다. 순한 한약 달이는 냄새 같기도 하고 푹 삭은 과일주의 발효된 향기 같기도 하다. 여기선 걸음을 더 느릿하게 옮긴다. 지금 여기, 이 순간을 더 길게 늘이기라도 하듯이. 아예 멈추어 서서 고개를 젖히고 올려다본다. 앙각(仰角)으로 보는 풍경은 또 다른 세계다. 수종(樹種) 따라 제 키만큼 가지와 잎사귀들을 한껏 뻗어 펼치되, 서로 나누고 어울려 살아가는 모습이다.

걸으며 유심히 보면, 어떤 나무의 껍질은 얄팍하니 결이 곱고 어느 나무의 표면은 억세고 두껍다. 내 눈길이 잘 머무는 오래된 굴참나무 한 그루, 유독 굽어지고 뒤틀린 가지 위에 새 둥지를 이고 섰다. 자세히 둘러보니 불거진 뿌리 옆쪽으로 다람쥐 드나드는 구멍도 보인다. 고마운 마음에 상처인 듯 갈라진 껍질을, 옹이진 혹을 쓰다듬는다. 이런 몸으로 여름의 목마름, 한겨울 추위도 이겨내며 다른 생명을 품에 안고 있구나. 태풍이 몰아쳐도 부러지고 쓰러지지 마라. 이 숲을 이루는데 네가 없으면 어쩔 뻔했니.

산중턱에 이르면 아카시아 숲길이다. 해마다 5월 중순, 만개하는 아카시아는 그 진한 향기로 나를 혼곤하게 하다가 하순경이면 꽃들은 꽃비가 되어 내린다. 숲길에는 하얗고 향기로운 카펫이 깔린다. 레이스같이 곱고 솜이불처럼 폭신한 그 길을 걷는 동안, 대학 시절 읽은 밀른(A.Milne)의 수필 「아카시아 로드」를 떠올리고 혼자 웃는다. 그 수필 속의 길은 결혼의 행복을 노래한 길이었기에 나에게 환상을 심어 주지 않았던가. 내가 신부(新婦)로 걸어 들어가던 길이 그 아카시아 로드 인 줄만 알았으니 나는 완전 숙맥이었지! 지금의 나는 아카시아 길 위를 걸어도, 이 길이 비탈길과 돌길로 이어진다는 걸 너무 잘 안다.

오르다 보면 양지바른 곳 몇 군데에 묘소가 있다. 그냥 지나쳐지지 않는다. 잠시 멈추어 서서 고인의 명복을 빌어드린다. 큰 바위나 오래 된 나무 앞에 서면 그 위용에, 나의 스승인 양 나도 모르게 고개 숙여 절하며 속으로 '배우고 싶습니다'라고 중얼거린다. 정상에 다다르자 드넓은 하늘과 만난다. 저절로 내 주변 사람들을 위해 축원을 보내는 기도가 나온다. 산길을 한 바퀴 돌아 내려오는 한 시간 남짓, 나는 나름대로 바쁘다.

어느새 해가 머리 위에 와 있고 나뭇잎들이 햇살을 받기 시작한다. 숲속에 새날이 열린 것이다. 점점 자동차 소리가 크게 들린다. 산 아래 쪽의 철봉이 보이면 내 걸음에 속도가 붙는다. 이제 플러그를 뽑아도 좋다.

카뮈를 만나다

늦가을 바람에 나뭇잎들이 흩날린다. 다들 어디로 가려는가. 얼마 전까지만 해도 온 천지를 오색찬란한 치장으로 채워주던 그 잎들이 며칠 사이에 떨어져 땅 위를 구르고 있다. 찬사를 한 몸에 받으며 한껏 영화를 누리던 저들, 갑자기 왕관을 내려놓고 퇴장당하는 비운의 주인공 같다. 그리고 보면 가을이란 계절은 부조리의 상징이다. 충만과 비움, 결실과 조락을 다 보여주며 우리를 슬프게도, 철들게도 한다.

우리 인간의 삶도 태생적으로 부조리와 닿아있다. 천년을 살듯이 욕망을 하고 빈손으로 귀토하는 우리의 생, 갈 곳도 모르는 채 흩어지고 있는 저들 나뭇잎과 닮아 있다.

매년 반복되는 자연의 순환 속에서 이 가을, 놀라운 글 한 편을 만났다. 『수필 오디세이』에 실린 알베르 카뮈의 에세이 「시지프 신화」다. 이 수필지의 기획물, '장인(匠人)의 혼(魂)글'로 이 글이 있기에 열중해서 읽었고, 엄청난 충격을 받았다. 나에게는 가히 개안(開眼)이다. 젊은 날 이 신화를 읽었던 내 기억으로는, 시지프는 끝없는 고행의 상징으로, 천형을 받은 불쌍한 실패자로 남아 있었다. 그런데 카뮈가 쓴 에세이를 읽고 나니 내가 안다고 여겨온 '시지프 신화'는 제대로 안 게 아니었다. 나의 독법은 표피적이고 단선적인 해석에 그쳤었다.

시지프는 비극의 주인공이라는 시각과는 달리 카뮈의 해석은 전혀 새로운 것이었다. 카뮈가 보는 시지프는 자기 운명을 극복하는 승리자이다. 그는 신들(신화 속 뭇 신들)의 계략으로 말도 안 되는 부조리한 천형을 부여받는다. 매번 똑같은 무거운 바윗돌을 산꼭대기까지 들어 올리는 것이다. 바위는 제 무게에 다시 굴러떨어진다. 중요한 것은 시지프가 그 무익한 노동의 전모를 충분히 의식하고 자기 운명에 대해 깊이 통찰한 데에 있다. 내가 당면한 고통을 잘 안다는 것, 직시한다는 것은 일단 치유의 첫걸음이다.

그는 신들을 부정한다. 그들의 부조리한 처사를 경멸하고 무시한다. 그럼에도 불구하고 자기의 운명에 끼어드는 그들에게 굴복하지 않는 방법으로 그는 주저앉아 포기하는 게 아니고 꿋꿋이 전진한다. 오히려 그것은 그에게 형벌이 아니고 투쟁이었고 그는 그 전 과정을 즐겼다. 나를 보아라는 듯이. 힘들게 바위를 밀어 올려 산정에 이른 그 순간의 그의 성취감, 산 아래 펼쳐진 대지를 내려다볼 때의 그 승리감은 자신에게 벌을 내린 신들도 맛보지 못한 시지프만의 기쁨이다. 비록 그 순간은 길지 않아도 그는 자기 운명의 완성에 이른다.

또다시, 그는 땀에 젖은 모습으로 골짜기 아래의 바위를 향해서 한 걸음 한 걸음 내려온다. 이 동안이 그에게는 재충전의 휴식 시간이자 자신이 스스로 운명의 주인이 되는 당당한 시간이다. 수처작주(隨處作主)라는 말이 떠오른다. 어디에 있건 내가 주인의식을 가지고 능동적으로, 주도적으로 임한다는 이 말을 나는 좋아한다. 우리의 길에 부딪히는 잡다한 세상사에 발목 잡히더라도, 오히려 그 주인이 되자는 이말이 시지프에 겹쳐진다.

카뮈(1913~1960)의 길지 않은 생애 동안 세계대전이 두 차례나 일어났다. 오랫동안 쌓아온 인류의 문명을 전쟁이라는 부조리한 이름으로 무참히 파괴하고 무고한 인명을 살상하는 것을 목격했다. 혼돈과 불안 속에서 욕망과 모순, 부조리 덩어리인 인간은 결코 이성적이지도 합리적이지도 못한 채, 그냥 이 세상에 의미 없이 내던져진 존재일 뿐이라는 실존의 무의미함에 그는 비탄한다. 그러나 거기에서 멈추지 않는다. 부조리에 굴하지 말고 나에게 주어진 현실에 당당하게 대응하자고 역설한다. 내 운명에 자유의지와 열정으로 맞서서 반항하자는 것이 그가 제시하는 부조리한 삶에 대한 대처법이다. 미소 짓는 시지프를 그려내는 이 대단한 긍정의 힘에, 어둠의 뒤편에는 빛이 있음을 제시해주는 그에게 완전히 공감하며, 지극한 경의를 표한다.

나를 돌아본다. 살아온 긴 세월 동안 삶이 허망하고 불가해(不可解)하다는 것을 알만큼 안다. 그렇다면 앞날의 내 삶도 과거에서 크게 벗어나지 못하려나. 어차피 한 치 앞은 모르지만 내 앞날 언젠가에 끝이 있음을 알기에, 이 주어진 시간을 자유와 열정을 다해 최대치로 살아내기로 한다. 나는 또 하나의 시지프이다. 오늘의 내 바위 덩어리를 지고 오르기 위해 나는 팔을 걷어붙인다. 문득 생각나는 시구(詩句)가 있다.

'우리가 이 장엄한 자연의 품 안에 안겨 있는 동안, 이 풍요로운 대지에 발붙이고 있는 한, 그 유대감만으로도 우리의 가슴은 행복으로 충만하다'고 프리드리히 횔덜린이 노래했다.

창밖으로 눈길을 돌린다. 저들 떨어지는 나뭇잎들이 초라함이나 쓸쓸함으로 다가오지 않는다. 오히려 한 생을 온전히 완성한 자의 위대함으로 보인다. 내가 이 가을에 만난 카뮈의 글처럼.

책은 천국으로

오래 벼르던 책장 정리를 시작한다. 책이 넘쳐나서 도무지 서가에 여백이 없다. 언제부터 나에게 책이 이리 많아졌나. 내 딴에는 엄청난 부자가 된 거다.

대학 시절, 책을 마음껏 사 볼 수 있는 친구가 가장 부러웠다. 나는 주로 도서관에서 책을 빌려 노트에 옮겨 적어두었다. 내 책꽂이에는 책보다 노트가 훨씬 많았다. 그래도 내가 꼭 사고 싶던 책이 있었다. 이양하 교수가 현대시를 강의하며 필독서라고 추천했던 『시의 이해 (Understanding Poetry)』였다. 곁의 친구 손에 들려 있는 그 책의 표지가 지금도 눈에 선하다. 당시 원서는 매우 귀했고 값이 비쌌다. 도서관에 대여 신청을 했다. 시험이 가까워질 즈음이어서, 대기자 명단은 길었고 내 속은 타들었다. 이윽고 내 차례가 되어 그 책을 손에 쥐게 되었을 때의 감격이라니. 재빨리 요점을 노트에 옮겨 적어놓고 외우느라 밥

때도 잊고 시간 가는 줄을 몰랐다. 마감 시간은 너무 빨리 왔다. 도서관을 제일 꼴찌로 나오면서 책을 반납할 때는 오히려 내 책을 빼앗기는 듯 억울했다. 그날, 밖으로 나서며 올려다본 밤하늘의 총총하던 별들은 오래도록 내 가슴에서 반짝였다.

지금 내 책장에는 책이 가득 차 있다. 칸마다 앞쪽에 한 줄을 더 꽂아둘 정도이다. 물론 뒷줄의 책들은 제목도 보이지 않는다. 우선 칸마다 포스트잇으로 문패를 붙인다. 시집, 수필, 전기, 소설, 미술, 음악…… 그리고 뒷방살이 식구들의 이름도 크게 써 준다.

책상 의자에서 손닿는 가장 가까이 무거운 사전류를 꽂아놓고(나는 아직도 종이 사전에 정감이 간다), 그 옆 칸에는 무얼 둘까 잠시 생각한다. 내게 요즘 가장 소중한 책이 무언가? 서가를 훑어보다가 한 생각이 머리를 스친다. 몇 년 전부터 작가들이 사인해서 나에게 보내주는 수필집과 시집들을 그 상좌에 모시기로 한다. 대신, 한때 내가 하늘같이 여기던 세계적 유명 서적들을 위쪽이나 뒤쪽으로 밀어내고 얼만큼은 아예 들어낸다. 그 책들은 내가 독자로서 사 모으고 읽어온 책들이다. 그들은 존경과 동경의 대상이었고 저자와의 교류나 친근함보다는 책 자체로 신의 경지에 가까웠다. 그러나 지금 나는 어설프지만 작가가 되었다. 내 곁의 작가들이 쓴 책들을 읽노라면 거기에서는 목소리가 들리고 체온이 느껴진다. 행간에 피가 흐르고 아픔이 들어 있는 이 책들은 나에게 신이 아니고 나와 같은 인간의 글이다. 나는 앞으로 이들 작가들과 손을 잡고 악수하며 체온을 나누고 싶다. 걸작을 써내지 못하면 어떤가. 나는 작가가 되면서 비로소 정말로 충실한 독자가 되어 있다. 그것만으로도 만족이다.

옆 칸을 정리하려는데 색이 바래고 헤어진 책 한 권이 눈에 띈다. 초정 김상옥(金相沃) 시인의 산문집 『시와 도자(陶磁)』이다. 젊은 시절, 나는 그 시인의 시조 「백자부(白磁賦)」를 외우다시피 좋아하던 터라 책방에서 이 책을 보자마자 사 들고 왔었다. 설레며 책을 펴니 저자의 애장품 소개로, 자신이 예서체로 쓴 휘호가 있었다. '未讀萬卷之室(미독만권지실).' 글씨체의 조형에 해학이 담겨 있다고 느꼈다. 그 아래에 설명이 붙어 있었다. '미처 책 만 권을 읽지 못한 방이라, 그만큼 많은 책을 읽고 싶은 마음을 썼다.'라고. 어쩌면! 이 말은 내 마음 그대로였다. 내게도 읽고 싶은 책이 무수히 많던 시절이었으니까.

며칠 후 가족 모임에서 친정 숙부님께 자랑하듯 얘기를 했다. 요즘 홀딱 반해서 읽는 책이 있는데 그 저자가 쓴 액자가 뜻도 글씨체도 너무나 멋이 있다고. 그것이 초정의 작품이라는 내 말에 숙부님은 반가워하시며 뜻밖의 말씀을 하셨다.

"그 친구 나하고 각별하지."

너무나 놀라워서 잠시 말을 잇지 못하다가 퍼뜩, 택도 없는 용기를 내었다.

"숙부님, 그리 친하시면 말씀 좀 해주세요. 그 액자 제게 파시라고요."

내 간절함을 느낀 숙부님은 내 편이 되어 초정을 어렵사리 설득했다. 숙부님은 초정 선생에게, 자네는 새로 쓰면 될 터이니 이건 내 조카딸에게 팔라고 떼를 쓰다시피 졸랐다고 했다. 두 어른 덕분으로 편액이 내게로 온 날, 나는 감동에 겨워했다. 『시와 도자』를 펼쳐 그 안의 사진과 실제로 내 방에 걸린 편액을 번갈아 보며 남 없는 보물을 가진 듯했다.

사람을 만나는 게 운명이듯 책과의 만남도 그런가 싶다. 한 권의 책을 만난 여운이 이렇게 짙다. 지금도 내 책상 정면 벽에 걸려 있는 이 편액은 몇십 년째 나와 눈을 맞추며 내게 말을 건넨다. '읽을 책이 많다'고. 어느 때엔 넉넉함으로 느껴지고 어느 때엔 못다 한 숙제로도 들리는 말을.

책장에 몇 개의 빈칸이 생겼다. 이 비어 있는 공간이 참 푸근하다. 나는 더 많은 책들이 내게 오기를 여유롭게 기다릴 수 있다. 책이 온 날, 두 팔 활짝 벌리고 반기며 맞이하련다.

먼지 묻은 손을 털며 일어서다 눈을 드니 편액과 마주친다. 마치 내 다정한 숙부님을 뵙듯 초정 선생의 미소 띤 얼굴이 떠오른다.

"아직 읽을 책이 많아서 행복하지?"

멀리서 보르헤스*도 나직한 목소리로 거든다.

"책은 꼬리에 꼬리를 물며 천국으로 이어진다."

---

* 호르헤 루이스 보르헤스(Jorge Luis Borges, 1899~1986): 아르헨티나의 시인이자 작가로 국립도서관장을 지냈다. 라틴아메리카 문학의 거장으로 『불한당들의 역사』, 『픽션들』 등을 남겼다.

우리말 우러르기

몇 달째 즐겨 읽는 신문 연재물이 있다. 제목은 〈말모이 100년: 내가 사랑한 우리말〉이라는 특집이다. 매회 다양한 직업의 필진으로 바뀌니 글마다 개성이 있다. 여기에는 독자가 응모한 글도 함께 실린다. 대개 자기 직업에 어울리는 우리말을 좋아한다. 여러 사람의 화음을 이끌어내는 악단의 지휘자는 '우리'라는 우리말을, 패션 디자이너는 '멋 내기'를, 화가는 '그림'을 좋아한다.

오늘 신문에는, 사랑하는 우리말로 '짓다'가 나왔다. 직업란을 보니, 이분은 건축가이다. '짓다'는 말이 이렇게 여러 경우에 쓰이는 줄을 새삼스레 알게 되었다. 집을 짓고 밥을 짓고 옷을 짓는다. 우리의 의식주를 다 맡아 한다. 더구나 시도 짓고 글짓기하고 노래를 지어 부른다. 예술까지 관장한다. 그런가 하면 약도 짓고 죄도 짓는다. 빛과 어둠을 다 가졌다. 대단한 능력을 가진 우리말이다.

독자들에게서는 추억 속에 그리운 우리말 응모가 줄을 잇는다. '시나브로', '손맛', '고샅', '새벽밥', '장독대', '장작불' 등 하나같이 고향을 떠올리게 하는 정감 어린 말들이다. 자기가 특별히 그 말을 사랑하는 사연까지 곁들여 있어, 읽으면 절로 우리말의 구수한 정서와 묘미에 고개가 끄덕여진다.

이 기사를 읽다가 곁의 딸아이한테, 네가 좋아하는 말은 무어냐고 물었다.

"'~결에'라는 접미사가 떠오르네요. 꿈결에, 바람결에, 얼떨결에. 무척 시적(詩的)이에요. 엄마는요?"

"나무 바람 구름 아기자기 오밀조밀 살림살이……. 끝이 없겠네. 예쁜 말, 감칠맛 나는 말이 얼마나 많니!"

이어서 딸아이는 그동안 외국 나가 살면서 우리말이 하고 싶고 듣고 싶은 그리움 가득했던 사연들을 털어낸다. 어쩌다 우리말을 들을 기회가 왔을 때, 그 내용이 무엇이건 우리말 그 자체로 아름답고 정다워서 음악같이 들리더라고 한다.

아이들이 자랄 때 우리 집은 대가족이었고 드나드는 손님도 많았다. 자연히 우리 가족은 말씨에 민감하고 지방 사투리와도 친근했다. 아마 우리 집 남매가 말 배우기에 아주 좋은 환경이었을 게다. 아이들은 저절로 여러 사람 말을 따라 하고 익살스럽게 흉내도 잘 내어서 모두를 웃기곤 했다. 그런가 하면 나는 그분들이 쓰는 사투리를 몰라서 실수도 했다. 어느 날, 와 계시던 어른 한 분이 내게 물었다.

"아가, 니 대리미 봤나?"

"네, 저 뒤주 밑에 있던데요"

내 대답에 깜짝 놀라던 어른이 이내 빙긋 웃으며,

"가가 웬 뒤주 밑으로 기어들어 갔을꼬?"

옆에 있던 사람들은 웃는데 나는 영문을 몰랐다. 나의 다리미는 옷을 다림질하는 것이고 그분의 대리미는 도련님의 경상도 사투리였다. 사투리는 처음 들으면 낯설어도 역시 우리말이라 그런지 금방 귀에 익게 된다. 남편은 누가 하는 말의 첫머리만 듣고도 어느 도, 어느 도시 출신인지를 알아맞히는 재주가 있었다. 주위 사람들이 그의 별명을 '팔도 방언 감별사'라고 했다.

근래에는 점점 지방 사투리가 정겹게 들린다. 나는 참 줏대 없게도, 경상도 사람과 얘기하게 되면 나도 모르게 경상도 말이 나오고 전라도 친구와 말할 때는 전라도 사투리를 따라 한다. 아마도 내심 그 사람과 친해지고 싶어서일 게다. 같은 말을 쓰면 바로 허물없는 친구 사이처럼 친밀감을 갖게 되니까. 표준말은 단정하고 예의 바르긴 해도 푸근한 맛은 덜하지만 지방 사투리에는 아주 찰지고 구수한 정감이 느껴진다.

우리말은 어쩌면 이름도 걸맞게 붙여놓았는지 병아리는 병아리에 꼭 맞고 강아지는 강아지에 딱 들어맞는다. 다른 말은 있을 수 없다. 신기하고 맛깔스럽다. 꾀꼬리. 얼마나 꾀꼬리 소리 다운가. 게다가 우리말은 묘사의 섬세함을 나타내는 능력도 풍부하다. 색깔이 '파랗다' 하나만 해도, 파르스름하다, 파릇하다, 파르족족하다, 파르무레하다로, 맛이 '달다'를 달콤하다, 달달하다, 달착지근하다로 세밀한 차이까지 표현해 낸다. 언어를 조탁(彫琢)해서 쓰는 시인들은 글자 하나로

밤을 지새우기도 한다. 토씨 하나가 전혀 다른 뉘앙스를 만드니. '아' 다르고 '어' 다르다고 하지 않나.

우리말을 쓰는 사람들에 둘러싸여 사는 것만으로도 감사하고 푸근한 일이다. 외국에 나가서, 특히 공항에서 긴 줄에 섞여 서 있을 때, 주위에 온통 생김새도 말도 다른 소리만 들리다가 얼핏 등 뒤로 들려오는 우리말 한 마디에 반사적으로 고개를 돌린다. 그가 누구든 무조건 반갑다. 모국어의 힘이다.

이 소중한 말을 고운 말 바른말로 쓰면 좋겠다는 건 나만의 생각인가? 어릴 때부터 비속어에 대한 거리감이 있었다. 국어 선생님이던 아버지 영향도 있겠지만, 자라면서 욕지거리는 들어도 못 보았고 써보지도 않았으니 내가 은연중에 말씨에 관해 결벽증이 있나?

근래에 점점 이상한 말을 써서 나를 곤혹스럽게 하는 일이 잦다. 며칠 전 어느 모임에서였다. 좌중이 까르르 웃으며 고개를 끄덕이는데 나 혼자만 도통 영문을 몰랐다. 그들은 되풀이 '자만추'를 주장했다. 그게 무슨 뜻인데 저렇게 좋을까? 시대에 뒤떨어지는 표 날까 봐 질문도 안 하고 눈치로 짐작해 보려 애썼지만 한동안 나는 외톨이가 되었다.

뒤늦게야 그들이 긴 말을 축약해서 머리글자만 모아 쓴 것임을 알게 되었다. '자연스러운 만남의 추구'를 신세대들이 그렇게 줄여 쓰고 있다. 어른들도 젊은이들의 말을 써야 젊은 축에 든다고 여기는지 비판 없이 따라 쓴다. 언론에서조차 무슨 프로그램인지 '개시바쑈'라고 해서 외국어인가 했더니 '개그로 시사를 바라보는 쑈'란다. 매우 거북하다. 왜 사전에도 없는 말로 남을 못 알아듣게 할까. 저래도 되는지.

물론 말은 유기체여서 시대의 흐름을 타고 새로운 말이 계속 생겨난다. 그런다 해도 아무 개념 없이 장난삼아, 우리말을 왜곡해서 쓰는 경우를 만나면 영화 〈말모이〉가 떠오른다. 우리의 윗대 어른들이 목숨을 걸고 일제 강점기, 일본의 혹독한 우리말 말살 정책에 항거해서 쫓겨 다니며 숨어서 우리말 사전을 만들어 낸 이야기였다. 그 절절한 우리말 사랑을 지금의 우리는 이어갈 의식이나 있는가.

얼마 전, 볼만한 TV 프로그램이 있다고 문우 한 분이 알려주었다. 제목이 〈우리말 겨루기〉라는 퀴즈 프로그램인데, 글쓰기에 공부가 되려나 하고 보기 시작했다. 내 딴에는 단어나 어휘, 속담 등을 웬만큼 안다 싶었다. 그런데 웬걸, 시청을 하는 동안 기가 푹 죽었다. 나는 매회 연전연패를 거듭한다. 우리말에 이렇게 무지한 스스로가 부끄럽다가도 한편 우리말의 탁월함에 새삼스레 감탄한다. 나에게 〈우리말 겨루기〉는 '우리말 우러르기'이다.

꽃은 제힘으로 피어나고

내가 아끼며 키우는 식물, 스파티필름을 들여다보고 있다. 햇볕은 화사한데 네 모습은 어찌 이리 밝지가 않니? 아니 밝지 못한 정도가 아니라 아예 맥없이 늘어져 있구나. 앓느라고 밥도 안 먹고 축 처져 있는 자식을 보는 것 같기도 하고 나이 들어 후줄근해진 내 모습 그대로를 보는 것 같기도 하다.

원래 이 화초는 반그늘에서 잘 자라는 걸로 알고 키워온다. 수줍은 향기를 내며 하얀 꽃을 피워 올리면 고아(高雅)하고 윤기마저 도는 흰 꽃이 있는 그 공간이 아주 격조 높아진다. 흰색 비단옷을 입은 티 없이 고운 아가씨가 와 있는 느낌이다.

그런데 변고가 생겼다. 무슨 일인지 한동안 꽃을 안 피워 올린다. 물주기도 정성껏, 음악도 틀어주고, 매일 들여다보며 "너 오늘은 더 싱싱해 보여!"라고 칭찬의 말도 건넸는데…… 혹시나 꽃대가 올라오나 가끔씩 헤집어보아도 잎사귀만 무성하게 늘리면서 꽃대는 감감무소식이다. 기다리고 기다리다가 화원에 물어봤다. "햇볕 가까운 곳으로 옮겨줘 보세요. 꽃이 잘 필 거예요." 당장 창가로 모셔다 놓았다. 그 옆자리에는 키가 더 크고 늠름하게 쭉 뻗어 오르고 있는 고참 산세베리아가 서 있다.

해가 잘 드는 밝은 자리로 옮겨놓고 크게 좋은 일 했다고 여긴 나는 기대에 차서 매일 인사를 건넸다.

"기분이 어때, 밝고 바람도 잘 통하니 좋지?"

그런데 그게 아니었다. 단 며칠 만에 화초 잎들은 늘어지기 시작했다. 그것이 거부의 몸짓인 것을 몰랐다. 미련하게도 기껏 한다는 게, 햇볕에 수분 증발이 빨리 되니 목이 마른가 보다고 좋을 대로 해석하며 물을 듬뿍 주었다. 하지만 웬걸, 물을 주어도 처진 잎들이 일어서질 않는다. 말 못 하는 아이가 울고 보채면 영문을 몰라 쩔쩔매던 때 같다.

이러고 두 주째가 되자 이젠 아예 중심을 못 잡고 쓰러지려고 한다. 속으로 짐작을 해봤다. 아~ 아마 옆에 서 있는, 저보다 키도 큰 산세베리아가 텃세를 하나 보네. 당차게 견뎌내. 기죽지 말고! 어서 꽃대 하나 올려봐. 응원을 해도 소용없다. 우선 너무 가엾어서 보기가 딱했다. 잎부터 살리는 게 순서다 싶어 꽃을 포기하고 원래 자리로 옮겨다 놓았다.

제 자리로 돌아온 스파티필름이 회복하는 모습은 놀라웠다. 하루 이틀 만에 생기가 빳빳하게 도는 건 물론, 차차 새로 피워내는 잎사귀의 크기가 얼마나 크고 윤기가 도는지 전혀 다른 품종인 듯하다. 『걸

리버 여행기』의 대인국 이파리 같다. '여기가 원래 제 자리예요'라며 나보란 듯이 온몸으로 외치고 있는 듯했다.

한 달쯤 지났을까, 잎사귀 틈에 무언가가 희끗한 게 보여서 멈추어 섰다. '설마?' 내심 스치는 생각에 자세히 보니, 오! 과연, 꽃대였다. 그 것도 두 군데에서나. 얼마나 반가운지 화초를 얼싸안고 싶었다. 아기 가 어릴 때 분홍색 여린 잇몸에서 새하얀 첫 이가 돋아난 걸 발견했을 때의 그 풋풋한 감동이다.

오래전 일인데 생각만 해도 부끄러워지는 장면이 있다. 딸아이는 고등학교 2학년까지만 해도 기대에 부응하는 성적을 내더니 3학년이 되자 성적이 떨어졌다. 같은 동 위층에 사는 제 친한 친구에게 뒤처지 고 있는 게 안타까웠다. 딸은 미술 쪽으로 나아가고 싶어 하는 걸 잘 알면서도 나는 성적부터 올리기를 바랐다.

어느 날 저녁 딸아이의 방 앞을 지나치는데 아이가 책상 앞에서 꾸 벅꾸벅 졸고 있는 게 문틈으로 보였다. 뭐라고 말로 하는 대신, 부리나 케 냉수를 스프레이 통에 가득 채워 들고 살그머니 그 애 등 뒤로 갔 다. 아이 뒷목에다 물줄기를 세게 뿜어댔다. 장난을 가장한, 아이의 잠 을 깨워 공부하라고 채근하려는 심보였다. 순간, 휙 돌아보는 딸아이 는 놀라움과 나에 대한 실망감이 엉켜 있는 눈으로 빤히 나를 쳐다보 았다. 그러고는 아무 말도 하지 않고 그냥 돌아앉았다. 차라리 변명을 하거나 항변이라도 하지. 아차! 내가 더 당황했다. 쫓기듯 얼른 방을 나온 나는 손에 들고 있는 스프레이 통을 맥없이 내려다봤다. 화초들 잘 크라고 물을 뿌려주던 것으로 내 아이도 잘 크라고 물을 뿌려댄 건가? 꽃으로도 때리지 말라고 했는데, 나는 그 애를 물로 때린 것이다. 그 일은 나에게도 상처를 주었다.

한 분야를 몹시 좋아하는 것, 그것을 발견해내는 것은 이미 본인의 재능이다. 그건 저절로 안에서 자라서 결국은 가고 싶은 길을 찾아 나서게 되나 보다. 세상과 부대끼면서 비바람을 뚫고 딸아이는 뒤늦게나마 제 나름의 꽃을 피워내고 있다.

꽃은 제힘으로 피어나는 것이다. 눈더미를 뚫고 올라오는 복수초가, 한여름 땡볕에 피어나는 능소화가 더욱 대견해 보인다. 부모는 그저 믿어주고 기다려주는 일밖에 달리 무얼 할 수 있을까.

사과

사과를 덥석 한 입 베어 문다. 눈 내린 길을 밟을 때의 그 사각거림이다. 입안 가득 상큼한 향기와 달콤한 즙이 고인다. 나는 가끔 사과 심에 붙은 과육까지 탐하다가 까만 씨마저 먹는다. 어릴 때부터 별나게 사과를 좋아해서 어머니는 '평생 너한테 사과 잘 사 줄 신랑을 만나야 할 텐데'라며 웃으셨다. 지금도 집에 사과가 없으면 양식이 떨어진 거나 같다.

한 알의 사과를 먹는다는 것은 이 세상의 고마움을 한꺼번에 먹는 것이다. 몇 년 전 늦가을, 경북 풍기의 사과 과수원을 찾았다. 그 일대에는 한창 무르익어 곧 수확을 앞둔 사과들의 향내가 진하게 감돌았다. 나무마다 가득히 주렁주렁 매달려 있는 빨간 보석들과 가을날의 투명한 공기와 햇살이 만들어 내는 풍경은 감동이고 충만함이었다.

그곳에는 사과나무와 농부와 자연이 일체가 되어 이루어낸 거룩함이 있었다. 나에게는 더 바랄 게 없는 지복(至福)의 은혜로운 시간이었다.

에덴동산에서 금단의 열매인 사과를 따 먹은 아담과 이브는 쫓겨났다. 유혹을 뿌리치지 못한 데 대한 징벌이었다. 그러나 욕망 없는 성취는 없다. 그들이 쫓겨나고부터 문명이 시작된 게 아닌가.

뉴욕시의 상징은 사과이다. 빨간색과 매력 있게 예쁜 모양, 영양가 많고 에너지 공급원인 사과처럼 뉴욕이라는 도시도 그렇다는 것이다.

스티브 잡스는 회사 이름을 애플(apple)이라 하고 한 입 베어 먹은 사과를 회사 로고로 정했다. 자기네 제품을 보기만 할 게 아니라 직접 경험해 보라는 의도였다고 한다.

사과는 영물(靈物)인가. 사과가 떨어지는 단순한 장면에서 뉴턴은 만유인력의 법칙을 발견했고 '내일 지구의 종말이 올지라도 나는 오늘 한 그루의 사과나무를 심겠다'는 의지를 스피노자에게 주었다.

여러 개의 감자가 든 봉지 안에 사과 한 개를 넣어두면 감자는 싱싱한 채로 오래 유지된다. 우리 주변에도 그런 사람이 있다. 은연중에 선도를 실천해서 남을 잘되게 하는 사과 같은 사람을 생각하게 된다.

접시에서 사과를 집어 든다. 손끝에 우주가 따라온다.

군자란

친정에 가면 어머니의 웃음 띤 얼굴처럼 꽃들도 반겨주었다. 어머니는 화초를 애지중지 가꾸었고 그중에서도 돋보이는 건 군자란이었다. 오래전, 그 우아한 자태에 감탄하는 내게 어머니가 군자란 한 분을 나누어주었다. 얻어온 후, 나도 지극정성으로 키웠더니 점점 가지를 치고 몸집을 불렸다.

어느 하루, 화분이 턱없이 작아 보여 맘먹고 분갈이를 시작했다. 화분 속을 보고 깜짝 놀랐다. 위로 그만큼 번성하느라 흙 속의 뿌리들은 고생이 말이 아니었다. 엄청나게 길게 뻗은 뿌리들은 비좁은 화분 안에서 서로 얽히고설켜 가닥을 나누기 힘들었다. 그날 분갈이할 마음을 안 내었더라면 이 애들은 숨 막혀 어쩔 뻔했나 싶었다.

포기대로 가르려니 뒤엉킨 뿌리가 서로 들러붙어서 좀처럼 떨어지지 않았다. 게다가 화분 안쪽 벽에는 왜 그리 찰싹 들러붙어 있는지 난

감했다. 온갖 연장을 동원해보아도 화분에서 뿌리들을 떼어내기란 쉽지 않았다. 화분을 안은 채 몇 번을 나동그라졌다. 잘못 건드려 엉킨 뿌리들이 잘려져 나갈 때, 내 팔 어딘가를 베인 듯했다. 있는 힘을 다한 끝에 화분 하나가 네 개의 화분이 되었다. 몇 해 후 다시 열두 개의 화분으로 불어났다.

해마다 봄이 오면 우리 집 화단에 일렬횡대로 늘어선 열두 개의 군자란 화분에서는 수십 송이 꽃을 피워낸다. 그들이 노을빛 주황색 농담의 물결을 이루는 모습은 장관이다. 그 근처의 다른 꽃들은 모두 조연으로 물러난다. 두어 달 동안 그들에게서는 위풍당당 행진곡이 울려 퍼진다. 연례행사를 마치고 난 후 내년을 기약하고 꽃들은 퇴장한다. 그러나 도톰하고 짙푸른 잎사귀들은 일 년 내내 양팔을 활짝 쳐들고 서 있다. '나쁜 기운은 얼씬도 말거라'라며 딸의 집을 지키는 어머니의 몸짓으로 보인다.

꽃과 잎사귀는 화분 속 뿌리의 강인한 인내와 수고 위에서 뻗어나가고 있다. 어머니가 우리를 키워왔듯이. 내 작은 화단의 중심을 이루는 군자란 화분들을 보며 내 마음의 중심에 계신 어머니를 생각한다. 오늘도 군자란과 나는 서로를 지켜본다.

책장

새벽의 미명 속에 일어나 책장 앞에 선다. 하루를 여는 나의 첫인사를 보낸다. 내 책장 하나 갖는 게 소원이던 때가 있었다. 한쪽 벽면 가득히 책장을 들여놓고 그 칸칸에 내가 좋아하는 책들을 꽉 차게 꽂아두기를 꿈꾸었다. 책장이 없을 때 나는 의지처 없는 유랑민의 심경이었다. 그때는 책 한 권 사기도 힘들었다. 시간이 지나 그 꿈이 이루어진 지도 한참 되었다. 내 책장에 버젓이 자리 잡은 책들이 가득하다. 이 책장 가족들과 고루 친해져서 문자향 서권기(文字香 書卷氣)에 물들고 싶다.

책장은 작가 개개인이 지향하는 향상심의 응집처이다. 온갖 책들을 껴안고 서 있는 책장은 아직 어둠에 묻혀 누구의, 무슨 제목의 책인지 드러내지 않는다. 날이 밝아오며 책등의 글자가 다 보이면 내용별로 끼리끼리 모여 있는 게 보인다. 그것은 편의상 위치의 배분일 뿐이고 책장으로서는 하나하나의 책에 대해 어떤 분별도 평가도 하지 않는다. 다만, 책들에게 골고루 자리를 내어주고 있을 뿐이다. 부모가 자식들 모두에게 고루 사랑을 주듯이.

책장 앞에 서면 나는 언제나 마음이 숙연해진다. 여기에는 내 의식 세계의 자양분이 고스란히 들어 있다. 책장을 바라보면 뿌듯해진다. 나에게 꿈을 주고 내 성장을 도와줄 책들이 제각기 자리 잡고 나를 위해 대기하고 있어서다. 그러다가 아직껏 인사도 채 나누지 못한 책이 눈에 들어오면 나의 게으름과 부족함을 꾸짖는 목소리가 들려온다. 책장 앞에서 나는 영원히 학생이다.

시나브로 책장이 점점 비좁아진다. 가족이 점점 불어나더니 이제는 어쩔 수 없이 이산(離散)의 위기에 이르렀다. 누구는 그대로 두고 누구는 내어 보내야 하나, 어디로 입양 보내야 하나 보통 고민이 아니다. 언젠가 선배들과의 모임에서 이 일이 화제가 되었다. 어렵게 모아온 사랑하던 책들을 떠나보내는 일은 가장 마음 아픈 일이라며 머리를 모아보자고 했다. 이상적인 해결 방안으로 영국 웨일스의 헌책방 마을, 헤이온와이(Hey-on-Wye)가 명소가 되었듯이 우리도 우리들의 책을 한데 합쳐서 몇 군데에 책방 마을을 조성하면 좋겠다고. 더구나 무료로 대여해주면 호응이 좋을 거라는 의견이 나왔다. 현실화 여부는 몰라도 그 구상만은 흐뭇했다.

그런데, 책을 분산시키면 내 책장은 어떻게 하지? 내가 애지중지하는 책장의 생명도 내 곁에서 영원하지는 않다. 문득, 그것이 나의 육신의 행방과 닿아 있다는 데 생각이 미친다.

희망은 한 마리 새

세상이 점점 혼돈스럽다. 다가올 상황에 두려움이 드리운다. 그걸 걷어낼 한 줄기 마력 같은 빛은 무엇일까. 판도라의 상자 안에 그대로 남겨진 희망을 떠올린다. 그러게! 우리는 어떤 고난에도 끝까지 희망을 붙들 수 있다. 아기가 젖을 빨듯이 우리는 희망이라는 젖줄에 닿아서 내 안의 생명력을 붙들어야 한다. 아기가 태어나자마자 젖을 빨 줄 아는 것은 본능의 힘이다. 우리는 그 본래의 생기로 자생할 수 있다.

톨스토이는 「사람은 무엇으로 사는가」라는 단편에서 그것을 사랑이라고 보았다. 물론 사람살이에서 사랑은 세상의 물이요 공기이다. 그런데 나에게 '당신은 무엇으로 사는가'라고 묻는다면 나는 '희망'이라고 답한다. 톨스토이가 강조한 사랑은 사람과의 관계에서 절대적으로 필요한 것이고, 개개인을 일으켜 세우는 것은 희망이다. 희망 없는 삶이 얼마나 무력하고 무의미한가. 어떤 역경 앞에서라도 쉽사리 절망으로 주저앉기보다 내면에서 들려오는 '너는 일어날 수 있어. 너를 믿어봐. 네 삶의 주인은 너야.'라는 희망의 목소리에 귀를 기울여야 한다.

미국 시인 에밀리 디킨슨(1830~1886)은 시 「희망은 한 마리 새」에서 희망을 노래한다.

영혼 위에 걸터앉아
가사 없는 곡조를 노래하며
그칠 줄을 모른다.

모진 바람 속에서 더욱 달콤한 소리
아무리 심한 폭풍도
많은 이의 가슴 따뜻이 보듬는
그 작은 새의 노래 멈추지 못하리.

나는 그 소리를 아주 추운 땅에서도,
아주 낯선 바다에서도 들었다.
허나 아무리 절박해도 그건 내게
빵 한 조각 청하지 않았다.

희망은 우리의 영혼 속에 들어와 있다. 끊임없이 희망을 속삭여 주는데 가사가 없다니 어쩌면 각자가 처한 입장에 따라 노랫말을 지어 불러야 할 듯하다. 심하게 힘든 어려움을 만났을 때일수록 희망은 더욱 절실하다. '괜찮아, 힘을 내!'라고 용기를 주는 내 안의 목소리를 막을 수 있는 건 없다. 마지막 두 줄에서 시인의 강력한 메시지를 듣는다. 어떤 극한 상황에서도 희망은 아무 대가 없이 공짜로 주어진다는 것이다.

우리가 이 세상에서 누리는 가장 멋진 축복은 희망이라는 선물을 받은 것이다. 나는 그것에 한 가지를 더 보태고 싶다. 세상의 여건이 빚어내는 절망에 쉽게 굴복하지 말고, 내가 내 삶의 주체가 되어 역경을 이겨내려는 인내와 노력이 반드시 있어야 한다. 그래서 한 마리 새처럼 희망의 날개를 활짝 펴고 날아야 한다.

제4부

마음 나누기

중국의 어느 거리에서 전통 행사 행렬이 지나가는데 꼬마가 공안에게 이야기하고 있다.
퓰리처상을 받은 사진작가 윌리엄 비얼의 작품을 보고 그렸다.

시간을 간직하다

몇 년 전, 연말 즈음이었다. 초겨울 스산한 거리에 돌돌 굴러가던 낙엽들도 영영 사라진 무렵, 친구들의 부음이 연달아 들려왔다. 우리 동문 둘이 세상을 떠났다는 소식이었다. 한 사람은 수재 형으로 우리 중 유일하게 모교 교수를 지냈고, 다른 한 사람은 운동선수만큼이나 튼튼해 보이던 친구였다.

그 무렵이었다. 내가 매일 일기를 쓰기 시작한 것이. 저무는 한 해를 돌아보며, 사람의 일생을 생각해 보며 회심을 풀어놓던 노트가 시나브로 일기장이 되었다. 지금까지 오 년여 동안 매일 하루 한 페이지씩 써온 노트가 여덟 권째다. 물론 살아오는 동안 일기를 가끔 쓰기는 했어도 이번처럼 하루도 거르지 않고 써오기는 처음이다. 이제는 밥 먹듯이 습관이 되었다. 지금 마음 같아선 수저 들 힘만 있으면 펜을 쥐고 쓰기를 계속하고 싶은데……. 모를 일이다. 이 세상에 장담할 건 아무

것도 없지 않던가.

화장기 없는 맨얼굴로 일기장과 마주한다. 나의 본래 모습을 고스란히 드러내는 자리, 여기서는 감출 게 없고 남들의 뒷담화도 걱정 없다. 언로(言路)가 탄탄대로로 뚫려 있는, 자유발언의 이 광장은 나의 즐겨찾기 공간으로 안성맞춤이다.

아침마다 제일 먼저 일기장을 펼쳐 몇 년, 몇 월, 몇 일, 요일을 꼭꼭 힘주어 써 놓는다. 그런다고 시간이 늘어나지 않겠지만, 진하게, 공들여 살겠다는 다짐으로. 그것도 정성 들여 반듯한 정자(正字)라야 된다. 매일 달라지는 날짜, 요일 앞에서 잠시 기도한다. '오늘 이 새로운 하루, 감사한 선물로 받습니다.' 이 의식을 치르고서야 하루 일상을 시작한다.

아침에 몇 줄 써 놓는 말은 하루에 대한 계획, 포부이다. 낮시간에 틈틈이 쓰는 말은 잊지 않으려고, 저녁에는 하루를 마친 나에게 말 걸기이다. 잘 지낸 거니? 수고로운 시간 보낸 나를 보듬어준다.

책이나 신문에서 좋은 구절을 만나거나 누구와 통화를 하다가 감동을 받아도 즉시 일기장에 적어둔다. 그림이나 글에 관해 문득 떠오르는 구상도 바로 노트 안에 착지시켜둔다. TV를 보다가 듣는 건강정보나 종교계 분들의 가르침도 잊을세라 모셔온다. 내 일기장이 성소이고 강의실이다. 때로는 고해성사를 바치는 밀실도 된다.

일기장은 무한 복원력을 가졌다. 몇 번이고 되풀이해 볼 수 있으니 인생을 여러 번 살 수 있다는 기분마저 든다. 적혀진 귀한 말들을 다시 접할 수 있고 남이 해준 고마운 말, 조언도 되풀이 들으며 감사함에 젖는다. 운 좋게 달라이 라마의 법문을 텔레비전에서 듣고 적어두었다.

'풀 한 포기에 경배하라. 남의 삶에 눈뜨라. 내가 받은 모든 것은 이 세상에 돌리라고, 회향하라고 주어졌다.'

적어두지 않았더라면 이렇게 생생히 기억해 낼 리 없다. 형광펜으로 표시해 놓은 부분은 내가 조심하고 싶은, 주의를 요하는 나의 실수담이다. 볼 때마다 혼자 고소(苦笑) 짓고 무안해도 별수 없이 그게 나다. 그래도 적어 놓았던 것으로 예방이 된다면 열 번이라도 기록으로 남겨야 한다.

사진 한 장에 수많은 이야기가 담겨 있듯이, 글은 글자 이상이다. 글은 생명력을 가졌다. 글을 남기면 역사가 된다. 나는 내 아이들이 자라면서 쓴 일기장이며 독후감 노트를 모아 두었다. 어느 날, 손자에게 보여주며 말했다.

"네 아빠가 바로 네 나이 때 이런 생각을 했구나." 손자는 신기해하고 흥미로워했다.

아들도 제 어린 시절을 떠올리고 추억의 얘깃거리를 즐거워했다. 만일 지금 나에게 우리 부모님 살아계실 때 써두셨던 일기장이 남아 있다면 얼마나 반갑고 감회가 깊을까. 그 필적만 보고도 부모님 손길이 느껴지고 단지 부모님으로서만이 아닌, 인간적인 이해가 더해져서 가슴 미어지게 그리울 게다. 그래서 나는 훗날 내 아들딸이 나를 만날 수 있도록 이 일기장들을 남겨두려 한다. 내가 걸어간 삶의 발자국들에서 나라는 사람의 면모는 고스란히 드러날 것이다. 어릴 때 야단치고 벌세우던 엄마도 별수 없네 해도 그만이다. 저희들이 보아왔던 엄마로서의 모습만이 아니고 먼저 살다 간 인생 선배로서의 엄마를 새로이, 온전히 알게 하고 싶다.

누가 말했나, '시간은 만인의 스승이다, 그러나, 마침내는 그 제자들을 다 죽인다.' 결국 인간은 태어나서 죽는다. 태어나는 그 어떤 존재에게도 시간은 유한하게, 각기 다르게 주어진다. 그러나 눈에 보이지도, 손에 잡히지도 않는 시간을 저장해 두는 방법은 없다. 그렇지만 요즈음의 나는 '꼬박 일기 쓰기'를 하며 이게 그 차선책은 되지 않을까? 하는 생각이 든다. 내 지나온 시간은 흘러가 버린 게 아니고, 일기 노트에 기록되어 있는 만큼 간직되어 있다고 느껴진다. 일기장이 늘어나면서 그 볼륨 안에 내 시간이 고여 있기나 한 듯이 흐뭇하다. 다시 그 시간을 되살려낼 수는 없지만 적어도 내가 보낸 시간의 흔적을 기록해 놓은 것만큼, 내 생명의 조각들을 붙들어둔 셈 아닌가 싶다.

예쁜 딸

너를 생각하면 고맙다는 말부터 먼저 나온다. 우리 아들이 결혼할 나이에 이를 즈음, 장래 며느리를 맞이할 내 마음은 이런 거였지. 서른 해 가까운 세월을 만점으로 키웠노라고 결코 장담할 수 없는 내 아들을 평생의 반려로 선택하는 사람은 고마운 인연이라고, 그 자체로 감동인 거라고 생각하고 있었다. 그런데 그 사람이 바로 너라는 사실은 우리 아들에게도, 우리 가족에게도 더없는 기쁨이었단다. 네가 곁에 있는 것으로 내 아들이 조금 더 잘나 보이더라.

나는 요즘도 가끔 대놓고 그 애한테 말하고는 한다.

"네가 그동안 해온 것 중에서 가장 잘한 일이 네 아내를 만난 것이다."

또 나로서 아들 키운 제일 큰 보람은 네가 나의 며느리가 되고 우리 가족이 된 거란다. 너희 결혼을 앞두고 네 남편감에게 미리 당부해 두었었다.

'앞으로 네게 가장 소중한 사람은 네 아내임을 명심해라. 그러니 모든 일을 함께 의논해야 된다. 네 아내 하자는 대로 하면 틀림없을 거로 보인다.'

이러다가 너희들 결혼 직후였던가 내가 친구한테 말했어.

"우리 아들은 이제 바다를 향해 흘러가 버린 물이야. 더이상 이 계곡에는 머물지 않아."

이렇게 말해놓고 나 스스로에게 놀랐었지. 자식을 성가(成家)시켜 내어놓은 어미의 서운함이 나도 모르게 있었나 봐. 그래, 어머니에게는 자식에 대한 원초적인 사랑이 있어. 그렇지만 결혼한 자식에게로 향하는 사랑은 변질은 안 되어도 변형은 되어야 한다는 걸 알고 있다.

오래전에 본 중국 영화 〈음식남녀〉에 나오는 대사가 마음에 남아 있다. 결혼을 앞두고 있는 딸에게 유명 호텔 주방장인 아버지가 조언을 하더구나.

'음식을 만들 때 최고로 좋은 재료만을 골라 쓴다고 최고로 맛있는 요리가 되는 게 아니더라. 좋은 맛을 내는 비결은, 각각의 재료를 조화롭게 알맞은 균형을 맞추어 쓰는 데에 있다.' 선남선녀가 만났어도 행복한 결혼생활을 위해서는 두 사람 사이의 조화와 균형이 중요함을, 음식 만드는 일에 빗대어서 얘기하고 있었어.

하나 더, 영화에서 본 얘기를 하고 싶네. 잭 니컬슨이 괴짜 소설가로 나오는 〈이보다 더 좋을 수는 없다(As good as it gets)〉라는 영화는, 사람을 바꾸어 놓는 사랑의 힘을 보여주더라. 남들에게 매우 비호감이던 그 주인공이 사랑을 만나게 된 뒤 하는 말은, '당신 때문에 나는 더 좋은 사람이 되고 싶다'였어. 가슴 따뜻하도록 아름다운 변화지? 너희 두 사람도 서로를 선택하는 그 순간부터 '당신 때문에 나는 좋은 남편이, 좋은 아내가 되고 싶다'는 마음이 생겨났을 거야. 물론 나도 너를 맞으며 좋은 시어머니가 되고 싶더라.

여성은 태생적으로 어머니의 마음이 되는 것 같아. 영어 글자를 생각해 보렴, she는 he를 안고 있지 않니. man은 woman 안에 들어 있고, female은 male을 품고 있어. 네가 더 어른이야. 내가 못다 가르쳐서 부족한 점도 너로 인해 나아지고 좋아질 거로 믿고 싶어. 네 남편도 너의 앞에서 더 좋은 사람이 되려고 애쓰지 않겠니.

언젠가 내 친구가 꼭 읽어보기를 권하는 책을 구할 수가 없어서 갈증이 나 있었어. 그러다가 너희들 집 책장에서 바로 그 책, 프리초프 카프라가 쓴 『물리학의 도(道)』를 발견하고 놀라웠지. 더욱 놀란 것은, 펼쳐보고 나서였어. 너는 이미 다 읽고 군데군데 밑줄을 쳐 놓았더구나. 나는 조금 알면 다 아는 듯이 드러내는 약점이 있는데 너는 그 반대형인 걸 안다. 독서의 양이나 깊이가 엄청나면서도 내색 안 하고 자중하는 너의 성향을 나는 높이 사고 있어.

벌써 오래전 일이구나. 내가 가끔 너의 총명함과 고마움을 떠올리는 에피소드야. 너희 세 가족이 파리에 체류하고 있던 때, 내가 너희 집을 방문해서 우리 둘이 봉 마르셰 백화점 구경을 나섰었지. 어느 매장 앞을 지나는데 마네킹에 입혀놓은 블라우스가 내 눈길을 사로잡았고 가격을 물어본 나는 기함을 하며 돌아서서 말했던 기억이 난다. '얘, 우리 이거 안 본 거로 하자. 이런 걸 사면 집안 기둥뿌리 금방 빠져.' 겉으로 말만 이렇게 했지, 난 내심 사고 싶었다. 나 혼자였으면 기어이 사 왔을 거야. 하지만 시어미로서 그렇게 사치하는 걸 보여주면 안 되니까 힘들게 참고 포기했지. 그 후 네가 귀국해서 나를 찾아와, 내가 꿈에도 탐내던 바로 그 옷을 내어놓더구나. 색깔도 바로 그것, 크기도 딱 내게 맞는 것으로. 나는 너무나 놀라웠고 기뻐서 염치도 없이 고맙다는 말을 여러 번 했었지. 내가 이렇게 좋아할 줄 나도 몰랐어. 좀 진정이 되고서야 속물 같은 본 모습을 들켜버린 게 부끄럽더라. 그래도 그 당시 돌아서던 내 마음을 읽어낸 네가 두고두고 고맙구나.

어느새 너희도 결혼한 지 스무 해가 더 넘었네. 아니, 내년 1월이면 벌써 25주년, 은혼식(銀婚式) 하는 해가 된다. 그동안 너의 수고가 참 많았다. 아이도 바르게 잘 키워오고 아비 내조하며 우여곡절도 함께 겪어내고. 네가 가정의 단단한 구심점이 되는 걸 안다. 여성의 모성성에 세상의 구원이 있다고 하지 않니. 앞으로의 항로에도 순풍만은 아닐 테지. 풍랑이 일더라도 함께 헤쳐나가면서 한배에 탄 유대감으로 더욱 단단해지는 게 부부 사이이더구나.

며느리를 '법으로 맺은 딸(daughter-in-law)'이라고 말하는 영어 표현보다 백 배 멋진 프랑스어를 쓰련다. 며느리를 '예쁜 딸(belle fille)'이라니, 내 마음 그대로네. 너도 나를 법으로 맺은 어머니보다는, 프랑스어식으로 '예쁜 어머니(belle maman)'라 생각해주면 기쁘겠다.

너에게 한 아름 가득히 꽃다발을 안겨주고 싶다. 너를 맞이하던 처음보다 한층 더 깊어진 사랑과 신뢰를 담아서.

치사랑 내리사랑

얼마 전 새벽녘 꿈결에 어머니가 보였다. 우리 곁을 떠나신 지 오랜 세월 동안, 꿈에라도 좀처럼 안 보이던 어머니였다. 반가워서 내 딴에는 바싹 다가갔는데도 어머니와의 거리는 좁혀들지 않았다. 오히려 차츰 멀어져 가며 어렴풋해졌다. 나는 발을 동동 구를 지경이었다. 형체의 윤곽은 또렷하지 않아도 나를 보고 한 말은 분명했다. 딱 한 마디였다.

"너한테 말할 게 있다."

그다음 장면은 다른 일이 이어졌고 기억이 안 난다. 그걸로 끝이었다. 내게 무슨 말이 하고 싶었을까. 그 말이 듣고 싶어 애가 탔다. 다음 날, 어머니 꿈 제2막이 꾸어지려나 기대하며 일찍 잠을 청했다. 꿈길밖에 길이 없건만, 어머니는 그 후 더는 내 꿈으로 오지 않으셨다.

그 무렵 나는 가슴에 오는 통증으로, 며칠째 혼자 고생하고 있었다. 이러다 갑자기 심근경색이라도 오면 급사할지도 모른다 싶었다. 하기야 이 나이에 오늘 죽어도 호상일 테니 겁은 나지 않았다. 나는 비교적 건강한 줄 알았고 사실 지금까지 어디 크게 불편한 데도 없었다. 가만히 생각해 보니 이 가슴앓이의 원인으로 짚이는 게 두 가지 있었다. 하나는, 이제까지는 없었지만 어머니가 지병으로 고생하시던 심장병 유전자가 나에게 오나 하는 거였고 다른 하나는 근래 휴대폰 때문에 마음 상했던 일이다. 눈에 안 보이는 것이 눈에 보이는 것에 영향을 주다니!

한 달여 전, 출국을 하려고 공항에서 그즈음 새로 산 휴대폰에 로밍이라는 걸 했다. 담당자에게서 친절하게 상담받은 대로 했는데, 가서 불편은 불편대로 하고도 돌아와서 요금 폭탄을 맞았다. 깜짝 놀라 항의를 할 양으로 전화를 했다. 새로운 요금 체계도 이해를 해야겠고, 무엇보다 도무지 개념이 잡히지가 않아서 질문을 했다.

"몇 기가라니 그건 무슨 말이고 데이터가 얼마라는 건 요금하고 어떤 상관이 있는데요?"

자세한 답변이 돌아왔다. 자세히 말해줄수록 이해가 되기는커녕 점점 더 헷갈렸다.

이들이 쓰는 전문용어가 나에게는 화성 나라의 것이었다. 노년의 고객을 상대한 직원이 예의 바르게 안 한 게 아니었다. 기계를 자유자재로 다루는 저들이 이 시대의 주인이었고, 나는 원시인이었다. 저들과 나는 겉은 같은 사람이지만 세상과 관계하는 방식에서 완전히 다른 종(種)이었다. 오래 살수록 왜 세상이 점점 낯설어질까? 그게 몹시 쓸쓸하고 속상했다. 내 마음이 만든 병이라면, 병원에 가기보다 내가 마음먹기를 고쳐보려 했지만, 내 몸은 여러 날째 완강하게 말을 안 듣고 있는 중이었다.

어머니에게는 센서가 있던가 보다. 탯줄로 이어졌던 한 몸이었으니, 분신의 몸에 이상이 생기자 바로 감지가 되었던가. 좋은 일은 아는 체 안 해도 내 자식의 아픔은 그냥 보고만 있을 수 없었던 게다. 나는 어머니가 하려던 말을 짐작해 보았다. '네가 나를 닮아 심장이 약한가 보구나, 미안하다.' 나는 얼른 어머니 말을 가로막았겠지.

"아니에요, 어머니. 제가 요즘 속을 좀 끓였더니……."

내 말에 어머니는 더 간곡하게 얘기하셨을 게다. '그냥 받아들여도 괜찮아. 네가 아프지 않아야지.'

나는 어머니 말씀대로 이 상황을 받아들이기로 했다. 비틀스의 노래, '렛잇비(Let it be)' 가사대로 마더 메리가 내게로 와서 지혜의 말을 해주신 게다. 그냥 두자, 그냥 둬.

'렛잇비 렛잇비' 답이 있을 거야! 점차로 거짓말같이 나의 가슴 통증은 가라앉았다.

어머니 떠나신 후 빈자리는 대체 불가였다. 내 일상에 메울 길 없이 커다란 구멍이 뚫렸다. 무엇보다, 내 말길이 끊어졌다. 어디다 대고 말을 할 사람이 없어진 게 제일 아쉬웠다. 속을 털어놓고 싶을 때 마음껏 얘기할 상대가 없다는 건 형벌 같았다. 나는 세상 밖으로 밀려나 외톨이가 된 것같이 막막했다. 하루에도 몇 번씩 전화기를 들었다가 '아! 참, 거기 안 계시지!' 하고 맥없이 도로 놓기를 여러 번 했다.

너에게 말할 게 있다고 누군가가 나에게, 내가 누군가에게 말할 사람이 있다는 건 참 다행한 일이지 않나. 그 내용이 무어든 너무나 반가운 상황일 게다. 서로 소통하고 싶다는 얘기일 테니.

부모님께는 내가 첫정이어서 그런지 사랑을 많이 주셨고 나는 동생들에게 모범을 보이려고 부모님을 잘 받들었다. 내 별명은 심청이가 아니고 이청이었다. 그런데 가끔 생각나는 부끄러운 일이 있다.

내 큰 아이가 직장 초년생이던 때, 내 친정 근처인 아카데미하우스에서 교육을 받느라 제 외가에서 며칠 지내게 되었다. 내 생각으로는 연로하신 어머니가 외손자 밥해주기 힘드실까 봐 이것저것 반찬을 만들어서 싸들고 갔다. 가면서 떠올려보니 어머니를 위해서는 음식을 해다 드린 기억이 없었다. 내심 죄송하고 뒤늦은 후회가 밀려왔다.

짐을 받아 놓으시며 어머니는 "내 손자 며칠씩이나 보는 것만도 좋은데 손자 덕에 이리 푸짐하게 음식도 따라오는구나, 교육 자주 받으면 좋겠네."라며 웃으셨다. 제 자식은 대단하고 부모한테는 이런 음식 반이라도 해 왔더냐고 핀잔을 들어도 마땅한데, 나는 아무 말 못 한 채 멋쩍은 웃음으로 어머니를 꽉 끌어안았다. '어머니, 죄송합니다. 그리 말씀해 주셔서 고맙습니다.' 내 속마음을 헤아리셨는지 어머니도 빙그레 웃으며 내 등을 쓰다듬어 주셨다.

얼마 전 이 얘기를 내 아들한테 했다. 내 딴에는 우리 어머니 너그러우셨던 에피소드라고 말해놓고 보니 '아차!' 싶었다. 참 내가 속도 없지! 나도 치사랑은 못 했음을 고백한 셈이었다. 그걸 들으며 아들은 속으로 제 아이한테만 잘하는 것에 관해 면죄부를 받은 걸로 생각할 수도 있겠다. 기분이 묘해졌다. 잠시 생각에 잠긴 듯하던 아들이 한마디 했다.

"그래도 엄마는 이청이었어요. 외할머니께 어떻게 하셨는지 우리가 잘 알죠."

과연 내가 치사랑을 더했는지 내리사랑을 더하는지 돌아보다가 고개 숙여진다. 분명한 것은 내가 아무리 뒤늦게라도 더 사랑하고 싶어도 그분들이 기다려주지 않으신다는 거다.

초록 불

　파리 교외에 살고 있는 딸아이 부부가 저희들 사는 얘기에 곁들여 사진을 메일로 보내왔다. 사진에는 사위가 제 아내를 위해 양산을 받쳐 들었고, 딸은 양산 속에서 춤을 추려는 포즈 같다. 발랄하고 자유로운 모습이다. 아마 나였다면 카메라 앞에서 차렷 자세로 굳었을 게 분명하다.

　딸아이는 결혼 적령기 무렵에 교통사고를 당했다. 결혼은 먼 이야기가 되었고 직장도 그만두어야 했다. 연필을 5분도 못 쥐고 있을 정도로 아팠지만, 그 아픔보다 고통스러운 건 아무것도 할 수 없다는 무력감이었다. 어미인 나도 속수무책으로 지켜보는 수밖에 없었다. 물리 치료를 계속 받고 꾸준히 운동을 하며 4년 세월이 지나자 7할은 나았구나 싶었다.

　인내는 인격을 만든다고 했던가. 그 아픔을 이겨내는 사이 딸아이는 많이 달라졌다. 다른 이들의 고통에 공감하는 마음, 작은 것들을 소중히 여기고 감사하는 마음을 배웠다. 그리고 그동안 달려왔던 직장 생활을 그만두게 되면서 정말 마음속에서 원하던, 접었던 꿈을 기억해내었다. 어릴 적부터 가장 행복을 느껴오던 순간은 바로 그림 그리는 일에서였다.

달리, 미로, 피카소 등 스페인 화가들의 자유로운 화풍이 좋다는 이유만으로, 그곳으로의 유학을 원했다. 아는 이 하나 없는 낯선 도시, 마드리드를 향해 비행기에 오르는 딸을 보며, 날갯죽지 다친 새를 망망 허공에 날려 보내는 심정이었다. 그 순간 기이하게도 내 마음 깊은 곳에서 확신에 찬 목소리가 들려왔다. '그래, 새처럼 자유롭게 날아가서 하고 싶은 공부 마음껏 하거라.' 그건 막연한 바람이 아니라 나의 직관 같은 거였다.

딸아이의 선택은 옳았다. 스페인의 태양과 태양만큼 밝고 다정한 그곳 사람들 덕분에 딸은 건강을 완전히 회복했다. 순수미술과 패션 일러스트를 함께 공부하다가 패션디자인으로 전공을 정했다. 언어장벽에, 열다섯 살이나 어린 학생들 틈에서 쉽지 않았지만, 정말 하고 싶던 공부라 열정을 다한 끝에 최우수 학생으로 졸업했다. 졸업 후의 진로를 파리행으로 결정했다는 말에 나는 걱정부터 했다. 이제까지 쌓아온 인간관계며 받아온 인정이 아깝지 않으냐고, 또 프랑스어를 새로 배워야 하고. 딸은 당찬 각오를 보였다.

"또 제로에서 시작하는 거죠!"

다시 낯선 언어의 또 다른 도시, 파리로 간 딸은 어렵게 직장을 얻어 맨 밑바닥 일부터 시작했다. 매장 청소와 직원들 식사 준비, 장보기 조수 그리고 한더위 속 다림질. 패션과는 거리가 먼 일들을 묵묵히 해내었다. 그런 지 일 년이 되었을 때, 딸에게 그래픽 디자인을 배우고 싶다는 프랑스 남성이 다가왔다. 그는 화가였다. 두 사람은 서로의 예술 세계에 관심과 격려를 주고받으며 가까워졌고 서로가 평생의 짝임을 알아보았다.

둘이 결혼하겠다고 했을 때 내가 말해주었다.

"여러 군데 다니며 보아온 그림 중에서 가장 아름답다고 느낀 것이 바로 결혼에 관한 그림이었다. 미국 휴스턴에서 본 사이 톰블리(Cy Twombly)가 그린 4부작, 〈이상적인 결혼(The Ideal Marriage)〉이었어. 수많은 실타래의 엉킴과 교차 속에서도 고운 색감에 조화가 느껴지는 그 그림을 보면서 아! 결혼을 이미지로 이렇게 표현할 수도 있구나. 하고 감탄했었지. 우리의 노랫말에 '청실, 홍실 엮어서 무늬도 곱게'가 바로 그 그림 안에 있더구나. 너희 두 사람도 청실, 홍실만큼이나 다르지 않니. 뿌리부터 모습까지, 언어와 문화가 다른 사람들이 만나, 그 다름이 불편함이 아니고 새로움이고 신기함이 되면 얼마나 축복이냐. 그리고 너희 둘이 다 예술가의 길을 걷고 있으니 둘의 힘을 합하면 셋도 될 수 있겠구나."

벌써 여러 번째 한국을 다녀간 사위는 프랑스에서 한국 홍보대사 노릇을 한다. 오랜 역사와 훌륭한 전통문화가 있는 나라라고 한국 자랑하기에 바쁘다. 고유한 종이, 한지를 신기해하고 한글 글자에는 뛰어난 조형미가 있다고 감탄하며, 한지로 만든 노트에 한글 쓰기 연습을 한다. 입어서 편하고 보기에 우아한 한복은 서양 옷에 댈 게 아니라며 인사동에서 누비 개량 한복을 사가서 홈웨어로 즐겨 입는다. 처음

먹어보는 음식까지 전혀 거부감이 없이 다 맛이 있다니 아무래도 전생에 한국 청년이었나 싶다. 어느 날엔 식탁에서 감의 씨를 모아 슬그머니 제 짐에 챙겨 넣는 것을 보고 딸은 지레 환호했다.

"우리 집이 감나무 집이 되겠네!"

식물도 옮겨 심으면 한동안 몸살을 하는데, 객지 생활이 힘들지 싶어서 언젠가 딸아이에게 위로 삼아 말을 건네었다.

"너 힘들지? 모든 것에는 빛과 그림자가 있지 않니. 잘 견디어 내길 바라."

딸은 웃으며 답했다.

"그림자라고 하면 부정적으로 들리는데, 제가 표현하자면 동전의 양면인 거 같아요. 외국 생활이 자유롭고 다른 문화를 접하면서 시야가 넓어지는 것이 좋은가 하면, 한편으로는 내게 익숙했던 것에 대한 그리움이 있고……. 두 면을 다 안고 사는 거죠."

딸아이의 어른스러운 말에 오히려 내가 위로를 받았다.

그들이 살아가는 모습은 우리네와 많이 다른 것을 느낀다. 삶에서 그들이 추구하는 것은 더 많이, 더 좋은 것 갖기보다 이미 가지고 있는 것, 지금 누리고 있는 것을 아끼고, 내일을 위해 오늘을 희생하기보다 여기 이 순간을 더 아름답게 가꾸는 게 가치 있다고 보는 듯하다.

언젠가 한 번은 사위가 내 책상에서 시선이 닿는 벽에 그림을 그려주고 갔다. 나그네의 모습인데 그의 앞길에, 어느새 제 댁에게서 배운 한글로 또박또박 초록색 글자를 써 놓았다. '초록 불'

오늘도 그 벽화에 눈길을 주며 가슴 가득히 초록 불을 켜본다.

두 나무 한 뿌리

우리 집 연년생 남매는 성향이 전혀 다르다. 한 꼬투리 안에 든 알록이 달록이다. 그건 자랄 때부터 머리칼이 희끗해진 지금까지도 변함이 없다.

그 아이들이 여섯 살, 일곱 살이던 때 내가 엄하게 벌을 주느라 대문 밖으로 내쫓았다. 나중에 엄마가 부를 때까지 땅바닥에 꿇어앉아 반성하고 있으라 했다. 한참 후, 애들이 어쩌고 있나 궁금해서 대문을 열고 보니 아들은 처음 그 자세대로 꿇어앉아 있는데 딸아이는 온데간데 없었다.

"어? 네 동생은? 넌 동생도 안 지키고 뭘 했어?"

다그치는 내게 아들은 제 잘못인 듯 울먹였다.

"엄마가 대문 닫자마자 달아났어요. 아무리 불러도 뒤도 안 봐요."

딸아이는 궁금한 게 많아 늘 호기심을 달고 살았다. 어디에서나 볼

거리를 찾으러 잘 다녔다. 오라비가 집 밖에서는 골목대장이어서 누이동생은 오빠를 믿고 활개 칠 수 있었다. 중학생 때는 학교가 끝나면 일단 가방은 경비실에 맡겨두고 돌아다니기 바빴다. 친구와 버스 타고 장충체육관으로 농구 보러 가서 인기 좋은 선수와 사진 찍으며 말도 걸어보고 유명한 가수의 콘서트도 보고 왔다.

아들의 초등학생 때 일기장에는 사회시간에 배워서 왜놈들이 우리의 국모를 죽인 일에 의분을 못 이기는 마음을 적어놓았다. 선생님이 자리만 비우면 반 친구들이 무질서해진다고 개탄하는 꼬마 반장의 고충도 쓰여 있다. 장난감 호루라기와 보안관 배지로 동네를 휘젓던 개구쟁이가 지금은 나에게 엄중히 챙긴다. '태극기 다셨어요?' 혹은 '투표 꼭 하세요.' 등등.

딸아이는 외국으로 나가 사는지 십오 년째이니 가물에 콩 나듯 보며 산다. 쳐도 한국에 있는 아들이라고 자주 볼 수 있는 게 전혀 아니다. 어쩌면 제 누이동생보다도 연락이 오가는 횟수가 덜하다. 품 안의 자식들이 커서 제 일에 바쁘니 먼 길손과 다를 게 없다. 자라는 동안 보물단지로 애물단지로 둔갑을 거듭했으면서도 혼자 큰 줄 안다.

프랑스 남자 만나 결혼한 딸이 제 남편과 휴가차 내게로 왔다. 큼직한 여행 가방을 끌고 들어선 둘이는 함박웃음을 지으며 사위는 서툰 한국말로, 딸은 그립던 우리말로 인사를 한다. "엄마는 여전하시네요!"

그 말은 사실이 그렇다기보다는 부모가 늘 여전하기를 비는 기원일 게다. 엄마라는 호칭에도 저희가 어렸을 때 젊은 나를 부르던 엄마 그대로 머물러 있으라는 원이 들어 있을 것이다. 하긴 예전에 나도 내 어머니 가시는 날까지 엄마라고 불렀으니까.

"오빠네도 잘 있대요? 오빠 요즘도 바빠요? 엄마한텐 가끔 와요?"

연거푸 질문을 해댄다. 딸은 단 하나 동기인 오빠가 제일 궁금하고 제가 엄마 곁에 없는 동안 오빠가 엄마를 외롭지 않게 해드렸으면 하는 바람도 있을 것이다.

"그럼! 틈틈이 전화도 잘해. 네 올케도."

아들이 제 누이가 와 있다고 가족 모임을 제의해왔다. 딸 내외와 약속 장소에 미리 도착해서 아들네를 기다리는 동안 몇 년 전의 일이 떠올랐다.

제 동생이 프랑스 남자와 결혼할 거라는 말을 듣자 아들은 바로 굳은 얼굴이 되더니 얼마 후 무겁게 입을 떼었다.

"어려움이 많을 텐데……. 아버지가 계시면 허락하시겠어요?"

아들은 제가 아버지 대행이라는 것까지 염두에 둔 모양이었다.

"얘, 네 아버지 별명이 불어 대장이었잖아? 오죽 좋아했겠어?"

내 말에 아들은 어이없어하며 재차 물었다.

"뭐 하는 사람이래요?"

"화가래. 멋있지?"

점입가경이라는 듯 대꾸도 안 하더니, "학교는요?" 했다.

"몰라. 안 물어봤어. 둘이 서로 사랑한대. 그럼 된 거 아냐?"

"참~ 엄마도……!"

그 다음에 아들이 삼켜버린 말이 짐작이 되었다.

아들이 벙글거리며 식당 안으로 들어서더니 매제에게 먼저 다가가 악수를 청한다. 식사 중에도 서툰 프랑스어로 이것저것 말도 잘 건넨다. 이전보다 많이 다정해진 오빠의 모습에 딸아이의 얼굴이 활짝 피어난다. 헤어질 무렵 오라비가 누이에게 봉투를 내민다. "많지는 않아. 잘 써라."

사실, 딸아이네 사는 건 넉넉지 않아 보인다. 그래도 그들은 낄낄거리며 오순도순 죽이 맞아 잘 지낸다. 딸아이는 직장에서 더 많은 일을 맡고 승진도 할 수 있는 기회를 권유받고도 거절했다. 두 사람이 함께하는 시간이 돈보다 소중하다고. 그리고는 둘이서 무슨 공연장, 전시회를 찾아다니거나 교회 연극에 참여해서 무대에 서기도 하고 오페라 구경도 자주 간다. 친구에게 얻은 공짜표로 무대에서 정면이 아닌 측면 2층에서 고개 빼고 보면서 다른 사람들은 휴식 시간에 샴페인 사 먹을 동안 저희는 집에서 가져온 바나나를 몰래 먹으면서도 행복에 겨워한다.

아들네 세 식구가 어쩌다 휴일을 같이 보낼 때 가장 선호하는 곳은 대형 책방이다. 거기에는 구석에 책을 읽을 자리가 있어서 한 권씩 고른 책을 읽어보다가 사 들고 온다. 내 손자까지 똑같이 주로 역사책을 좋아한다니 초록은 동색이라는 말이 실감 난다. 아들은 일이 많아 힘들다고 하면서도 일하는 게 좋고 제 일에 보람을 느낀다니 다행이다. 제 누이동생 사는 것에 대해, 예전의 망설임 없이 받아들이는 변화가 더없이 반갑다. 삶에는 다른 가치가 있음을 알게 된 걸까?

멀리 떨어져 제각기 다른 일을 하며 다른 방식으로 살아가지만, 마음 깊은 곳에서는 한 뿌리에 닿아 있는 게 보인다. 이 유대감이 서로의 삶에 버팀목이 되기를.

마음 나누기

 딸아이가 고국을 향해 날아왔다. 벼르던 휴가 30일은 하루하루가 금싸라기다.

 내 나라 말로 술술 말하니 마음이 가볍고, 그립던 우리 토종 음식은 객지 생활에서 쌓인 허기를 달래준다. 딸아이의 귀국을 반기느라 가족 모임을 몇 번 가졌다. 입담 좋은 제 오빠가 어린 시절의 추억을 떠올리고는 그때의 말투를 흉내 내며 자리를 웃음바다로 만들었다. 서로의 근황을 물어보며 걱정과 안심이 오간다. 다들 제 자리에서, 사는 게 녹록하지 않은가 보다.

 딸이 와 있는 동안 함께 흥미 있게 본 TV 프로그램이 있다. '금쪽같은 내 새끼'라니 그 제목부터 관심이 갔다. 육아의 고충이 심하던 부모가 상담을 통해서 문제를 해결하게 되는 내용이다. 이상행동을 보이는 아이가, '네 속마음은 어때?'라는 물음에 제 속마음을 열어 보인다.

무엇을 가장 원하는지, 무엇이 힘들고 어떤 두려움이 있는지 등을 솔직하게 말하는 이 대목이 해결의 열쇠가 된다. 그때야 비로소 아이의 내면을 알게 된 부모는 모르고 지나친 것이 미안해서 눈물을 흘리고, 심리 상담 전문가의 진단과 처방이 나온다. 속마음을 알고 나니 이해하게 되고 함께 노력해서 결국에는 아이가 정상으로 돌아오는 결말이 흐뭇해서 즐겨 보았다.

소통은 늘 중요하다. 돌이켜보면 가족 모임에서나 친구들을 만나서 하는 얘기가 그저 세상사나 여행담, 남의 소식, 무슨 정보를 나누는 게 전부일 때가 많다. 그런 화제도 물론 유익하거나 즐거울 수 있지만 그것만으로는 아쉬울 때가 많았다. 더 깊은 서로의 마음을 진지하게 나누면 그 시간은 특별하게 기억된다. 그 기회를 통해서 관계가 더 성장하고 삶이 더욱 풍부해지지 않을까.

어느 날 저녁, 내 딴에는 멋진 분위기로 추억의 한 장면을 연출하려고 벽 촛대 장식의 작은 초들에 불을 당겼다. 깜깜한 어둠 속에 불꽃은 금빛 나비들이 되어 하늘하늘 일렁이며 춤을 춘다. 촛불이 주는 온화함 속에 잠자코 생각에 잠겨 있던 딸아이가 입을 연다.

"엄마, 저에게 쉼터가 되어 주셔서 감사해요……." 딸아이의 표정이 가라앉는다. 다음 말이 궁금하지만 나는 잠자코 기다린다.

이윽고 딸은 그동안 문자로나 통화로는 전하지 않던, 지내 온 나날의 애환을 나직나직 풀어놓는다. 몇 달 전 동료들이 보는 앞에서 제 직속 상사인 외국인에게서 심한 질책을 들었다고. 굴욕감과 부당함에 바로 항의를 못한 자신의 용기 부족과 언어의 못 미침에 자괴감마저든 것은 기회가 다 지나간 후더란다. 때로 억울하고, 힘든 일을 겪어오는 동안 본능적으로 자생의 길을 찾아낸다고. 누구의 비난이나 엉뚱한 오해에도 위축되지 않기로, 그저 성실, 정직하게 '나는 나다!' 하며 제 마음으로부터 먼저 당당하기로 했다면서 후련하다는 듯 환하게 웃는다.

떨어져 지내는 중에도 글로 목소리로 자주 안부 묻고 소식 주고받으니 거리로는 멀어도 마음은 서로 잘 안다고 여겨왔다. 그런데 그동안 네가 그렇게 애쓰며 살아오는지 몰랐구나. 딸아이의 야윈 어깨에 내 눈길이 오래 머문다.

나도 이 다음 언젠가는 하려고 마음속에 있던 얘기를 꺼냈다. 이제 와서 제일 돌이킬 수 없는 일은 살아계실 때의 내 부모님과도 네 아버지와도 평소에, 또 그분들이 마지막 길을 떠나기 전에도 더 많은 얘기를 나누지 못한 것이라고. 나의 사랑하던 분들에 대해, 가장 은혜를 입은 분들에 대해 아는 게 아무것도 없다고. 이렇게 후회될 수가 없다고 하자. 딸아이는 놀라는 기색이었다. 이때 자연스럽게 아들 생각이 났다. 이런 얘기는 아들도 함께 나누면 좋겠다 싶었다. 신기하게도 이심전심인 듯 딸아이가 묻는다.

"엄마, 오빠하고도 이런 시간이 아쉽겠네요?"

사실 나는 늘 아들하고의 대화에 목이 마르다. 더 많은 얘기로 서로의 원하는 바를 알리고 힘든 점도 말하면서 속내를 터놓으면 좋겠다. 언젠가 아들이 내게 하소연하듯이 말했다. 제 아들이 어려선 옆에 와서 치대고 볼을 부비고 하더니 크니까 곁에 안 오더라고 그게 서운하다고 했다. 나는 속으로 웃었다. 애구 고소해라, 너도 느껴봐 하다가 퍼뜩 걱정이 된다. 내 아들도 나 같이 부모님과 더 깊은 소통을 못 했음을 어느 날 후회하게 될까 봐서다.

요즘은 누구를 만나도 이 사람을 앞으로 몇 번 더 보게 되려나 하는 마음이 든다. 그래서 그 만남이 더 애틋하고 귀하게 여겨진다. 앞으로는 이런 마음이 더 진해질 게다.

"그야말로 카르페 디엠이네요. 엄마가 오빠한테 속마음을 보이세요. 아마 오빠는 엄마가 늘 바쁘게 지내니 그런 시간 내기 아까워할 거라고 생각할 수도 있어요. 서로 배려하신 건데, 진짜 배려는 엄마의 필요를 터놓고 얘기하시는 거죠."

우주가 팽창하면서 두 개의 행성이 멀어져가는 게 당연하다는 글을 읽었다. 그러니 점점 멀어져 영영 사라져 버리기 전에 웜홀(wormhole)을 만들라는 것도. 웜홀은 두 행성 간 순간의 연결로(連結路), 통로라고 한다. 그건 우리가 만나서 좋은 추억을 만들고 속내 얘기를 나누는 것, 그것이 아닐까. 딸아이의 이번 방문이 바로 웜홀인 셈이다. 더 멀어지지 전에 내 아들 가족과 동기간, 그리고 지인들과도 더 자주 통로를 만들며 살아야겠다.

친할 친(親)자 풀이를 유심히 본다. 볼 견(見)이 있다, 서로의 마음을 살펴보는 게 소통이고 화목해지는 길, 친해지면 마음이 보이고 마음이 보이면 친해지는 게 아닐까.

어린 싹에게

봄날 아침, 산길을 걷는데 볕 바른 빈터에 연둣빛 어린 싹이 뾰족뾰족 돋아나고 있었다. 이미 들어 올린 내 발은 내디딜 틈새를 못 찾고 일순 공중에서 쩔쩔맸다. 한 걸음 물러나 옆에 쪼그리고 앉아 싹들을 들여다보노라니 그 사이로 분주히 움직이는 개미들도 보였다. 무심코 그들을 밟아버리면 어쩔 뻔했나. 순간 내 운동화가 너무 우악스러워 보였다.

지난여름, 수십 년 초등학교 어린이들을 가르치고 정년 퇴임하신 분이 은퇴의 소회를 말씀하시는 걸 들었다.

"아이들에게 무얼 가르치려는 것보다 그들의 생각을 더 듣고 그들이 장래 무엇이 되고 싶은지 더 물어볼 걸 그랬어요."

어린 싹일 때 이렇게 아이들을 존중하는 선생님을 만난다는 건 얼마나 행운인가 싶어 가슴이 따뜻해졌다. 이때였다. 오랫동안 눌러두었고 아무에게도 발설하고 싶지 않았던 내 안의 응어리가 도져오는 느낌이 들었다. 아, 내 동생이 저런 선생님을 만났더라면…….

내가 열다섯 살, 중학교 2학년 때 초등학교 6학년이던 남동생이 뇌막염으로 세상을 떠났다.

그때 아버지의 머리칼이 하룻밤 새 반백이 되는 걸 보았다. 그 다음 해에 남동생이 태어났다. 우리 남매들 중에 아버지를 제일 많이 닮아서, 착하고 어수룩하고 인물도 아버지 판박이였다. 막내라서 온 식구 사랑을 독차지했다. 그 당시 문교부 장관이 주는 선행 어린이 상도 받았다. 6학년이 되어 반장을 맡고부터 동생은 더 일찍 학교로 가고 늦게야 학교에서 왔다. 어느 봄날, 당시 신참 교사였던 내가 학교에서 퇴근해 오자마자 어머니가 근심 어린 얼굴로 말했다.

"막내가 이틀째 학교를 안 가. 멀쩡해 보이는데, 아파서 못 가겠대. 틀림없이 뭔가 딴 이유가 있어. 네가 좀 속을 털어놓게 해봐."

나는 동생 방으로 가서 스케치북을 펴 놓고 앉아 있는 동생에게 듬뿍 칭찬부터 했다. "와~! 너 이담에 화가가 되려 나봐. 싹이 보여!"

"정말? 누나, 이 정도로 그게 보여?"

"물론이야. 우리 둘이 닮았네~. 나도 화가가 되고 싶거든. 그런데 오늘 하루 종일 그림만 그렸어? 그래도 학교는 가야지?"

동생은 머뭇거리다가 고개를 떨구며 시무룩하게 중얼거렸다.

"누나, 나 학교 가고 싶지가 않아. 우리 선생님이 날 보고 네까짓 게 무슨 반장이냐고, 너 때문에 우리 반이 환경미화심사에서 일등을 못

했다고, 넌 선행 어린이상 받을 자격도 없다고, 어머니 오시라고 하래." 끝내는 울음을 터뜨렸다.

나는 가슴이 쓰리고 억장이 무너지는 것 같았지만 우선 애를 달래야 했다.

"학기 초라서 선생님이 아직 너를 잘 모르신 거야. 또 아무리 어른이래도 사람은 말실수도 하고 그래. 선생님이 아마 무슨 다른 언짢은 일이 있었다가 네가 반장이니까 화풀이를 하셨나 봐. 그 말 들은 거 잊어버리도록 애써보자. 그리고 내일은 학교 가기다!"

다음날 동생은 학교에 다녀왔다. 그런데 더 풀이 죽어 왔다. 그러면 또 학교를 안 가고 다시 달래서 보내면 겨우 하루 갔다가는 다시 방 안에서 안 나오기를 몇 번을 되풀이했다. 급기야 어머니는 아버지께 자초지종을 말씀드리고 조심스럽게 얘기를 꺼냈다.

"영민하지 못한 자식 맡겨놓고 너무 무심했어요. 이참에 인사라도 좀 드려야겠어요." 교직에 계신 아버지는 촌지에 대해 단호했다. 공적(公的)으로 유익한 일에 내는 후원금이 아니라면 개인의 촌지는 정당하지 못하다는 게 아버지의 지론이었다. 아버지 말씀을 어머니는 그대로 따랐다. 학교로 담임을 찾아간 어머니는 내 자식이 부족하니 좀 잘 가르쳐 주십사고 간곡하게 부탁을 했다. 어머니가 선생님을 만나고 온 다음날 동생은 온 가족의 응원 속에 학교로 갔다. 그날 무슨 일이 있었는지 나는 다만 유추할 뿐, 동생은 절대 함구였다. 그것이 그 애의 학교생활의 마지막이었다.

솔직히 나라도 부모님 모르게 촌지를 내밀러 갈까 생각했다. 그러나 그만둔 것은 나 스스로를 모독하는 것 같은 고지식한 내 가치관 때문이었다. 같은 교직자로서 촌지를 전한다는 건 그의 손을 더럽히는 일이고 내 몸에 스스로 오물을 붓는 일이었다. 그냥 찾아가서 이야기라도 해보는 건 어땠을까?

"선생님, 아이들 데리고 많이 힘드시죠? 반장이란 애가 당차지 못해서 답답하셨나 봅니다. 저도 교직에 있습니다만 애들이 다 다르죠." 이렇게 풀어나가다 보면 선생님의 이야기도 들을 수 있었을 텐데……. 끝내 나는 선생님의 얼굴을 대면하지 못했다. 기껏, 선생님이 결코 이렇게 되라고 일부러 말한 게 아닐 거라는 생각에만 매달렸다. 동생의 상황을 알리면 그분이 이 사태를 어떻게 되돌려 놓을 수도 없는 엎질러진 물로 보였다.

한 달이 두 달이 되고 초등학교 졸업이 다가왔는데 출석 일수 미달로 중학교 진학이 곤란해졌다. 중학 교장이던 아버지의 친구가 우선 청강생으로 나오라고 했지만 동생은 이미 자폐증을 앓고 집 밖으로 나가려 하지 않았다.

스승은 하늘이던 시절이었다. 더구나 동생으로선 아버지도 큰누나도 가족 중에 저를 제일 아껴주는 두 사람이 선생님이었다. 담임 선생님의 말씀은 의문의 여지가 없는 진실로만 들렸을 터였다. 게다가 당차지 못하고 남을 미워해 본 적도 없는 순둥이는 나는 아무 자격이 없구나, 나는 부족하고 못났구나, 그러면서 자기 스스로에게 비수를 꽂았던 것 같다.

집안에 웃음기라곤 싹 가셨고 초상집처럼 무거운 슬픔이 짓눌렀다. 다른 형제들에게 칭찬받을 일이 생겨도 아무도 기뻐하지 않았다. 누구 생일이 돌아와도 축하 노래가 없어졌다. 부모님은 동생을 달래어 정신과를 옮겨가며 진료를 받게 하고 약을 바꾸어 보기도 했다. 부모님의 가느다란 희망은 번번이 실망으로 이어졌다. 동생은 약 기운으로 말까지 어눌해지며 바보가 되어갔다. 나는 동생의 굳어진 상처를 어루만지려고 무진 애를 썼다. 방문을 걸어 잠근 동생에게 사정사정을 해서 어렵게 다가가 말하곤 했다.

"선생님도 자기가 실언한 걸 분명히 알 거야. 지금쯤 많이 후회하고 있을 거다. 너한테 너무 미안해서 미안하단 말조차 못하고 있는 걸게야." 또는 달리 말하기도 했다.

"깊은 생각 없이 말해놓고 선생님은 다 잊어버리고 있을 텐데, 넌 왜 그걸 끌어안고 있어? 사람은 완벽하지 못해. 우리, 그 선생님을 용서해 드리자."

그러나 여리디 여린 마음에 깊이 박힌 가시는 좀체로 빠지질 않았다. 나는 동생이 너무나 가엾고 애가 터져서 동생을 얼싸안고 울기도 많이 했다. 세상에 안타까운 게 제 마음을 제가 고쳐먹지 못하는 것이고 그걸 속수무책 지켜봐야 한다는 것은 더욱더 안타까운 노릇이었다.

"다친 네 마음을 꺼내어 봐. 할 수만 있다면 누나가 말갛게 씻어 도로 넣어줄게." 나는 속절없이 간절하게 되풀이했다.

아버지는 당신이 교육자이면서 아들을 이 지경으로 만들었다고 자괴감이 컸다. 어머니는 자신이 아들을 야무지게 못 키워 이리되었다고 자책이 심했다. 내 부모님의 속은 까맣게 썩어 들어갔을 게다. 과연 이 사태가 누구의 잘못인가.

온 가족의 절절한 바람과는 반대로 동생은 나이가 들수록 증세가 나빠지더니 완연한 폐인이 되었다. 기골이 장대하고 얼굴도 멀끔한 청년이 온종일 혼자 방안에서 그림 그리고 낙서하고 울분을 못 이겨 주먹으로 벽을 땅 땅 쳐댈 때마다 가족들 가슴에 그대로 멍이 들었다. 학구열은 대단해서 늘 손에 책을 들고 사자성어니 경구니 훤하게 읊어댔다.

결국 가족도 힘들어져서 정신병원으로 옮겨 있게 했다. 정신병원 입원 1년 중 한 달은 집으로 데리고 나와야 했다. 그래야 다른 환자들에게 입원의 기회가 돌아가니까. 어머니는 그때가 다가오면 미리 안절부절못했다.

그 세월이 20년이 되던 해 동생은, 경북 의성에 있는 어느 절에 가고 싶다고 졸랐다. 꼭 그곳에 가야 될 일이 있다고, 소원이라고 했다. 동생이 평소 불교 경전 읽기를 좋아하고 또 절이라면 환경도 좋으니 안도하는 마음으로 보내주었다. 간 지 사흘 후에 주지 스님이 동생 소식을 전해왔다. 오는 즉시 충실하게 절의 일과를 따르며 수없이 참배를 올리더니 사흘째 되는 날 새벽에 법당 한편에 누워 자는 듯 숨져 있는데 그 얼굴이 더없이 맑더라고 했다. 동생은 마지막 사흘 동안 제가 선택한 곳에서 제 방식으로 이생을 정리하며 마감했다. 아마도 틀림없이 괴로운 업(業)을 다 털어내고 평화로운 마음으로 선종(善終)한 게 분명하다고 믿고 싶다. 부모님도 가슴을 쓸어내리시던 모습이 생각난다.

무심히 밟힌 어린 싹에게 말한다, 너는 미래의 자랑스러운 꿈이었는데 누나는 그걸 보지 못하였구나. 미안하다. 미안하다. 뜨거운 내 눈물이 피워보지 못한 땅속 너의 깊은 잠을 깨웠으면 좋겠구나.

닮은 꼴

정리를 미루던 방 두 개가 말끔한 객실로 탈바꿈되었다. 숨이 턱에 닿게 일했는데도 콧노래가 나온다. 파리에서 오는 딸 내외가 곧 들어설 것이다. 사위의 그림을 거실에서 눈에 잘 띄는 곳으로 옮겨 걸었다. 색조가 주변하고 잘 어울린다.

벨이 울리고 드디어 두 사람이 현관으로 들어선다. 나를 향해 딸도 사위도 함박웃음을 지으며 두 팔을 활짝 벌린다. 딸아이가 인사를 하고 나자 사위도 싱글벙글 내게 볼을 대며 어설픈 우리말로 인사를 건넨다. 결혼한 지 6년차 프랑스인 사위는 이번이 여섯 번째 한국 방문이다. 딸은 그립던 집에 일초라도 빨리 들어가려는지 구르듯이 안으로 뛰어 들어간다.

"와~ 엄마, 여기가 별 몇 개짜리 호텔이래요? 꽃도 많지, 멋진 그림도 있지~!"

제 남편 그림이 엄마 집 상좌에 걸려 있으니 기분 좋은가 보다. 직장 다니며 일에 지쳤다가 꿈 같은 휴가를 보름이나 얻어 친정엘 왔으니 얼마나 좋으랴.

기껏 쉬러 온 딸아이는 다음날부터 몸살이 나서 며칠째 꼼짝을 못한다.

"이렇게 엄마 앞에서 맘 놓고 아픈 것도 행복하네요. 따스한 방바닥에 누워 있는 것도 너무 좋아요."

그렇겠지, 몸은 아파도 객지에서 부대끼던 영혼은 쉬고 있을 테니. 건강한 사위는 제 댁이 아픈 동안 얌전히 곁에서 그림을 그리거나 운동한다고 앞산에 다녀온다. 다람쥐도, 딱따구리도 만났다고 자랑스레 말한다.

장모와 사위

딸아이가 보기에 엄마와 제 남편은 닮은 점이 아주 많다고 신기해한다. 성격이며 소소한 버릇, 기호에 이르기까지. 이제까지 열 가지도 넘었는데 이번에 와서 세 가지가 추가되었다고 한다. 비행 후 시차(時差) 없는 것, 사시장철 뜨거운 커피 좋아하는 것, 새 옷 사면 바로 입고 나서는 것까지. 사위와 장모로 만난 이번 생이지만 전에는 모자였나, 남매였나 하며 웃는다. 딸아이는 우리 두 사람이 얘기를 많이 나눌수록 좋아한다. 내 프랑스어도, 사위의 영어도 대충이지만 그런들 안 통하는 게 아니다. 중요한 건 소통하는 데에 있으니까.

사위도 나도 그림을 그리니 우리의 대화에는 그림 얘기가 많다. 내가 그리다 둔 이젤 위의 그림을 보고 사위가 소감을 말해준다.

"장모님 그림이 달라졌어요. 전보다 붓 터치가 활달하고 색을 다양하게 쓰셨네요."

나는 거실에 걸어 둔 사위의 그림에 대해 질문을 한다. 커다란 나무 둥치 안에 너덧 명의 사람들이 엉겨 있는 저 모습으로 무얼 나타내고 싶더냐고.

"내 안에 있는 여러 개의 나의 모습이죠. 고통으로 짓눌린 나, 발버둥 치며 헤어나려는 나, 용기 내어 위로 뻗으려는 나, 그런 나를 위에서 보고 있는 나……."

"그렇구나. 내 안에 여러 개의 나가 있다는 거, 사람들이 공감할 거야. 좋은 예술작품이란 보는 이에게 거울을 들려주는 일 아닐까?."

딸과 사위

사위는 의사인 아버지 따라 유년기를 아프리카의 자연 속에서 보냈다. 그래서인지 완전히 자연인이다. 정규교육 받는 것도 싫었다니 학교는 어디까지 다녔는지 난 묻지도 않는다. 요는 교실도, 사무실도, 그런 막힌 공간이 답답하니 직장도 안 갖는다. 벽화 전문 화가로 파리 외곽 소도시에 등록을 해놓아서 간간이 일거리가 들어오는 프리랜서이다. 적십자 아동병원에 가서 자원봉사로 미술치료를 하기도 했다. 농사일, 화초 가꾸기가 좋아서 남의 집 정원일 해주고 일당으로 100유로(한화 14만 원) 정도 받으면 신이 나서 제 댁한테 저녁을 사곤 한다. 사위는 그들의 작은 집을 식물원처럼 가꾸어 놓고 그 싱그럽고 상쾌한 공간에서 둘이는 죽이 잘 맞아 싱거운 소리도 주거니 받거니, 걸핏하면 손잡고 춤도 잘 추고……. 참으로 자유롭고도 자연스럽다.

그들은 삶으로 보여준다, 중요한 건 돈보다 함께하는 기쁨이라는 걸. 좋게 보면 자발적 가난이다. 가난해도 사랑하는 사람과 함께하는 시간이 두 사람이 생각하는 '생의 기쁨(joie de vivre)'인 것이다. 나는 완전히 딸에게 손들어주고 싶다.

사람이 잘 산다는 건 무얼까? 통장 불리는 게 아닐 게다. 좋은 추억을 많이 쌓아가는 게 잘사는 거 아닐까. 이미 그걸 터득한 양 그들은 틈틈이 여행하고 전시회, 음악회도 잘 찾아다닌다.

지헌 선생님과 사위

곤지암 지헌 선생님께서 이번 김장김치가 별나게 맛있으니 딸 내외 오면 꼭 데리고 오라 하셨다. 그 댁의 사위도 프랑스 사람이라, 본 적도 없는 우리 사위에게까지 친근감을 느끼시는 듯했다. 나도 아이들에게 지헌 선생님 자랑을 했던 터여서 날을 잡았다. 딸아이는 아픈 동안에도 한글로 된 책이 반가워 지헌 선생님 부인이신 조남숙 선생님의 저서 『편지』를 거의 독파했고 매우 존경스럽다며 뵙고 싶어 했다.

곤지암 가는 날, 나는 용기를 내어 운전대를 잡았다. 나는 못 말리는 길치인 주제에 내비게이션 장치도 없다. 전에 남이 운전할 때 틈틈이 메모 해두었던 쪽지에만 의지해서 태연한 척 출발했다. 가는 동안 유심히 차창 밖을 내다보던 사위가 조심스레 한마디 한다.

"좀 뜻밖이에요. 시골 쪽으로 가는 길에 어떻게 옛날 집이나 고성 같은 게 안 보여요. 포에지(詩情)가 없어요."

"엄마, 프랑스와 다르긴 해요. 한옥은 하나도 안 보이네?"

제 남편의 지적에 딸이 민망한 듯 덧붙인다.

나는 가만히 수긍하려니 어줍잖은 애국심이 우러났다.

"여기는 완전한 시골이 아니어서 그래. 준(準) 소도시인 셈이라 저렇게 작은 상가가 줄이어 있구나. 내가 다음번에 아주 아름답고 시적(詩的)인 시골길로 안내하마."

선생님 댁 근처에까지 가니 저만치 마중을 나와 계신 선생님 모습이 보였다. 차에서 내려 인사를 드리는 우리를 선생님은 고향 어른처럼 반겨 주신다. 조남숙 선생님을 직접 뵙게 된 딸아이는 행복해한다. 집안으로 들어서자 차려놓은 두레상 앞에서, 너무나 푸짐한 상차림에 신이 난 딸아이는 카메라를 들이대며 말했다.

"파리에서 밥 먹을 때 이 사진 보며 먹을래요."

사위는 김치 맛에 연신 감탄해 가며 처음 먹어보는 청국장 한 공기를 뚝딱 비운다. 애들이 선물이라고 가져간 와인 한 병에 소시지 두 줄을 받아 드신 지헌 선생님, 특유의 장난기가 동한 듯 짓궂게 말씀하신다.

"며칠 전에는 한 지인이 최고급 와인을 바구니에 그득 담아다 줍디다. 그런데 프랑스에서 오면서 어떻게 단 한 병이오?"

소심한 나는 내 사위가 무안탈까 봐 전전긍긍했다. 난감해진 좌중도 사위 반응만 지켜보고 있는데, 사위는 아무렇지 않게 벙글거리더니 대답했다.

"그렇게 마음을 열고 질문해 주셔서 고맙습니다."

이 사람 좀 보게? 나는 웃음이 터지려는 걸 참고 있는데 조남숙 선생님의 일갈, "와~ 그 대답 괜찮네. 가타부타 보다 낫네!"

모두들 안심이 되어 유쾌하게 폭소를 터뜨렸다.

지헌 선생님은 우리를 안채로 데려가 마당 끝에 있는 용가마로 안내하셨다. 도자기 굽는 방이 용의 몸통을 그리며 일곱 개가 나란히 있는 걸 보여주셨다. 이층 전시실에 가서는 그 뛰어난 예술작품들, 그 해학의 멋과 여유로움에 딸 내외는 환호를 한다. 헤어지기 전, 지헌 선생님과 사위가 어깨동무하고 사진을 찍는데 훤칠한 체격도, 키도, 구레나룻 수염도 똑같다. 아래위 옷차림, 색깔까지 똑같았다. 그뿐 아니라 천진한 웃음, 장난기 있는 농담 잘하는 것까지 아주 많이 닮았다. 모두 놀랐다. 이 무슨 인연일까?

돌아오는 길에 눈발이 날렸다. 프랑스는 눈이 흔치 않으니 사위는 신기해하며 노래를 흥얼거리고 사진을 찍는다. 눈이 점점 많이 내릴수록 두 내외는 더 신나 하고 운전하는 내 속은 새까맣게 타들어 간다. 무사히 집까지 잘 가야 할 텐데……. 온 정신이 거기에만 쏠려 운전대를 꽉 움켜쥔 채 달리는데 딸아이는 자랑스레 말했다.

"와, 우리 엄마 운전 잘하시네~, 그치?"

사위도 기다렸다는 듯 맞장구를 친다.

"맞아. 장모님, 오늘 모든 게 감사합니다. 할아버지댁 최고예요. 포

티에(도예가)이면서 농부인 게 멋져요."

닮은 점이 있는 사람끼리는 친화력이 더 강한 듯하다. 어쩌면 우리 모두는 서로 닮아 있는 게 아닐까.

민박집 이야기

몇 해 전 파리에 살고 있는 딸 부부와 함께 열흘간 프랑스 동부를 여행했다. 중세도시 본(Beaune)을 거쳐 꽃과 호수의 도시 안시(Annecy)를 보고, 샤모니(Chamonix)에 가서 알프스에 올랐다가 레만(Leman) 호수를 돌아오는 여정이었다.

나는 떠나기 전 민박을 하자고 제안했다. 규격화된 편리 위주의 호텔보다, 비용도 적게 들 뿐 아니라 사람을 직접 대면하는 민박집이 더 정감이 있을 것 같아서였다. 딸이 여행 안내서를 뒤져 예약해 둔 민박집들은 그 이름부터 개성이 있었다. '가호자(加護者)', '마리네 집', '꽃장식', 그리고 '양귀비꽃의 휴식'이었다.

하마터면 못 볼 뻔했다

첫날, 안시로 향하는 중간에 부르고뉴 지방의 고도(古都)인 본에 들렀다. 그곳에는 '하느님의 집(Hospice de Dieu)'이 있었다. 15세기에 지었다는 그 건물은 원래 수도원의 숙소였는데, 그곳에서 450여 년 전 수녀들이 가난하고 병든 사람들을 임종까지 돌보아주기 시작했으므로 오늘날의 호스피스의 발원지로 일컬어진다. 건축물 자체로도 아름다웠고, 그 내부에 호스피스 일의 모든 생활 자료들, 대형 밥솥이며 수많은 약초 병들이 잘 보존, 전시되고 있는 역사관으로, 본의 자랑인 듯했다.

저녁 무렵에야, 시골로 들어가 민박집 '가호자(La Providence)' 앞에 섰다. 간판 아래 활짝 핀 주먹만 한 연보라색 아이리스가 눈길을 확 끌었고 계단을 따라 갖가지 꽃 화분들이 놓여 있었다. 우리들의 기척에 안주인 프랑수아즈가 나오며 함박웃음으로 반겼다. 집안도 안주인의 모습대로 밝고 화사했다.

이튿날 새벽, 닭울음 소리에 잠이 깨었다. 어릴 때 듣던 소리를 멀리 전혀 낯선 곳에 와서 들으니 반가웠다. 창문을 열어젖히자 목가적인 농촌 풍경이 펼쳐져 있었다. 나는 오랜만에 고향에 온 듯한 착각이 들었고, 이 집의 이름처럼 누군가의 가호를 받는 듯 아주 편안한 기분이 되었다. 아침 먹으러 내려간 식당은 귀빈을 영접하는 분위기여서 우리 셋은 탄성을 내었다. 손수 길러 만들었다는 수많은 과일잼에 방금 부쳐낸 전통 프랑스식 크랩이 은쟁반에 수북했다. 프랑수아즈는 우리 곁에서 자상하게 식사 시중을 들며 이야기를 건네었다. 자기 내외는 이 생활을 즐긴다며 우리의 여행에도 흥미를 보였다.

이튿날, 단 하루만 머물기는 너무 아쉬운 길손이라 주인과 작별하는 데 오래 걸렸다.

그곳을 떠나 30여 분이나 달렸을까. 무심코 가방을 열던 내가 외마디 소리를 질렀다.

"아앗! 방 열쇠가……. 왜 여기 들었니? 큰일 났다! 전화해보자. 혹시 여분이 있으니 그냥 가라고 할지 아니?"

딸아이가 나를 돌아보며 눈을 크게 떴다.

"아닐걸요, 멀리 온건 우리 사정이고. 되돌아가서 주고 오는 게 맞아요. 그거 새로 만들려면 비용이 들 텐데 그분에게 폐가 되잖아요."

나는 머쓱해졌다. 딸아이는 그래도 엄마를 배려해서 전화를 걸더니 안 받는다며 제 남편에게 차를 돌리라고 했다. 되돌아가는 길은 꽤나 멀게 느껴졌다. 가도가도 그 매력덩어리 민박집이 보이질 않더니 내가 진이 다 빠졌을 즈음에야 나타났다. 나는 열쇠를 쥐고 한달음에 계단을 올라갔다. 벨을 눌러도 기척이 없었다. 난감했다. 어느 틈에 옆에 와 서 있던 사위가 오늘이 일요일이라 교회에 갔나 보다고 했다. 열쇠를 현관 손잡이에 걸어둔 후, 혹시나 하고 집 뒤로 돌아가 보았다. 뒤뜰에도 사람은 없었다. 그 대신, 그곳에서 앞뜰과는 전혀 다른 광경을 보게 되었다. 꽤나 넓은 텃밭 가득히, 여러 가지 채소가 싱싱하게 자라고 있었다. 가지, 오이, 토마토와 파프리카가 눈에 띄었고 민트, 바질, 루콜라 등의 허브들도 보였다.

농사일 좋아하는 사위는 구경만으로도 신난다는 듯 돌아다니며 말했다.

"와아~, 대단하네요! 없는 게 없어요. 진짜 이 집, 매력 만점이죠?"

잡초 하나 없는 밭고랑의 흙은 기름져 보였고, 촉촉하게 젖어 있는 걸로 보아 좀 전에 물을 주고 나간 듯했다. 모든 작물들은 주인 내외의 사랑과 정성을 먹고 자라는 중이었다. 하마터면 못 볼 뻔했다. 마치 건물의 파사드(前面)만 보고 돌아서다가 안으로 깊숙이 들어가, 정작 훌륭한 내부를 훔쳐보는 느낌이었다. 감탄에 빠져 있다가 너무 지체한 듯싶어, 저만치서 또 뭔가를 발견하고 향을 맡고 있는 사위를 채근했다.

"그만 보고 이제 가야지!"

서둘러 다시 차에 오르자, 딸아이는 프랑수아즈에게 문자를 보냈다. '전화를 안 받으시네요. 깜빡 잊고 가져갔던 열쇠를 도로 가져와 현관에 걸어두었어요.' 곧바로, 고맙다며 좋은 여행 되시기 바란다고 답이 왔다. 하룻밤 새 친해진 안주인과 객이 한 번 더 정감을 나누었다. 내 실수로 겪은 일들이, 없던 일보다 낫지 않았나 싶기도 했다. 여행이란 목적지를 정해놓고 달려가는 것만은 아니니까.

무슨 사연이 있길래

다음 행선지 안시에서는 '마리네 집'에서 사흘을 머물 예정이었다. 첫 민박집에서의 환대가 우리를 또다시 기대에 부풀게 했다. 호숫가를 달리는 동안 운전대를 잡은 사위의 팔이 흥에 겨워 들썩거렸다. 이쯤 어디에 있으면 딱 좋겠다 싶은 아름다운 풍경들이 무수히 지나갔다. 꽤 긴 호수가 끝이 났는데도 내비게이션의 화살표는 뻗치기만 했다. 차는 산골로 한참이나 들어가 '마리네 집' 앞에 섰다. 우리는 문패를 몇 번이나 확인했다.

이럴 수가! 이건 거의 폐가였다. 민박집이라는 팻말도 바래어져 있었다. 건물 벽에 매달린 화분 몇 개, 그 안의 꽃들은 마르고 시들어 갈색이 되었고 사람의 온기라고는 어디에도 없었다. 일단, 벨을 눌렀다. 대답이 없다. 문을 두드려도 인기척이라곤 안 들렸다. 괴괴해서 섬뜩했다. 나는 애써 태연한 척했고, 사위도 억지로 실망의 빛을 누르고 있었다. 직접 예약한 딸아이는 긴장된 낯빛으로 안주인 마리에게 전화를 걸었다.

"오늘 예약한 사람들인데, 알고 계시죠?"

전화 저쪽에서 나이 든 여인의 목소리가 들렸다.

"내가 그리로 빨리 갈게."

뜻밖의 전화에 놀라는 반응이었다.

그렇지만, 온다는 게 오히려 반갑잖은 게 딸아이의 심경이었을 게다. 우리 모두는 서로 말은 참았지만 이런 집에 한 발자국도 들여놓고 싶지 않았으니까.

딸아이가 한마디 했다.

"우린 벌써부터 와서 기다리고 있는데……. 빈집 앞에 서 있게 하다니 실망이네요. 취소하고 싶어져요."

딸깍, 마리는 한마디 대꾸도 없이 전화를 끊었다. 취소라는 말에 삐친 게 분명했다. 그렇기로서니 이건 주인의 태도가 아니잖은가. 우리 셋은 서로 얼굴을 마주 봤다. 어떻게 하지? 날은 어둑해가는 데다가,

마리를 서운케 한 게 걸렸다. 나는 일말의 기대를 걸어보기로 하고 말을 꺼냈다.

"누가 아니? 집 속은 다를지. 기다려 보자. 얼른 오기나 하라고 해."

이번에는 사위를 시켜 전화하게 했다. 아무래도 남자의 목소리로 더군다나 프랑스 본토 발음으로 다시 통화한다면 상대의 태도가 조금 누그러지지 않을까 하는 생각이 스쳐서였다. 전화를 하고 난 사위는 고개를 절레절레 흔들었다. 그래 보았자, 저쪽에선 한마디 사과도 변명도 없더라면서 예약을 취소했으니 미련 없이 떠나자고 했다.

차를 돌릴 때, 갑자기 나는 싸한 뭔가가 가슴을 긋고 지나는 듯했다. 마리의 얼굴이라도 보고 얘기라도 들어볼걸, 돌아선 게 미안하고 후회가 되었다. 무슨 사연이 있길래? 지금은 폐허같이 보이는 이 집도 한때는 잘나가던 민박집이었기에 여행 안내서에 올라 있을 것이다. 말라버린 저 꽃들에게 한창 예뻤던 때가 있었듯이 마리에게도 프랑수아즈 같은 시절이 있었을 것이다. 무슨 안 좋은 일이라도 있는 게 틀림없지? 가족 중 누가 아픈 것일까? 어쩌면 남편이 오랜 병상에 있는 중인지도 모르지. 그래서 정신이 나가 꽃이고 손님이고 경황이 없었을지도 모른다. 그래도 생활을 위해 손님은 받아야 하고. 돌아가는 내내 나는 마음이 언짢았고 삶의 무게에 짓눌려 어쩔 수 없이 피폐해진 여인의 애처로운 모습이 그려졌다. 차는 다시 호수 옆을 달렸다. 날은 완전히 어두워졌다. 또 민박집을 욕심내려니 어떤 집을 만날지 자신이 없어졌다. 다행히 호숫가에 호텔이 보였다. 우리는 그 호텔에 들어 사흘을 머물면서 안시를 돌아보았다.

'인내의 길'을 지나야

안시를 떠나 알프스 산자락 추운 지방 샤모니에 왔다. 여기서도 사흘 동안 민박이 예약되어 있었다. 그 집을 향해 높은 언덕 산 바로 아래까지 오르고 또 올라야 했다. 산꼭대기 가까이 올라 산굽이를 도는데 길모퉁이에 '인내의 길(Chemin de Perseverance)'이라 쓰인 팻말이 서 있었다. 그 단순한 팻말이 여러 가지 얘기를 하는 듯했다. '한참 오르느라 힘들었지? 조금만 더 참으면 돼.' 하고 격려하는 것도 같고, '참고 올라오느라 수고했어. 이제 다 온 거야.' 하는 환영의 말인 듯도 했다.

이윽고 우리는 '꽃장식(Girandole)'이라는 문패 앞에 섰다. 코앞에 눈 덮인 산봉우리가 병풍처럼 둘러쳐져 있었다. 진홍색 제라늄 화분을 풍성하게 걸어놓은 산장이 그대로 그림엽서 감이었다. 우리를 맞아주는 안주인 83세의 조르젯 할머니와 바깥어른 피에르 씨, 두 분 다 얼굴에 온화한 웃음이 가득했다. 평생을 관광안내소에서 일해왔다는 피에르 씨는 88세라는데 손수 정원 일을 다 하고 대단한 음악 애호가였다. 도착하던 날, 그들은 우리를 환영하는 듯 밤늦도록 가족음악회를 열어, 뜻밖에 산중에서 음악 감상까지 덤으로 했다.

민박집 50년에는 이야깃거리도 많았다. 이 집 자체가 민간 관광안내소였다. 길손을 품어주고 길잡이 해주는 이 노부부에게서 보람과 자부심이 보였고 사람들에 대한 사랑이 느껴졌다. 10여 년 전에는 달라이 라마가 보디가드 네 명을 데리고 와서 방을 다섯 개 달라는데 네 개밖에 없다 하니 아쉬워하며 돌아서더라는 얘기도 했다. 다음날 아침, 식탁에 새 손님이 늘었다. 루마니아인 남녀였는데 입이 어찌나 무거운지 그들과 이야기를 나누지 못했다. 우리는 주인 내외분과 얘기도 많이 하고 사진도 찍었다. 자상한 친척 어른 댁에 휴가 온 느낌이었다.

이튿날, 날씨가 쾌청했다. 이럴 땐 서둘러 산에 오르라는 피에르 씨의 조언에 따라 해발 3,842미터나 되는 에귀드 미디(바늘 끝이라는 뜻) 봉우리를 케이블카로 올랐다. 그곳에는 발아래 아득히 구름바다가 출렁거렸고 그 바다 위로 여기저기 섬처럼 떠오른 산봉우리는 하얀 눈으로 덮여 있었다. 하늘에 해는 보이지 않았다. 그런데도 흰 봉우리마다 햇빛은 이미 당도해 반짝이고 있었다. 나는 한참을 그대로 꼼짝하지 않고 서 있었다. 그 순간 나도 하나의 섬이었다. 나는 지구별에 온 한 점 과객일 뿐이었다. 문득 이태백의 시구가 떠올랐다. '무릇 천지는 만물의 여관이요, 세월은 영원한 길손이라(夫天地者, 萬物之逆旅 光陰者, 百代之過客也).'

너무나 별천지인 그 망망한 허공에서 오래 머무르고 싶었던 건 딸 부부도 마찬가지였다. 얼마나 시간이 지났을까. 우리는 돌아서서 통로를 따라 카페로 향했다. 계단을 따라 내 키보다 더 큰 고드름이 파이프 오르간처럼 늘어서 있었다.

다음날엔 아침부터 비가 뿌렸다. 노부부는 또 일정을 잡아주었다.

"이런 날씨에 딱 맞는 관광 코스는 광석박물관으로 가는 거요. 거기에 볼거리가 많아. 그 안에 영화관도 있어요."

영하 5도라는 날씨가 몹시 추웠다. 우리는 몸도 녹일 겸 광석박물관에 찾아 들어갔다. 알프스산에서 캐낸 진기한 광석들이 대단한 규모로 전시되고 있었다. 지구의 속살에 그런 보석들의 단층이 있다는 게 신기했다. 골고루 구경하느라 한참이나 정신이 팔렸다가 이어 영화관으로 발걸음을 옮겼다. 알프스산에 얽힌 다큐멘터리 영화가 여러 편 연속 상영되었다. 알프스를 오늘의 관광지로 개발한 데에는 오랜 세월 사람들의 열정과 인내의 힘이 컸다는 걸 보여주었다. 우리가 오늘 이렇게 편안하게 구경할 수 있는 건 저 많은 사람들의 노고와 희생 덕택이구나! 짜릿하게 전율하며 뜨거운 박수를 보냈다.

떠나는 날 새벽, 일찍 잠이 깨었다. 다시 잠들기가 아까웠다. 창문을 활짝 열어 청정한 공기를 한껏 마시며 미명 속의 산을 올려다보았다. 둥글고 원만한 몽블랑의 정상이 그 이름처럼 뾰족한 에귀드 미디 봉우리와 나란히, 첩첩이 몇 개의 산봉우리를 거느리고, 검은 실루엣으로 내 앞에 턱하니 다가와 서 있었다. 밝은 날 흰 눈 덮인 산을 볼 때와는 전혀 다른 느낌이었다. 무엄하게도 나는 대자연과 일대일로 대면을 하는 듯한 순간이었다. 검은 실루엣은 나를 엄중히 굽어보았다. 순간 저릿한 통증이 가슴을 훑고 지나갔다. 나를 꿰뚫어 보는 초월적 존재 앞에 선 듯한 경외감, 그 절대의 위엄 앞에 낮게 엎드려 절하고 싶었다. 거대한 자연은 그 장엄함으로, 나에게 한없이 겸손하라고 이르고 있었다. 날이 밝아지면서 검은 실루엣은 서서히 보랏빛 서기(瑞氣)를 뿜으며 멀어져갔다. 다시 흰 봉우리가 드러나자 나에게 평안이 돌아왔다.

우리 함께 먹어요

레만 호수를 보고 귀로에 접어든 우리는, 마지막 하루를 베즐레 (Vezelay) 마을에서 쉬었다. 예약해놓은 민박집, '양귀비꽃의 휴식(Le Repos Coquelicot)'은 국도에서도 7킬로미터나 더 들어간 시골에 있었다. 집 주변이 온통 양귀비꽃인가 했더니 웬걸, 현관 입구에 자잘한 보라색 꽃이 담긴 화분 몇 개만 있는, 아주 소박한 이층 건물이었다. 벨을 누르자 안주인이 나왔다. 어쩌면! 이제껏 보아온 어느 민박집 안주인과도 달랐다. 젊고 우아하고 지성미가 넘쳤다. 안내받아 들어간 집의 내부도 그 여인의 분위기와 똑같이 세련되고, 정갈했다. 우리 셋은 눈짓으로 속마음을 주고받았다. '대만족이지?'

양귀비꽃은 집 밖에는 없더니, 그림으로 조각품으로 집안에 들어와 있었다. 나는 이 집의 이름을 떠올리며 물었다.

"특별히 양귀비꽃을 좋아하시나 봐요?"

"연약한 듯하면서도 강하잖아요. 한데에서도 잘 자라고요. 그 생명력, 야성이 사랑스럽고 닮고 싶어요. 여기 온 지 2년째인데, 작년에 집 주변에 그 꽃씨를 엄청 많이 뿌렸죠. 지금쯤 움트는 중일걸요."

기다렸다는 듯 대답하는 그녀는 햇살 아래 활짝 핀 양귀비꽃처럼 화사했다.

이튿날 아침 식탁에는 정성스럽게 장만한 음식이 예쁘게 차려져 있었다. 우리가 식탁에 둘러앉자 그들 부부 안 마리와 뤽이 함께 앉는 것이었다. 내심 놀라워하고 있는데 안 마리가 상냥하게 웃으며 말했다.

"우리 함께 먹어요!"

마치 이제 한 가족이 되었다는 듯이. 이런 일은 처음이었다. 정말 기대하지 않았던 신선한 감동이었다.

식사를 하는 동안, 우리와 마치 친구 사이처럼 그들 부부는 스스럼없이 자기들 얘기를 들려주었다.

"우린 벨기에 사람들이랍니다. 아내와 저, 둘이 다 대도시에서 각기 회사 일에 짓눌려 살았지요. 어느 날 문득, 이렇게 살다가 죽을 수는 없다 싶더군요. 고심한 끝에, 완전한 내 시간으로 채울 수 있는 삶으로 바꾸기로 작정했어요."

남편 뢱의 말에 아내 안 마리도 거들었다.

"그래서 안정된 직장을 과감히 버리고, 민박집을 하기로 의견을 모았지요. 프랑스는 우리와 언어도 같은데다가 아무래도 관광객이 많을 것 같아서 이곳을 선택했던 거죠."

"왜 민박집을 하고 싶던가요?"

나는 그게 몹시 궁금했다. 뢱이 싱긋 웃으며 대답했다.

"세상과 단절하면 사는 재미가 없죠." 남편이 운을 떼자 아내가 이었다.

"내 집에서 사람들을 만나며 세상을 알아가는 삶을 살고 싶었어요. 다양한 사람들이 여행 중에 내 집으로 찾아오니 우리도 여행하는 기분인걸요. 그분들에게서 얻는 게 많답니다."

이어서 우리 얘기를 듣고 싶어 했다. 한국에 대해 이것저것 물었고 딸과 사위와도 지금 하는 일, 보람, 등에 대해 서로의 이야기를 나누었다. 식사 시간이 꽤나 오래 걸렸다. 아쉬움을 남긴 채 우린 짐을 챙겨 차에 올랐다.

달리는 차창 밖으로 눈길은 주었으나, 내 머릿속은 그들 부부의 잔영으로 꽉 차 있었다. 그들이 우리의 이야기를 성의껏 경청하고 있는 동안 아마도 그들은 우리가 사는 곳, 한국으로 파리로 상상의 여행을 하고 있었을 것이다. 우리와의 만남을 통해서 새로운 무언가를 알게 되었을 것이다. 그러게, 우리만 여행하고 있는 게 아니었다. 내가 새로운 민박집에 들어설 때 설렜듯이, 그들도 새 손님을 맞으며 기대에 부풀었을 것이다. 인생이란 결국 사람을 만나는 여정임을 그들은 이미 터득했고 그들의 선택은 현명했고 당당했다.

나도 민박집 안주인이었네

돌이켜보니 종가의 맏며느리가 된 이래 나도 수십 년 민박집 안주인 노릇을 해온 셈이다. 시골 친지들에게 우리 집은 간판 없는 공짜 여관이었고 서울 센터였다. 누가 우리 집에 와 있다는 소식이 돌면 비슷한 연배의 친척들이 말벗을 찾아 더 모여들었다. 손님이 손님을 불렀으니 내 민박집은 늘 만원사례였고 내 허리는 휘었다. 오랜 세월 그 많은 사람들에게 내가 한결같이, 프랑수아즈나 조르젯 할머니, 안 마리처럼 친절하고 자상하진 못했을 것이다. 혹 가다가는 힘든 내색을 숨기지 못했을 것도 같다. 숙식만을 해결하기 위해 온 손님들에게 민박집 주인은 구경꾼일 수 있지만, 종부인 내게 오는 손님들에게 나는 그저 방관자일 수가 없었다.

사연 없는 삶이 어디 있던가. 나는 그들의 인생 문제에 내 힘껏 동참

해서 함께 고민하고 풀어가야 했다. 그들의 고단함을 외면할 수 없었고 때로는 그들이 꿈을 펼치는 데에 다소나마 후원자가 되어 주기도 했다.

당시에는 힘에 겨워 이 일이 언제 끝이 나려나 투정을 하면 남편은 위로의 말을 했다.

"이래야 인생이 살찐다고."

이제야 그 말이 억지 위로가 아니었음을 알겠다. 나에게 많은 삶을 들여다볼 기회를 갖게 했고 그래서 사람을 바라보는 이해의 폭이 조금이라도 넓어졌다면 민박집을 한 덕분일 것이다. 게다가, 사람들에 치이다가 사람들을 좋아하게 되었으니, 숙박료를 톡톡히 받은 셈이다.

우리는 귀로에 접어들어 파리로 향했다. 사위는 운전을 하고 딸은 지도를 보며 조수 노릇을 하는 중에도 둘이는 곧잘 함께 노래를 불렀다. 그들의 모습을 바라보는 내게 남편의 목소리가 들리는 듯했다.

'당신, 잘했어. 이래야 인생이 살찐다고.'

제5부

벽에서 하늘로

책 읽는 소녀

벽에서 하늘로

1

며칠 후면 파리에서 딸이 온다. 사위는 따로 자기 아버지를 뵈러 뉴칼레도니아로 갔다.

각자 자기 어머니, 아버지와 시간을 보낸 후 둘이는 같은 날 드골 공항에서 만나 귀가하기로 되어 있다. 전에는 으레 둘이 함께 내게 왔다. 행여 프랑스인 사위가 소외감 느낄까 봐 딸하고의 오붓한 시간은 뒤로 하고 세 사람이 한데 어울리는 시간을 더 나누려 했다.

딸아이를 기다리는 마음이 한껏 부풀어 있다. 세상에서 나를 제일 잘 아는 사람, 나와 기쁨의 순간도 고통의 시간도 함께한 사람이다. 딸은 결혼하기 전까지 나와 세상 구경도 많이 다녔고, 그 애가 교통사고 당했을 때 그리고 내가 남편 간병할 때 우리는 서로의 의지처였다. 내가 파리와 서울에서 몇 번의 전시 행사를 가질 때에도 가장 적극적으로 지지하고 큰 힘이 되어 주었다.

딸아이가 머물다 갈 방안을 둘러본다. 초등학교 때 그린 그림이 눈에 들어온다. '맞아, 어려서부터 예술가 형이었지.' 호기심, 모험심도 강하더니 결국 객지 생활 16년 차다. 침대를 포근하게 정리해놓고 나오며, 아무쪼록 고향에 와서 힘든 것 다 녹이고 새 기운을 충전해 가기를 빌어본다.

내 딸이 부럽다. 딸아이는 25일간이나 제 엄마와 함께 지낼 것이다. 나는 내 어머니와 단 하루라도 둘만의 시간이 그리운데, 아니 단 한 시간만이라도 좋겠는데. 나는 어머니를 다시 만나면 듣고 싶은 얘기, 하고 싶은 얘기가 참으로 많다. 내 딸은 어떤 꿈을 갖고 어미를 찾아올까.

2

느닷없이 전염병이 시작된 지 꼭 한 달이 된 날, 딸아이는 걱정했던 것보다는 수월하게 공항검색을 통과해서 집에 들어섰다. 피로감이 가득하고 야윈 얼굴로도 활짝 웃음 지으며 어미를 꽉 껴안는다. 얼마나 그립던 이 순간인지 부둥켜안고 아무 말을 안 해도 좋다. 탯줄로 이어져 있던 그때로 되돌아간 듯이.

딸아이는 몹시 지쳐 있었다. 대개 여행을 떠나기 전에는 집안 단속할 일이 많아 피곤하기 마련인데 직장 일에, 제 남편이 먼저 여행 떠난 빈집에서 안팎 일 혼자 처리하랴 쉴 틈이라곤 없다가 기진맥진한 몸으로 비행기에 올랐다니. 딸이 휴가차 오면 우리 모녀는 하고 싶은 게 많았다. 함께 몇 군데 지방을 여행하기로 했다. 딸아이가 잠시 살았던 부산에도 가고, 아들이 있는 원주에도 가기로 했다. 가족들 생일모임, 친척 결혼식에 참석할 일도 있었다. 좋은 전시회도 찾아가고 친구들과도 어울리고 예전에 함께 갔던 맛집도, 또 그동안 내가 발견해 놓은 맛집도 순례하고, 나다닐 곳이 넘쳐났다.

예기치 못했던 바이러스가 발목을 꼭꼭 붙들어 매고 있다. 아무 데도 나서면 안 된다. 서로를 배려하는 '사랑의 거리' 지키기를 해야 되니까, 오랜만이라며 딸아이 친구들이 만나러 오겠다는데도 보고픈 마음 누르고 사양해야 한다. 괴이하고 미심쩍은 세월이다. 꼼짝없이 집 안에서, 나와 딸아이 단둘만의 시간이 확보되기도, 유폐당하기도 했다. 뜻밖의 상황이 곤혹스럽다. 딸아이는 푹 쉬는 시간이 필요하니 당분간은 집안에서 쉬는 게 좋겠지만 나로서는 그 애의 벼르던 휴가가 망쳐질까 봐 뉴스에 온통 신경이 간다.

전염병이 점점 퍼지고 있다는 보도에 장탄식을 하는 나를 딸아이가 위로했다.

"저로선 아무 데도 안 나가고 집에서 푹 쉬는 것도, 엄마하고 단둘이 얘기 실컷 하는 것도 정말 좋아요. 우리 즐겁게 하루하루 지내요." 나는 두말없이 바로 수긍했다.

그러고 보니 집안에서 할 일은 많고 많았다. 맨 처음으로 한 일은 오래전 가족사진을 모두 꺼내놓고 정리를 하는 거였다. 사진은 우리가 함께했던 옛날을 불러오고 한 보따리 이야기를 풀어낸다. 그 시절 사람들은 흩어져 있어도 새삼스레 가족이라는 울타리가 살아있음을 느긴다. 내 젊은 날의 사진을 보며 딸은 신기해한다.

"내가 처음부터 할머니가 아니었어. 아이구 너 좀 봐라. 원래는 이렇게 예쁜 소녀더니…… 어느새 머리칼이 희끗해졌구나!"

딸은 내가 좋아할 만한 프랑스 가정요리를 몇 가지 해준다. 기본 재료까지 모두 짐에 챙겨 와서 놀라웠다. 딸아이의 입맛은 시골 할머니 같아서 우리 토종 음식만을 좋아한다. 내가 쉽게 해주는 것인데도 프랑스에서는 귀한, 많이 그립던 음식이라며 감격해한다.

우리는 함께 앞산을 오르기도 한다. 숨통이 트인다. 나무들 앞에서는 마스크를 안 써도 된다. 지금 보이는 건 갈색 낙엽들이지만 앞으로 두어 달 후면 언제나처럼 온 산이 초록 잎으로 단장을 할 테지. 봄은 오고야 말 것이고 이 못된 병균들도 물러서고 말겠지. 시원한 산바람을 맞으니 우리 몸에 활기가 돌고 나뭇가지 안에서도 수액이 흐르는 소리가 들리는 듯하다. 딸아이는 눈이 밝아서 어느 틈에 봉긋해진 진달래 봉오리를 발견하고 사진을 찍으며 환성을 지른다.

"엄마, 이 분홍색 보이죠? 얘가 제일 부지런하네!" 산수유 노랑 꽃순도 제법 돋아나 있다고 즐거워한다.

우리의 이야기 샘물은 퍼내고 퍼내도 차올랐다. 주제가 오락가락이지만 어느 대목도 그립고 살갑고 새삼스러웠다. 대가족을 모시고 거느리고 살아낸 나의 이야기에 딸은 다가와 어깨를 감싸주며, "아이고 ~ 장한 우리 어머니! 수고하셨네요."라고 말한다. 딸아이의 외롭고 힘든 그러나 많은 이들의 따뜻한 도움을 받고 있는 해외 생활, 외국인 남편과의 이해를 위해 서로 애쓰며 노력하는 얘기도 들려준다. 내 딸은 내 품을 떠날 때보다 훨씬 많이 성숙해져 있었다. 집 밖으로 내보낸 이

후엔 세상이 마저 키워주었다.

나는 그동안 딸아이가 오면 알려줄 얘기를 미리 준비해 두었다. 종이에 조목조목 써 놓은 걸 내보이며 말했다.

"아직은 내가 아무 탈 없다만, 앞날은 모르잖아. 어느 날 너희와 이별하게 될 때를 위해 알려두고 싶어." 나도 이제껏 한 번도 말한 적이 없었고, 딸아이도 전혀 예기치 않던 내용일 텐데 내 입을 막지 않고 침착하게 듣는다.

3

하루는 딸아이가 제 방의 가구를 재배치했다고 나를 부른다. 들어서니 정면에 웬 큼직한 액자가 걸려 있다. 하늘과 구름, 푸른 숲의 그림이 온 방의 분위기를 싱그럽게 만들고 있다. 시야가 탁 트이고 속이 시원해진다. 분명 창문은 있던 그대로인데 액자로 둔갑한 마법이 무얼까. 유심히 보니 동쪽 벽을 향해 있던 책상이 남쪽 하늘을 향해 돌려져 있다. 시선이 향하는 방향이 이렇게 중요하구나!

"와~ 책상 방향 하나 바꾸었는데 완전히 새로운 공간이 되었어!"라고 감탄하며 자꾸 방을 들여다보는 내게 딸이 웃으며 말한다.

"글을 쓰다가 막힐 때, 벽이 보이는 것보다는 하늘이 보이면 글이 잘 풀릴 것 같아서요. 엄마, 여기 좀 앉아 보세요. 저 가고 나면 이 자리에 와 앉으세요."

"그러마. 이 창문이 살아있는 그림 노릇을 하니 참 매력 있는 방이 되었구나. 그래, 벽에서 하늘로, 한계에서 무한대로 나아가네."

"맞아요. 예를 들면 사람을 말할 때 '그 친구는 소심해.' 하고 마침표 찍는 건 벽이고, 내가 모르는 그 사람만의 어느 세계를 열어두는 것, 영원한 물음일 수도 있는…… 그게 하늘이겠죠?"

딸이 나보다 어른처럼 보였다. 내가 남을 단정적으로 평가했던 일이 떠올라서 부끄러워졌다. '더 많이 하늘을 바라봐야겠구나. 나도 남도 하늘만큼 무한하고 변화하는 존재임을 떠올리며…….' 돌이켜 보면 주로 벽을 보고 살아 온 나였다. 거기에서 지혜를 구하고 정답을 찾으려 했다. 책상 하나 돌려놓는 것으로 딸은 나의 시각을 돌리게 해 주었다.

이틀 후면 딸은 다시 파리로 돌아간다.

"마음 놓고 조용히 푹 쉬는 시간이 너무나 그리웠는데 이번에 그걸 해보고 가요. 완벽한 안식년이었어요. 엄마하고 얘기도 많이 하고. 저 가고 나면 우리 엄마 적적하실라……."

"부디! 아무 염려 놓으시게. 나 엄청 바쁘다네요."

나는 아무렇지도 않게 손사래를 친다.

지란기실(芝蘭其室),
그 향기를 그리며

잡지사에서 나의 글방 풍경을 눈으로 보듯이 써보라는 주문이다. 내 서재를 영상으로 보이라는 말씀에 얼핏 생각이 스친다. '스티븐 스필버그 감독이라면 트럭 한 대만 출연시키고도 긴박감 넘치는 영화를 만들겠지만, 내가 무슨 재주로 별것도 없는 이 방으로 볼만한 영상물을 만드나.' 단조로운 방이지만 카메라 앵글을 조심스레 들이대 본다.

카메라는 방 입구에서 정면의 전경을 잡는다. 유리창 너머는 온통 초록 숲이다. 글을 쓰다가 이 숲과 하늘을 보면 풀리지 않던 글귀들이 팔랑대는 나뭇잎과 떠다니는 구름 위에서 어울려 놀다가 어느 사이에 내게로 쏙 들어오기도 한다. 저 숲은 내가 매일 아침 들어가는 또 하나의 서재다. 그곳에는 내가 읽어야 할 책들로 가득 차 있다.

렌즈는 조금씩 왼쪽으로 이동해서 널따란 책상 위를 보여준다. 여러 권의 노트와 수첩들, 펼쳐놓은 책들이 쌓여 있다. 그 옆 컴퓨터와

프린터 가까이에는 메모한 종이들이 어수선한 게 평소의 버릇이 드러나고 만다.

이 글방에서 제일 넓은 벽면으로 앵글 방향을 바꾼다. 최근에 몇 날 며칠을 걸려 정리해놓은 책들이 도열해있다. 줌인해 본다. 칸칸이 문패가 달려 있다. 의자에서 팔 뻗어 닿는 거리에 자리를 잡은 무거운 사전류, 그 옆에는 쓸거리와 읽을거리, 시집들과 수필 전문지들이 들어앉아 있다. 선후배 작가들의 수필집과 시조집은 책장 한가운데 상좌에 모셔 놓았다. 전에는 경배하며 우러러 읽던 세계적인 작가들의 명작, 『이방인』, 『죄와 벌』 등은 바깥 베란다 책장으로 옮겨놓았다. 대신 지금 내 곁에 생존하는 지인들의 책을 그 자리에 앉혔다. 저자 이름만으로도 낯익은 얼굴이 떠오르고 그와의 추억 한 대목이 생각나는 이 책들과 더 살갑고 따스한 체온을 나눈다. 가끔은 이 책들이 '내 이야기 좀 들어보실래요?' 말을 걸어오기도 하고, 혹은 내게 '글은 잘 쓰고 있어요?' 하고 묻는 것도 같다. 저 책들과 나는 서로 교감하는 유기체이다.

나를 자라게 해주던 추억의 책들은 그대로 나의 정신적 토양이다. 젊은 날 필사까지 해가며 읽었던, 에이버리 경(卿)의 『인생을 어떻게 살 것인가』, 에크하르트 톨레(E. Tolle)의 『삶으로 다시 떠오르기(A New Earth)』, 구상 시인의 『인류의 맹점에서』 등. 아직까지도 내 생의 나침반 같은 책들이다. 소상한 내용이야 잊히겠지만, 한 번씩 눈 맞춤만으로도 영적 충만감을 느끼게 해준다.

카메라가 내 책장에서 좀 별난 칸을 놓치지 않고 잡아낸다. 낡은 공책들이 꽤 많이 모여 있다. 대학 다닐 때, 비싼 원서 값 아끼려고 도서관에 가서 책을 베낀 것들이다. 워낙 메모하는 것을 좋아하다 보니 힘든 줄도 모르고 썼던 게 자꾸 늘었지 싶다. 이들 중 한 권만 꺼내 들고도 한나절이 훅 지나간다. 나는 줄곧 무언가를 쓰며 살아왔다. 가계부에도 숫자보다는 그날의 넋두리가 더 그득하다. 종갓집 맏며느리 일상이 한가할 리 없다. 줄 이은 행사에, 손님 접대, 민원실 담당이었던 그 세월의 낙수(落穗)가 구구절절하다. 오래 두고 생각하고 싶어 책에서 베껴놓은 구절에서부터 요리법, 건강 수칙, 시구(詩句) 등 온갖 잡학 사전인 셈이다. 이 공책들이 나에겐 스승이자 역사다. 그러니 어디 멀리 보낼 수가 있을까.

아침에 일어나면 바로 이 글방으로 들어선다. 으레 책장을 향해 꾸벅 고개 숙여 인사를 보낸다. 잠자러 들어가기 전에도 마찬가지다. 언제부터인지 정확한 기억은 없지만, 꽤 오래전부터 자연스레 몸에 밴 습관이다. 저 책 한 권을 내기까지 그 작가가 몰입해서 보낸 시간과 열정의 귀중함에 존경의 예를 표하고 싶다. 나 역시 책을 몇 번 내는 동안 그 엄청난 산고(産苦)를 체험했기에 더욱 그렇게 된다.

내가 가장 사랑하는 아침 시간, 갓 내린 커피를 들고 책상에 와 앉아 하루의 행복을 충전한다. 따뜻한 찻잔을 두 손에 품은 채, 잠시 눈을 감고 내가 좋아하는 몇 마디 말들을 읊조린다. '지금 여기가 선물이다', '나는 아직 자라고 있다', '삶이여, 만세!' 등 날마다 떠오르는 말들이 달라지는 것도 재미있다.

공초(空超) 오상순 시인은 '흐름 위에 보금자리' 친 '앉은 자리가 꽃자리'라고 했다. 아득한 그 어른의 경지에는 한참 못 미치지만, 밝은 숲, 방안은 문자들로 둘러싸인 이 자리가 꽃자리라 여기며 하루를 보낸다. 나 자신의 이름으로 살면서 팔 학년까지 진급한 이 시기가 내 인생을 통틀어 제일 좋은 시절, 나의 벨 에포크이다.

눈을 들어 정면 벽을 응시한다. 가로로 긴 편액이 나를 보고 있다. 초정(艸丁) 김상옥 시인이 큼직하게 예서(隸書)로 한껏 멋을 부려 썼다. 未讀萬卷之室(미독만권지실), 아직 못 읽은 책이 만권인 방이라니! 초정 님 방에 있었던 애장품이다. 젊어서는 나도 그분처럼 책 많이 읽을 욕심에 이 편액을 사들여 서재의 문패로 걸어두었다. 읽을 책이 많다고 좋아하던 시절은 훌쩍 지나고, 요즘은 바라볼 때마다 꾸지람이 들리고 빚진 자의 기분이 된다. 만일 이 서체가 정자(正字)인 해서(楷書)체로 쓰였더라면 아마 나는 숨이 막혀서 외면했을지 모른다. 초정이 회화적인 예서로 재미나게, 읽을 독(讀)자의 말씀 언(言)변을 등잔 모양으로, 방 실(室)자 안에도 등잔을 들여놓아서 글방 기분이 난다. 바라보면 즐겁고 그 해학이 여유롭다. 내가 읽지 못한 책이 천지여도 저 익살로 용서해 주실 것만 같다.

시선을 살짝 오른쪽으로 돌리면 정사각형 액자 하나가 말을 건넨다. 역시 예서로 네 글자, 芝蘭其室(지란기실), 일중(一中) 김충현 님의 글씨다. 지초 지(芝)자를 풀잎 모양으로 아름답게 그려놓았다. 사람도 향기로운 사람과 어울리고 책도 좋은 책을 읽으라는 말씀이라 여긴다. 문득, 나는 향기로운 사람인가. 나는 얼마나 익었을까. 일중 선생의 말씀 앞에 자문하는데, 숲이 술렁인다.

뻐꾹~ 뻐꾹~ 카메라 앵글이 뻐꾸기 소리를 좇아 숲으로 건너간다.

낙역재기중(樂亦在其中)

미리 창문을 다 닫아 두고 커피 생두를 볶는다. 연한 연두에 베이지색이 섞인 생두가 연두색을 벗어나 차츰 진한 베이지로 넘어가고 있다. 날콩의 비릿한 냄새는 없어지고 서서히 구수한 향을 내어놓기 시작한다. 차츰 갈색이 짙어질 무렵, 약간의 감미가 섞인 커피 고유의 구수함이 퍼진다. 이때부터는 너무 많이 볶아지지 않게 불 조절을 살핀다. 진하게 볶으면 갈았을 때 양은 더 나오지만 좋은 성분은 볶을수록 줄어든다. 쌉싸름한 향이 나기 시작하면 바로 불을 끈다.

체로 쳐서 껍질을 날려 보낸 후 분쇄기에서 갈아내면, 벌써 그 향은 온 사방에 가득 찬다. 내가 애호하는, 입 닿는 가장자리가 도톰한 큰 머그잔에 종이 필터를 받치고 일정한 속도로 물을 아주 조금씩 부어가며 내린다. 소위 핸드 드립이다. 커피 가루에 뜨거운 물을 떨어뜨려 그 맛과 향을 추출해내는 이 순간을 나는 사랑한다. 훅, 코끝으로 먼저 첫 한 모금을 머금고 내가 만들어 낸 맛을 감정(鑑定)해 본다. 이것은 도저히 거부할 수 없는, 오묘하게 뇌쇄적인 맛이라고 할 수밖에 없다. 혹시 더 맞는 표현이 있으려나? 유혹적인 구수함에 살포시 감춰진 쓴맛이 매력이다. 이번 원두는 살짝 신맛이 도는 풍미가 입안에 감겨든다.

나의 커피 사랑은 그 내력이 오래되었다. 나는 멋모르고 종가의 장손과 결혼함으로, 그 자리가 주는 막중한 무게에 눌려 살았다. 대소사 챙기랴 집안 친척들에게까지 마음 쓰랴 나날이 분주했다. 게다가, 단 한 사람 의지할 남편은 걸핏하면 장기 출장이었다. 내게 유일한 낙은 틈만 나면 내 방으로 들어가 커피를 끓여 마시는 일이었다. 시댁 식구들 틈에서 아직 정을 못 붙이던 새댁에게, 섬 같던 내 방을 커피 향이 바다처럼 포근히 감싸주었다. 남편이 출장에서 돌아와 집에서 제일 먼저 꺼내드는 것은 커피 봉지였다. 그 봉지를 가슴에 꺼안고 맡는 매혹적인 커피 향은 그동안의 수고를 단박에 날려보내 주었다. 그는 나에게 대가족을 맡기고 간 미안함에서, 다녀온 곳 최상의 커피를 구해다 주곤 했으니 세상의 웬만큼 소문난 커피는 두루 맛본 셈이다.

오랜 세월 후, 윗분들이 타계하시고 나니 눈치 안 보게 된 남편은 부엌에 나와 커피를 손수 내리는 게 낙이라 했다.

수년 전 남편을 간병하던 때의 일이다. 아침 일찍 서울대병원 정문에 들어서면 왼편에 있던 카페에서는 마력 같은 커피 향이 나를 이끌었다. 그곳이 나에게는 충전소였다. 거기에서 마시는 커피 한 잔으로 그날 하루를 버틸 힘을 얻고자 했다. 아침마다 내려주던 남편의 커피를 다시 마실 수 있기를 기원하면서……

커피에 대한 내 애착은 유난하다. 맛있다고 소문난 집은 어떻게든 찾아가 본다. 남한산성의 아라비카 커피가 최고라고 추천하는 친구를 따라갔다. 아쉽게도 그날따라 그 맛은 내 취향이 아니었다. 하기는 내 커피도 이상하게 제 맛이 안 느껴질 때가 있으니. 양수리의 커피 박물관은 그 이름에서 오는 기대가 컸다. 벼르다가, 어느 날 모임 끝에 몰려간 우리는 제일 비싼 커피를 호기롭게 주문했다. 오래 걸려 나온 커피가 식어 있었다. 내게 뜨겁지 않은 커피는 아예 커피가 아니다. 다시 데워 달라니 눈치를 주었다. 그 근처, 닥터 박 갤러리는 커피 맛이 좋기로 소문나 있기에 친구와 함께 찾아갔다.

벽에 걸린 그림은 옥빛(아쿠아 블루) 계열의 색조였고 커다란 통유리창 밖에는 잔잔한 강물이 은빛으로 반짝거렸다. 음악이 홀 안을 흐르고 있었다. 영화 〈닥터 지바고〉에 나오는 라라의 테마곡 '어딘가에 내 사랑이(Somewhere My Love)'였다. 사랑을 찾아 백야의 설원을 헤매는 라라가 떠올랐다. 눈앞에 은빛 강물이 흰 눈 덮인 벌판으로 보였다. 노래와 풍경과 커피 향이 우리를 영화의 한 장면 속으로 끌어들였다. 커피 맛이 과연 일품이었다. 마냥 눌러 있고 싶었으나 힘들게 일어서면서 같이 갔던 친구와 또 오자고 다짐했다. 영화 버킷리스트에서 주인공 잭 니컬슨이 죽기 전에 하고 싶은 일로 꼽던 루왁 커피 마시기도 해봤다. 그럴만하다 싶었다. 아직까지 나에게 잊을 수 없는 커피 맛은 일본 나오시마 섬의 지중(地中)미술관 옆, 베네세 하우스에 머물렀을 때 마시던 모닝커피다. 크림을 조금 넣은 부드러운 갈색 커피가 아무 무늬 없는 단순한 하얀 잔에 담겨 나왔다. 마시기 전 그 향을 음미하는데 이미 진한 풍미가 짐작되었다. 그 전날 이곳 지하 미술관에서 보고 온, 시력을 거의 잃은 모네의 마지막 수련을 보던 행복한 느낌이 다시 왔다. 몽

롱하면서 풍부하고 환상적인. 얼마나 내 기호에 딱 맞았던지 내리 석 잔을 마시고 아침 식사는 매번 걸렀다. 입안에 남아 있는 그 여운을 다른 음식으로 지우기 아까워서였다.

어떻게 하면 나도 그런 최상의 커피 맛을 집에서 즐길 수 있을까. 커피메이커부터 이리저리 수소문했다. 한 지인이 퍼컬레이터를 추천했다. 시간은 좀 걸려도 진국이 빠져나온 맛이라고 들었다. 찬물에서부터 커피 가루를 넣어 끓이는 동안 "부르륵 부르륵" 하는 소리가 커피 향을 품은 채 점점 진하게 방안을 가득 채웠다. 그 소리와 향기만으로도 충분히 만족스러운 맛이 예감되었다. 그걸 한참 즐기던 중에 사이펀이라는 기구가 훨씬 더 맛있는 커피를 추출한다는 정보를 얻었다. 아래에서 알코올로 열을 가하면 유리 항아리 안의 커피 액이 끓으며 위로 올라갔다가 다시 내려온다. 커피의 엑기스만 뽑힌 듯한 산뜻한 맛이어서 이걸로 오래 쓰기를 바랐다. 단점이 없지는 않았다. 알코올 램프의 심지 대기가 번거롭고 다루기도 조심스럽더니 결국은 깨지고 말았다. 안 되겠다 싶어, 깨어질 염려가 없는, 이탈리아와 프랑스에서 본 두꺼운 알루미늄 주전자를 쓰기로 했다. 그 안에서 만들어지는 커피는 진한 에스프레소를 즐기는 그 사람들에게 더 맞는 맛이었다. 할수 없이, 처음에 쓰던 퍼컬레이터로 돌아갔다.

그 후로 커피 맛을 내는 건 기구보다 원두가 더 결정적 요인이지 싶었다. 한동안 강릉의 커피 볶는 공장인 테라로사 원두에 맛을 들여 단골로 택배를 받다가 직접 그곳까지 가 보았다. 강릉에는 커피 거리가 있었고 그 집의 규모가 제일 컸다. 나는 겉멋을 한껏 부려 보았다. 간 김에 바닷바람을 커피에 타서 두 잔이나 거푸 마시고 왔다.

얼마 전 나하고 비슷한 커피 마니아를 만나 좋은 정보를 얻었다. 바로 커피 생두를 직접 볶는 것으로 나의 커피 사랑은 이어지는 중이다.

깊어 가는 가을날 아침 금방 내린 커피 한 잔을 앞에 놓고 장한나의 첼로 연주를 듣는다. 생의 비애와 무게감으로 젖어들게 하는 곡 오펜바하의 '재클린의 눈물'이다. 이런 시간은 더 바랄 게 없는 내 삶의 쉼표다. 그냥 혼자만의 시간, 커피와의 독대(獨對)가 좋다. 하지만 더욱 좋은 것은 누군가와 함께 커피를 즐기는 시간이다. 나와 말이 통해서 말 없이 있어도 교감이 되는 그런 사람과 함께 할 때다. 정인(情人)이나 지음(知音)과 함께라면 어떤 커피인들 맛이 없을까. 커피가 비워지는 자리에 정겨움이 채워질 것이니……

옛 현인은 거친 밥에 물만 마셔도, 낙이 또한 그중에 있다고 했는데 나는 과분하게 커피 맛 타령을 하나 싶다. 점심 후에는 보온병에 커피를 눌러 담아 앞산으로 가야겠다. 가서 내 지음인 나무들과 나누어 마시련다.

생명

오래전 미국 텍사스주의 휴스턴으로 단체여행을 갔다. 예술적 볼거리가 밀집되어 있는 지역이었다. 그중에서도 지금 나에게 또다시 가보고 싶은 1순위를 말하라면 단연 '더 메닐 컬렉션'이라는 화랑이다. 하얀색 외관부터 눈길을 끌더니, 내부 구조가 특이했다. 한 칸은 그림 전시실, 다음 칸은 실내화원, 이런 순서로 계속이 되어 반이 화랑이고 반이 화원이었다. 그림도 화초도 좋아하는 나는 완전히 매혹되어서 그림 보랴 나무들 보랴 신이 났다. 그 실내정원에 행운목이 꽤 많은 것을 눈여겨보았다.

여행에서 돌아오자 내 집 거실에 행운목을 들여놓았다. 산 밑에 자리 잡은 아파트라 눈만 들면 산의 초록이 창마다 가득히 들어오는데도, 베란다에는 꽃을 그득히 심어놓고, 실내에는 군데군데 나무를 기르며 산다. 고급가구를 사들여 놓느니 잘생긴 나무가 우리 집에 오는 게 훨씬 반갑다.

큼직한 화분에 건강한 행운목 등치를 우리 가족 수만큼 네 개를 심어왔다. 실내 반그늘에서도 잘 자라고 공기정화에도 좋다니 제격이었다. 사방 어디서 봐도 균형이 잘 맞고 풍성해서 이 화분을 우리 거실에서 제일 눈에 잘 띄는 곳에 놓고 정성을 들였다. 선이 멋지고 싱싱하게 잘 크는 나무를 보고 지인들이 한마디씩 했다.

"이 나무 꽃 피면 행운이 온다던데, 꽃 피면 부르세요."

행운목은 잘 자라 주었다. 그중 한 등치는 유난히 빨리 자라서 천장에 닿을 정도가 되었다. 어쩌나? 그냥 둘 일이 아니었다. 고심을 하다가 화원에 의논을 하니 잘라내야 한다는 거다. 자르던 날, 내 팔 어딘가가 베이는 것 같았다. 이렇게 생명력이 강한 나무는 베어낸 부분을 물에 담가 뿌리를 내린 후 또 심으면 된다. 바로 다음 날 친구에게 분양을 해주었다.

잘 크던 나무를 억지로 잘라낸 게 미안해서 자꾸 눈길이 가던 한 달쯤이었다. 자른 자리 바로 곁에서 파릇한 새순이 돋아났다. 아기의 앞니가 돋아나는 걸 볼 때처럼, 생채기 난데서 분홍빛 새살이 나는 걸 보듯이 반가웠다. 생명의 흐름과 이어짐이 거기에 있었다. 자세히 보니 기이한 물질이 눈을 끌었다. 딱 좁쌀만 한 은빛 구슬들이 마치 은팔찌를 한 모양으로 그 새순 밑을 뱅 둘러싸고 있었다.

나무를 좋아하고 키워 온 지가 얼마인데, 처음 보는 것이었다. 행운목 앞을 서성거렸다. 혹시 금세 꺼지지나 않을까? 주루룩 흘러내리면 어쩌나!

맑디맑은 유리알 같은 그 투명한 액체는 내 걱정에 아랑곳없이 얌전히 제자리를 지켰다. 다음 날도 그다음 날도 그대로였다. 너무나 신기해서 단골 화원에 전화로 물었다.

"대체 이게 정체가 뭐예요? 언제까지 안 떨어지고 이 자리에 있을까요?"

"나무의 진액이에요, 새순이 완전히 자리 잡을 때까지 그대로 있을 걸요."

세상에! 나무가 제 몸에서 새순을 내어놓고는 이어서 제 몸의 진액을 짜내어 보호를 하다니……. 어머니가 아기를 낳아 보듬어 안듯이, 나무는 은빛 구슬들로 어머니의 두 팔 노릇을 하고 있는 게다. 투명한 구슬 하나하나가 잘 크라고 빌어주는 어미의 마음으로 보였다. 너무 작아 눈에 잘 안 뜨이지만, 그것이 대를 이어나가는 존속의 본능이고 세상이 이어지는 힘이 아닐까 싶었다.

늘 나무들에게 해오듯이 음악도 들려주고 스프레이도 뿌려주며 새순이 하루하루 자라는 걸 지켜보았다. 잘 크는 새순을 보고는 제 소임을 다했다는 표시인지 어느 결엔가 팔찌 모양이던 구슬들이 어디로 가고 단 세 알만 남아 있다. 이제 성년식을 할 때이니 보호자는 물러간다는 신호인가 보다.

어느 날 물을 주면서 유심히 보니, 두 개의 둥치 아래 뿌리가 헐어 흙 위에까지 드러났다. 이 나무가 우리 집에 온 세월로 보아 노년기에 와 있을 법했다. 이 들이 내 친구들이로구나 싶어 더 자주 눈길을 보내던 어느 날, 그 화분에 물을 주고 있을 때 그 둘 중 하나가 픽, 하고 쓰러졌다. 그것도 내 쪽을 향해서 맥없이 안겨 왔다. 나는 순간 놀라서 두 팔로 나무를 받아 안고는 나도 모르게 중얼거렸다.

"이제 가려고? 더는 못 버티겠어?"

"그동안 잘해주어서 고마웠어요."

나무가 말하는 것 같았다.

"그래, 잘 가. 나도 이다음에 나무로 태어나면 좋겠어. 우리 친구로 또 만나자"

행운목 둥치 하나가 내 가슴에 안긴 채 그렇게 떠났다.

행운목 화분에 이제는 세 식구만 남았다. 언제 또 떠나보낼지 염려가 되어 나머지 헐어있는 둥치를 매일 살폈다. 아마 머잖아 다가오리라. 남편이 시한부 생명을 선고받았던 때가 떠올랐다. 의사가 6개월을 시한으로 말했을 때 나는 그 예고를 혼자만 알고 누구에게도 알리지 않았다. 슬픔은 나누면 반이라는 말에 동의가 안 되었다.

아무것도 모르는 딸아이는 같이 길을 걷다가, 고개를 푹 숙인 채 걷고 있는 나를 못 봐주었다.

"엄마, 자세 불량! 고개를 똑바로 드세요."

운전대를 잡고 찻길 한가운데에서 '내가 지금 어디로 가야 하지?' 하기도 일쑤였다.

나는 천애고아였고 또한 바보 멍청이였다. 그가 살아 있는 6개월이라는 시간은 귀하게 여길 줄 모르고 그 후에 올 죽음에만 집중해서, 내가 먼저 미리 하루씩 죽어간 셈이다.

이제 나는 행운목이 살아있는 그날 하루에 주목하고 담담하기로 마음먹었다. 하루는 아침에 일어나 거실로 나오자마자 여느 때처럼 행운목에 눈인사를 건넸다. 그때였다. 평소와는 다른 무언가가 보였다. 나는 눈을 크게 뜨고 유심히 올려다보았다. 뿌리가 헐어가고 키는 나보다 머리 하나는 더 큰 행운목 우듬지에 처음 보는 형체가 생겨있었다. 무얼까? 혹시 꽃? 생각지도 못하던 일이었다. 그런데 그건 분명히 꽃이었다.

나도 모르게 환성이 나왔다. 이럴 수가! 혼자 알기 벅차서 친구에게 문자로 알렸다. 재깍 답이 왔다.

"와~ 그거 행운의 징조 아냐? 너 하는 일이 잘 되려나 봐~."

고마웠다. 사람은 이 맛에 살지 않나! 내 좋은 일에 남이 진정으로 기뻐해 줄 때 우리는 더 행복해진다. 친구에게는 수희공덕(隨喜功德) 짓는 일이 되어 좋고.

행운목 꽃은 매일 나의 시선을 붙들었다. 며칠에 걸쳐 여섯 개의 꽃 몽우리들이 나왔다. 옆 둥치에서 새순이 나올 때처럼, 몽우리 아래로는 어김없이 은빛 구슬 팔찌가 둘러져 있었다. 처음 보았을 때만큼의 신기함은 아니었어도, 아는 만큼 반갑고 아는 만큼 더 미더웠다. 그래, 몽우리 떨어질라, 잘 받쳐줘.

친구가 제안했다.

"그 꽃 피면 향기가 대단하다던데, 혼자 맡으면 독할라. 나누어 맡자, 향기 잔치를 열자!"

"그 향기 보관 방법은 없을까? 얼음 그릇에 꽁꽁 얼려 두었다가 하나씩 꺼내 볼까?" 이러고 싱거운 소리를 하며 꿈에 부풀었다.

인터넷으로 검색해서 그 꽃들이 피고 지는 장면들도 미리 즐겼다.

매일 아침, '오늘은 한 송이라도 피었을까' 하는 생각에 자리에서 벌떡 일어나졌다. 며칠이 지난 어느 날 아침, 거실로 나서는 순간, 묘한 향기 비슷한 것이 훅 끼쳤다. 그건 찰나였다.

꽃이 제대로 핀 것도 아닌 채로, 그걸로 다였다.

향기도 더는 없었고, 꽃은 피어나지도 않은 채로 그날 이후 나의 행운목 꽃 몽우리들은 말라가기 시작했다. 하루하루, 이제는 아예 드라이플라워가 되었다. 실내가 건조할까 봐 스프레이를 잘 뿌려주고 겨울에도 나보다 식물 위주로 적정온도를 맞추어 준다. 식물 달력을 따로 두어 물주는 날짜를 기록한다. 그런데 왜, 모처럼 맺은 이 행운목 꽃은 제대로 피워보지도 않고 말랐을까?

행운목은 생명의 완전연소를 보여주었다.

영상에 담은 시간

-영화 〈위대한 침묵(Into Great Silence)〉을 보고

 몇 가지 특이한 점으로 항간에 화제가 되고 있는 영화가 있다. 영화를 찍게 된 경위도 그렇고, 2시간 반이나 되는 긴 내용에 대사가 거의 없다고 한다. 게다가 보고 난 사람들의 반응이 양극으로 갈린다니 나의 호기심을 끌기에 충분하다.

 영화의 첫 장면은 빨간 불꽃이 타오르는 것으로 시작된다. 화면 가득히 넘실대며 타오르는 불꽃은 꽤 오래 계속되어서 열기마저 느껴졌다. 아니, 불꽃이 화면 밖으로도 번져나와 나를 데일 것만 같았다. 이 장면만으로도 적잖은 충격이었다. 영화는 수도사들의 일상을 다룬 이야기이다. 화면을 계속 응시하는 동안 몇 가지 생각이 떠올랐다. 꽤 시간이 걸리도록 이글거리는 불꽃은 무엇을 상징하는 것일까? 긴 침묵에 들려면 세상의 소음, 언어를 태우고 나서야 가능하다는 걸까? 수도

원으로 들어오려면 세속의 온갖 욕망이나 번뇌의 찌꺼기를 다 태우고 오라는 말일까? 영원하고 전지전능한 신에게로 향하는, 유한하고 불완전한 인간의 꺼지지 않는 염원일 것도 같다. 타오르는 불꽃의 붉디붉은 빛깔은 무채색인 수도원의 건물이나 수도사들의 의상과 극명한 대비를 이룬다.

묵언 속에서 수도사들의 일상은 단조롭게 이어진다. 주로 독방에서 기도와 독서를 하는데, 창을 통해 빛이 스며들고, 하얀 옷의 수도사들은 실내에 서 있거나 앉아 있거나 엎드린 채 마치 정물처럼 고요하다. 무언가를 응시하는 듯 무표정한가 하면 표정이 너무 깊어 심연에 빠져버린 듯도 하다. 빛살이 들이치는 회랑을 절대의 침묵 속으로 걸어 들어가는 수도사들. 이 한 장면은 단적으로, 살아있는 침묵의 역동성으로 보인다.

이들은 산에서 물을 끌어내는 파이프를 고칠 때나, 머리를 깎을 때, 눈을 치울 때, 일주일에 한 번 산책할 때만 밖으로 나올 수 있고 말이 허용된다. 이런 수도원의 분위기는 언뜻 적막하고 무겁지만 그것은 속인의 눈에 비친 모습일 뿐 오직 저들이 희구(希求)하는 것은 신에게로 좀 더 가까이 가는 것, 구원을 향해 다가가는 것, 진실을 구하는 것이 아닐까.

영화의 중반부에 비 내리는 수도원 장면을 아주 길게 보여준다. 들리는 소리라고는 빗방울이 지붕 위에, 돌계단에, 뜰의 나뭇잎에 떨어지며 부딪치는 소리뿐, 아무런 설명도 덧붙이지 않고 대사 한 마디도 없다. 시간은 지루하고 침묵은 무거웠다. 깜빡 졸았던 듯하다. 깨어 보니 시적(詩的)인 화면이 나오고 있다. 작은 연못의 수면 위로 떨어지는 빗줄기들이 파문을 그리는 장면이 오랫동안 계속된다. 수직으로 내려다본 파문들의 영상미가 훌륭하다. 아무리 작은 빗방울일지라도 떨어지는 순간, 수면은 그것을 받아 안으며 동심원을 그린다. 물의 속성이 그렇다. 그 어떤 것이라도 물 위에 떨어지면, 물은 바로 그 순간 제 품을 열어준다. 존재의 세계도 물과 같지 싶다. 아무리 사소한 존재일지라도 존재의 자리는 언제나 열리고, 그 존재는 주변에 어떤 식으로든 파문을 남긴다. 감독은 긴 시간을 할애하여 빗방울이 떨어지는 수면을 비춰준다.

감독의 의도를 가늠해본다. 이것이 바로 시간의 속성과 흐름을 압축한 형상이 아닐까. 시간은 소멸과 생성을 반복하며 계속 흘러간다. 우리들 인간 또한 이 넓은 우주 공간에 한 점 빗방울 같은 존재로 와서 한 생애 동안 수없이 많은 파문들을 만들어 내면서, 옆의 파문들과 계속해서 겹쳐지고…… 그러다가 흔적도 없이 스러지면, 바로 이어서 새로운 누군가가 그 자리를 메울 것이다. 인연으로 생겨난 세상 모든 것들은 꿈같고 허깨비 같고 거품 같고 그림자 같다―여몽환포영(如夢幻泡影)―지만, 그래도 이 세상에 와 본 것이 얼마나 큰 행운인가. 우리의 생은 곧 하늘이 주신 선물이다. 말 없는 가운데 자막이 되풀이된다.

'주님이 나를 이리로 인도하시어 내가 여기에 있나이다.'

'자기의 모든 것을 버리지 않는 자는 나의 제자가 될 수 없다.'

영화의 거의 마지막에 스무 명 가까운 수도사들의 얼굴을 한 사람씩 클로즈업시켜 소개한다. 모든 이들이 무표정해 보였는데, 다만 눈먼 수도사의 얼굴에만은 기쁨과 평화가 고요히 깃들어 있었다. 그는 말했다.

"나를 장님으로 만든 것은 그게 나의 영혼에 더 이로우니까 하느님이 그렇게 배려하신 것이다. 그래서 감사하다."

상황을 넘어설 수 있다는 것은 상황을 받아들인다는 것이다. 신앙은 받아들임의 자세가 아닐까?

말하는 것과 듣는 것, 보는 것이 절제되면 우리의 감각기관은 더 세심하고 깊이 열릴 것이다. 가히 언어의 홍수 속에서, 온갖 정보의 바다 위에서 떠다니는 우리에게 침묵의 162분은 익숙하지 않은 상영물이다. 감독은 어떤 의도에서 이 영화를 만들었을까.

1000년 동안 외부에 문을 열지 않았던, 프랑스의 남동부, 해발 1,300미터가 넘는 알프스산 자락의 샤르트뢰즈 수도원. 이 문을 노크한 사람은 독일의 영화감독, 필립 그로닝이었다. 1984년 그는 이곳에서 영화를 찍고 싶다는 제의를 했으나 거절당했다.

그런 지 15년이 지나 수도원으로부터 허락한다는 연락을 받았지만 단서가 붙었다. 첫째, 인공조명을 사용하지 말 것. 둘째, 자연적인 소리 외에는 어떤 음악이나 인공적인 사운드를 추가하지 말 것. 셋째, 수도원의 삶에 대한 어떤 해설이나 논평은 금할 것. 넷째, 다른 스탭 없이 혼자 촬영할 것. 꽤나 까다로운 조건이었지만 필립 그로닝은 처음 이 영화를 구상할 때부터 생각한 자기의 컨셉과 일치했기 때문에 그대로 따르기로 했다. 그리하여 그는 6개월을 이 수도원에서 수도사들과 함께 보내며 수도사들의 일정에 참여하는 것은 물론, 그들처럼 독방에 기거하면서 카메라를 작동하고, 사운드를 녹음하고, 20킬로그램이 넘는 장비를 나르면서 이 영화를 혼자 제작했다. 그런 그가 입을 열었다.

"나는 시간을 영상에 담고 싶었고, 시간을 영화로 찍는 것과 진실을 구하는 것이 비슷하다고 생각했다."

영화를 보면서 이 분위기와 흡사한 곳을 직접 보고 온 일이 떠올랐다. 몇 년 전에 가본 남프랑스 프로방스의 르 토로네 수도원(Le Thoronet Abbey)이다. 12세기 초반에 짓기 시작해서 13세기 초에 완공되었다는 이 수도원은 그러니까 거의 천년을 견뎌 온 셈이다. 로마네스크 양식의 소박하고 단아한 건물은 어느 유명한 건축가가 아닌 수도사들이 직접 인근의 돌만 사용해서 지었다고 한다. 돌을 하나하나 들어 올리며 그들은 수억 년의 세월이 깃든 돌의 소리에 귀를 기울였으리라. 출입문은 오른편 한구석에 작게 뚫려 있다. 그 문으로 들어가려면 몸을 숙여야 한다. 실내로 들어서자 문득 어둠이 감쌌다. 그리고 작은 창들을 통해 다발로 들이친 빛이 실내를 파편적으로 비추었다. 빛다발들은 벽과 바닥에, 혹은 모서리에 내려앉아 고요히 문양을 만들고 있었다. 이 빛은 천년 동안 이렇게 작은 창을 통해서만 들이쳤을 것이고, 수도사들은 그 빛과 그림자를 밟으며 진실을 구했을 것이다. 검박하나 아름다운, 르 토로네 수도원, 그 내부는 빛과 그림자의 미학이 처연할 정도로 완벽했다.

나는 그 천년의 침묵 가운데 서서 전율하며 묻고 또 물었다.

그 많은 시간 동안 수많은 수도자들이 극기와 절제와 고독을 거치며 이곳에 거했을 것이다. 그들은 오직 신에게로 더 가까이 다가가고자 세상의 모든 것들과 절연하고 이 침묵의 공간으로 들어섰을 터인데, 그 소망을 이루었을까? 이곳에 묻혀 있는 분들은 어떤 기도와 묵상을 했을까? 그들은 신에게 우리가 잊고 사는 아니, 짐짓 외면하는 존재론적인 진리를 묻고 있지 않았을까? 얼마나 오랜 시간이 걸려야 구원이나 진리에 다다를 수 있는 것일까?

십자가 위의 예수를 볼 때처럼 장엄한 슬픔이 내 온몸에 흘렀다. 나는 해답의 아무런 단서도 얻지 못한 채 돌아왔었다. 아무래도 그것은 온전히 각자의 몫일 듯하다. 위대한 침묵 속에 들어보지 못한 사람은 결코 그 세계를 짐작할 수 없을 테니까.

창고에서 봄을 보다

명동 삼일로 대로변, 좁은 비탈길을 오른다. 국내 최초의 민간소극장인 삼일로 창고극장이 개관 40주년 기념으로 연극 〈방문〉을 공연중이다. 한국 스위스 수교 50주년 기념도 겸해 스위스 작가 프리드리히 뒤렌마트의 작품을 올렸다. 허름한 극장 입구에 웅성대는 사람들이 보인다. 팸플릿을 받아드니, 표지 그림 한 컷이 내용 전체를 압축해 놓은 듯하다. 기차가 시커먼 연기를 폭풍같이 내뿜으며 달려든다. 누가 오길래? 엄청난 소식이 있을 것 같다.

티켓을 받아들고 극장 안을 들어서니 오래된 창고 건물에는 세월의 곤고함이 느껴진다. 그러나 세련되고 매끄러운 현대식 공간에는 없는 것이 여기에 있다. 무대는 아주 작다. 배우와 관객이 더 가까이서 더 오붓하게 호흡을 함께할 것 같다. 공연이 시작되기 직전, 객석을 휙 둘러본다. 120석 의자가 거의 다 찼다. 무대 장치라고는 쇼핑백 네 개뿐.

나머지 공간은 관객의 상상으로 메우고 대신 배우들의 동작에, 대사에 더 집중하라고 하나 보다.

연극이 시작되면, 가난한 작은 도시의 시장, 교장, 경찰, 상인이 모여 기대감으로 술렁인다. 백만장자로 소문이 나 있는 노부인 클레어가 45년 만에 고향을 방문하기 때문이다. 차기 시장으로 물망에 오르는 상인 알프레드는 클레어와의 친분을 과시한다.

이윽고 들어선 노부인은 폭탄선언을 터뜨린다.

"나는 내 고향 퀼렌에 1천억을 기부하겠소. 나는 그 돈으로 정의를 사겠소. 내 젊은 날 나를 배신하고 파멸시킨 자, 알프레드의 목숨을 내어놓으시오."

모두의 얼굴이 일그러진다. 하지만 바로 한목소리로 일축한다.

"우리는 인간성의 이름으로, 정의의 이름으로 그 제안을 거절하오. 우리들의 손에 피를 묻히기보다는 가난하게 살기를 택하겠소."

이에 노회(老獪)한 클레어는 단 한마디만 한다.

"기다리겠어요."

시간이 어떻게 사람들을 변화시킬지, 돈의 힘이 얼마나 센지를 다 알고 있다는 듯이.

내심 믿는 구석이 생기자, 가난에 찌들어 있던 마을 사람들은 알프레드의 가게에서 물건들을 안고 가며 외상을 달아놓기 시작한다. 점점 많이, 더 고급으로. 불안해진 알프레드는 묻는다,

"무엇으로 이 외상을 다 갚을 거요?" 그들은 천연스레 답하며 그를 안심시킨다.

"우리 마을 사람들 다 당신 편이오. 누구도 당신을 해치지 않을 거

요. 저 부인은 미쳤소."

알프레드도 애써 당당하려 든다. 45년 전 철없을 적 실수를 가지고 정의를 들먹거리다니! 하면서. 그는 스무 살에 열일곱인 클레어와 사귀면서 아이까지 갖게 해놓고 헌신짝같이 버렸다. 소송에 말리자 증인을 매수해서 위증을 시켰고 클레어는 비참하게 마을에서 쫓겨나 객지를 전전하며 매춘부로 살다가 돈 많은 남자를 만나 백만장자가 되어 고향을 찾아온 것이다.

시간이 흘러 알프레드는 마을 사람들 모두가 새 구두를 신은 걸 보고 눈이 휘둥그레진다. 심지어 자기 가족들마저 외상으로 새 차를 사고 풍요를 즐기고 있는 걸 본다. 온 마을이 빚더미 위에서 흥청거리고 있다. 그는 고립된다. 숨 막히는 불안감이 그를 조여들자 알프레드는 외친다,

"당신들은 이미 내 목숨을 가지고 투기를 시작했소!"

시장은 그를 찾아와 도피 아니면 자살을 권유한다. 교장 선생님조차 그에게 고백한다.

"유혹은 너무 크고, 우리의 가난은 너무 끔찍하오. 내가 점점 살인자가 되어가고 있다는 걸 느끼고 있소."

3막짜리 연극인데 막의 오르내림도 없고 암전(暗轉)도 없다. 배우들 이래야 남녀 주인공 외에 서넛이 일인 다역으로, 백에서 옷을 꺼내 바꾸어 입으며 드나든다. 그 전환이 무리 없이 속도감 있게 이어지는 연출이 돋보인다. 관객은 단순히 구경꾼이 아니고, 그때그때 출연 배우에 따라서, 시장 앞에서는 자연스레 시민이 되고 판사 앞에서는 저절

로 배심원이 되어 함께 생각하고 고민하는 참여극이다.

드디어 연극은 클라이맥스에 이른다. 기자들이 오고 마을 총회가 열린다. 마을을 위해 1천억을 기부하겠다는 클레어의 발표가 있자, 사람들은 일제히 소리친다,

"돈 때문이 아니라 정의를 위해서."

"우리 가운데 범죄를 근절시켜야 하며."

"우리의 깨끗한 영혼과 신성한 재산을 지키기 위해서."

온 마을 사람들이 모여 알프레드를 죽이려고 그를 둘러싼다.

이 연극의 압권은 알프레드의 죽음 장면이다. 사람들에 둘러싸여 모습은 보이지 않은 채 알프레드 역을 맡은 배우 손성호는, 단지 목소리만으로 그 참담한 순간을 인상 깊게 연기해 내었다. 듣는 이의 양심을, 폐부를 깊숙이 찌르는 음성이었고 오래 귓가에 남았다.

"이제 나는 당신들의 심판을 따르겠소. 그렇게 하는 것이 나의 정의요. 그러나 당신들에게 정의는 무엇인지 모르겠소. 당신들이 내린 심판을 당신 자신들이 견디어 내기를 기원하오." 이 말이 끝나자마자 온 마을 사람들은 알프레드를 처참하게 죽음으로 몰고 간다. 마을 의사는 그가 심장마비로 자연사했다고 발표한다.

알프레드의 이 준엄한 말에서 작가의 메시지를 읽는다. 정작 죄지은 한 개인은 양심을 찾고 죗값을 치르며 죽는 반면, 정의를 부르짖으며 양심을 외면하는 다수들의 새로운 죄가 이어진다. 인간의 역사는 부끄럽게도 이런 종류의 아이러니로 점철되어 오고 있지 않은가.

1막 최초의 정의와 3막의 알프레드를 처단하는 명분으로의 정의는

전혀 다른 상반된 정의이다. 이 변화는 무엇이 가져왔나? 시간이고 돈이다. 돈맛에 길들여진 대중, 익명의 대중은 쉽게 부화뇌동한다. 그들은 한 덩어리의 운동체일 뿐, 주체적 고유성과 양심과 가책을 잃는다. 이 연극은 물질만능주의의 현 세태를 고발하고, 돈 앞에 양심을 파는 현실을 풍자하고 있다.

작가는 인간 본성의 한 단면을 보여주려고 극단적이고 비현실적인 이야기 구조를 택한 듯하다. 돈으로 정의를 사다니! 작가의 '정의'는 반어적이다. 돈 줄 테니 사람 목숨 내어놓으라는 건 법적으로 살인 교사(敎唆)다. 그래서 이야기의 무대도 깨인 눈과 귀가 있는 밝은 대도시가 아니고 폐쇄된 작은 마을로 택했을 것 같다. 그 도시 이름도 '썩은, 타락한'이라는 뜻의 '퀼렌(gülen)'이다.

연극 내용 못지않게 외적인 것에도 관심이 많이 간다. 40년 세월, 연극이 여러 차례 존폐의 위기도 겪으면서 이 디지털 시대에 꿋꿋이 버텨온 연극인들의 아날로그 열정이 고맙기 그지없다. 어려움 가운데에도 꿈을 잃지 않는 외길 연극인들에게 고비마다 후원해준 분들에게 감사한다. 요즘 스크린을 장악한 송강호, 최민식, 김윤석, 황정민……. 모두 연극배우 출신들이다. 이들 이전에도 연극계 대선배들은 가난 속에서도 예술의 길을 닦아놓았다.

관객 1,700만 명을 동원하는 우리 영화도 장하지만 이 고색창연한 극장에서 겨우 120석 의자를 채워준 오늘 이 관객들이 그렇게 든든할 수가 없다.

알프레드 역의 배우 손성호 얼굴에는 계속 땀이 흘렀고 나는 뜨겁게 존경의 박수를 보냈다. 매회 저렇게 온 힘을 다 쏟아부을 거 아닌

가. 배우들의 날숨이 관객들의 들숨이 되며 교감하는 이 맛은 영화 스크린 앞에서는 느낄 수 없다. 걸어 나오며 둘러보니 관객의 연령층도 다양하다. 저들 장년들은, 청년들은 어떤 생각을 하며 이 연극을 보았을까? 정의(正義)란 무엇이라고 생각할까? 저들이 퀼렌 시민이 아니듯이, 우리 또한 클레어가 아니기를, 우리 모두의 앞날에 클레어의 방문이 없기를 바란다.

한겨울 날씨가 많이 누그러졌다. 봄이 멀지 않았다. 우리 연극에도 봄의 기미를 예감하면서, 앞서 나가는 관객의 등에 대고 나는 속으로 말을 건네었다.

'다음 공연에 또 만나요!'

11월의 어느 하루

11월의 마지막 날, 아침부터 유난스레 유정한 마음이 된다.

나는 올해 11월하고 사랑에 빠져 살아왔다. 오늘은 결별을 해야 한다. 이제껏 나에게 11월은 일 년 열두 달 중에서 별로 의미 없거나 중요하지 않은 달이었다. 가을이 한창인 시월과 일 년의 대미 12월 사이에 끼인 달일 뿐으로. 올해에는 거의 하루도 거르지 않고 이른 아침 산길을 걸으며 숲의 풍경이, 나뭇잎이 어떻게 하루하루 달라져 가는지를 보아왔다. 계절 또한 자세히 보아야 알고 알면 사랑하게 되는 것인가. 흥취를 못 이기고 내 멋에 겨워 시조도 한 수 지어 본다.

가을 송가(頌歌)

늦가을 단풍에서 화음을 듣는다

초장(初章)의 독창들이 무르익자 합창이다

손잡고 강강수월래 종장에는 춤마당

며칠 전 산에서 늘 마주치는 이웃 친구 S선생에게 아침 인사 겸 내가 말했다.

"이만큼 살아오는 동안, 11월이 이렇게 멋진 달인 줄은 올해 처음 절실하게 느끼네요. 오늘 하루를 충분히 즐깁시다." 그가 웃음 지으며 말을 받는다.

"하긴 단풍색도 어우러진 맛이 지금이 더 좋아요. 그런데요, 자연이 아무리 아름다워도 속이 시끄러우면 눈에 잘 안 들어오죠." 나는 잠시 멈칫했다. 풍경도 마음으로 보는구나. 걱정이나 아픔이 있을 때 계절의 아름다움을 완상할 여유가 없겠다. 말이 쉬워 비우라, 내려놓으라하지 그게 어디 쉬운 일인가.

오늘 오후에는 시인들의 월례회가 열릴 예정이다. 매달 참석해 왔는데 오늘은 가지 않기로 했다. 대신 나 혼자서, 다시 안 올 올해의 11월 마지막 날을 고스란히 만끽하고 싶었다. 일기도 쓰고 시조도 지어보고, 그림도 만추의 단풍을 요즘 재미 붙인 기법으로 멋지게 그려보고. 이렇게 아침의 계획은 야무졌다.

내 습관대로 커피잔을 들고 컴퓨터를 켰다. 받은 메일이 몇 개 있는 중에 눈에 번쩍 띄는 영문 이름, 미국 사는 대학 시절 친구가 보내왔다. 대여섯 문장의 짧은 글이다.

'안부와 소식을 전한다. 나 아직 이 도시에 살고 있다. 가족들의 간곡한 돌봄으로 느리게나마 안정을 찾아가는 중이다. 모든 친구들께

건강을 빈다.'

6년 전 뇌를 몹시 다쳤다는 소문 이후 연락을 딱 끊고 있던 친구가 느닷없이 내게 말문을 열다니! 이 기쁜 소식에 감격한 나는 즉석에서 답장을 써 보냈다.

"감사해라, 친구야! 네 글은 오타 하나 없고 완벽한 문장이구나. 너 다 나았나 봐. 네가 얼마나 활달하고 멋진 친구였는지 생생하게 기억한다. 잊지 마, 너는 원래 심신이 건강하고 씩씩한 여장부 스타일이었잖아……"

읽고 또 읽고 옛 추억에 잠기고……. 그래, 네가 이제 창문을 열어 외부의 시원한 공기를 들여놓기 시작하는구나. 잘했어. 내가 부지런히 글을 보내주마. 우리 자주 소식을 주고받자.

인생의 11월 즈음인 우리가, 오랜 우정을 단풍처럼 아름답게 나누게 되나 보다.

오전 시간이 훌쩍 지나갔다. 무엇 무엇을 하려던 내 계획은 한 걸음도 안 나간 채로.

오후로 접어들자 이 계절에 어울리는 음악을 즐기고 싶었다. 요즘 코를 박고 읽는 책 중에 고(故) 김창진 교수의 수필집 『촌내기의 오랜오랜 떨림』이 있다. 글 중에 나오는 음악, 모차르트의 〈피아노 협주곡 21번〉이 그렇게나 좋다고 하니 유튜브에 들어가 나도 감상을 해본다. 영화 〈엘디라 마디간〉에서 주제음악으로 나온다기에 그 영화 장면도 영상으로 볼 수 있었다. 음악이 이야기의 감동을 한껏 고조시켜 준다. 그래서 우리는 한 영화를 그 주제음악으로 기억하나 보다. 화려하고도 애절한 피아노 선율이 늦가을의 정서에 취해있는 나의 심금을 두드린다.

내친김에 가을의 악기, 첼로 모음곡을 몇 곡 더 들었다. 첼로로만 연주한 영화 14편의 주제음악이다. 〈미션〉, 〈시네마 천국〉, 〈러브스토리〉, 〈재클린의 눈물〉……. 유명하고 친숙한 게 많아서 여간 반가운 게 아니다. 늦가을 한때가 이렇게 흘러가고 해는 이울어 어느새 오후 4시가 되었는데, 아직도 나는 아침에 하려던 것을 해 놓은 게 없다.

약간의 갈등을 느끼고 있는 중에 '택배 문 앞에 두고 갑니다.'라는 문자가 뜬다. 벌떡 일어나 나가보니 아담한 상자 하나가 와있다. 뚜껑을 여는데 은은한 향기가 감돈다. 깜짝 놀랐다. 갖가지 용기에 담은 말린 꽃들이 이름표를 달고 아기자기 들어 있다. 국화 차, 귤꽃 차, 산목련 차, 작약꽃 차, 구아바 잎, 순비기 잎……. 와~ 환성을 올리는 내 입가에 미소가 번져나간다. 쪽지 편지까지 정겹게 곁들여 보낸 사람은 시인이자 수필가이다. 이렇게 예쁜 일을 누가 맨 처음 시작했을까. 꽃을 말려 뜨거운 물에 우려내어 차(茶)로 마실 생각을 하다니. 너무도 시적(詩的)이다. 나는 얼른 물부터 끓인다.

어느 것부터 즐겨볼까 고르다가 요즘 단풍색의 대세인 카드뮴오렌지에 인디언옐로가 오묘하게 섞인 꽃을 네 송이 꺼내어 잔에 담았다. 병 밑바닥에 써 붙인 꽃 이름을 발견했다. 메리골드이다. 아~ 나 그 꽃 좋아하는데. 반갑다, 차로까지 마실 수 있어서. 끓는 물을 가만히 부어놓고 지그시 지켜보며 물 색깔의 변화와 향을 음미한다. 찻물이 그윽한 황금색이 되면서 꽃잎은 하늘하늘 얇아져 간다. 제가 품었던 맛과 향을 다 내어놓았나 보다. 이들 마른 꽃처럼 사람도 살아서 남에게 기뺌 주다가 이 세상 떠나도 그 남긴 것으로 또 기쁨 주는 생이라면! 이 세상에 온전히 공양을 바치는 것일 텐데……. 문득 생각이 든다.

향을 품은 그 차 맛은 지상의 어느 무엇과도 다른 것이었다. 이건 신선의 음식 아닌가. 나름 격조 있는 시간을 보내고 있는 게 너무나 고마워서, 보내준 이에게 문자를 보냈다. 그 시인의 시집을 찾아 한 대목을 다시 읊는 것으로.

마음 붉어질 날 있고
푸르른 날 있고
꽃이 피는 날도 있으니 사는 게지.

─「안부」 중에서

내가 한 줄 보태 본다.

내게 이렇게 이쁜 사람도 곁에 있으니 사는 게지.

오늘 하루 종일 내가 해놓은 건 아무것도 없다. 대신 11월이 다녀가면서 나에게 선물을 가득히 주었다. 그게 몇 배 소중하다.

고마운 11월이여, 잘 가시게.

도돌이표로 살아보기

예전에 읽었던 책을 다시 꺼내 든다. 이미 보았던 영화도 다시 감상한다. 같은 책이고 같은 영화인데 어찌 이리 새로울까. 추억 속의 장소를 다시 찾는다. 상전벽해로 변한 경치도 있고 익숙한 풍경들이 전혀 다르게 보이기도 한다. 새로운 사람을 만나 사귀는 즐거움 못지않게, 오래 적조했던 지인을 찾아보는 기쁨 또한 대단하다. 오랜만에 만나는 사람은 내가 변한 것 못지않게 그 사람도 변해 있다.

다시 읽기

요즘은 임어당이 쓴 『생활의 발견』을 다시 읽고 있다. 나의 젊은 시절, 인생 지침서로 통했던 책이다. 처음 읽었을 때, 내 딴에는 배워야 할 구절들을 찾아 밑줄을 그어 놓았다. 밑줄만 쳐 놓았지, 삶이 따라가지는 못했다.

'우리가 되고 싶어 하는 교양 있는 사람이란 많이 배워 지식이 해박한 사람이 아니라 좋아해야 할 것과 싫어해야 할 것이 무엇인지를 구별할 줄 아는 사람이다. 여기에는 용기가 필요하다. 남의 눈치 안 보는 당당함으로 시류에 휩쓸리지 않는 용기가 교양이다.'

젊어서는 무슨 의미인지 언뜻 감이 안 왔다. 그동안의 경험을 통해 지금은 그게 어떤 용기인지 알겠다. 나의 소신대로 행동하는 것에 갈등했던 일들을 떠올린다. 남들이 뭐라고 하든 옳다고 여기는 일에 용기를 내기로 한다.

생텍쥐페리의 『어린 왕자』를 펼친다. 내가 놓쳤던 게 얼마나 많은지 놀랍다. 작가가 이 책을 쓰던 때가 제2차 세계대전 당시였음을 감안하면 그 비극적인 상황 가운데에서도 순수함을 찾으려는 어린 왕자의 극진함, 애절함이 더 절절하게 다가온다. 순수한 어린아이의 눈으로 사랑의 의미를, 무엇이 풍요한 삶인지를 말해준다. 가장 단순한 표현으로 이보다 더 감동을 줄 수가 있을까 싶다.

다시 보기

〈벤허〉를 다시 보면서 내 기억력이 형편없다는 사실에 새삼 놀란다. 주인공 벤허와 그의 적수 메살라와의 마차경주 신처럼 긴박감 넘치는 장면 몇 군데 말고는 거의 새로 보는 듯했다. 권선징악의 감동이라든지 주인공 벤허의 인품만은 기억에 각인되어 있었지만, 그가 말을 다룰 때 채찍을 휘두르지 않고 애정으로 교감하는 장면은 무척 새로웠다. 니콜라스 에번스가 쓴 『속삭이는 사람(Horse Whisperer)』의 주인공 톰처럼 그는 말의 마음을 얻는 법을 알고 있었다. 그래서 바퀴에 칼을 꽂고 채찍으로 말을 모는 적수 메살라의 마차를 이겨낼 수 있었다. 말을 다루는 각기 다른 사소한 몸짓이 두 사람의 인품과 정신의 차이를 드러낸다는 사실은 나로서는 대단한 발견이었다. 벤허가 말에게 그윽이 눈을 맞추고 갈기를 쓰다듬는 동작에서 그의 깊은 내면, 고뇌와 애정을 읽을 수 있었다.

미켈란젤로를 그린 영화를 다시 보니 한 예술가가 보는 신과 인간의 관계를 새롭게 생각하게 된다. 조각가인 미켈란젤로가 성 시스티나 성당의 천장화를 교황 율리우스 2세의 주문으로 그려내는 이야기다. 고개를 젖히고 천장에 그림을 그리는 동안 수없이 물감을 뒤집어쓴다. 영화는 천장화 중 압권인 〈천지창조〉 장면을 줌인으로 반복해서 보여준다.

갑자기 솟구치는 의문 하나, 하나님과 아담의 손끝이 왜 맞닿아 있지 않을까? 전에는 한 번도 생각해 보지 않았던 점이다. 하나님의 손끝과 아담의 손끝 사이에는 닿을 듯 닿을 듯 안타까운 거리가 있고 그 좁디좁은 공간에 의해 이 커다란 그림은 팽팽하게 긴장된다. 화첩을 꺼내 그림을 다시 들여다본다. 갑자기 손가락 끝 사이의 그 좁은 틈이 가장 열린 공간으로 내 눈에 다가온다. 아, 이것이 바로 창조의 여지구나. 점처럼 좁은 공간, 한 줄기 빛살 같은 틈새로 무한히 새로운 기운이 들어오고 있지 않은가.

또 한 가지, 만약에 인간이 하나님의 손끝에 닿아 있다면 보다 덜 겸손하고 보다 덜 노력하지 않았을까? 그림에서 눈을 뗄 수가 없었다.

다시 가보기

유년기를 보냈던 돈암동을 몇 년 전 찾아갔다. 좁은 골목 안, 낡아진 집들은 그때까지 남아 있는 게 반가우면서도 낯설었다. 내 과거의 일부이지만 외면하고 싶었다. 한옥 대문에 눈길이 닿는 순간, 거기에 엄마의 얼굴이 겹쳐졌다. 세상 어디에도 없는 안식과 자양분이 나를 기다리고 있던 곳. 지금은 세월에 바래고 초라해도 그 안에서 나는 자랐다. 최근 들어 그 인근에 갔을 때는 재개발공사로 옛집은 아예 사라지고 없었다. 내 어린 시절 한 부분이 지워진 듯 쓸쓸했다.

제주도 두모악 김영갑 갤러리는 세 번이나 다녀왔다. 처음에는 사진 작품에만 눈길을 주고 왔다. 그 다음 두 번은 김영갑이라는 사람을 더 많이 생각하며 오래 머물렀다. 루게릭병으로 몸이 무너져 내려 사진을 찍을 수 없게 되자 그는 혼신의 힘을 다해 버려진 폐교 터에 갤러리를 만들었다. 그가 제일 좋아하던 용눈이 오름에도 올라갔다. 드센 바람에 깎이고 깎이어 한없이 부드러워진 능선을 따라 오른 정상에는 태고의 적막이 머물고 있는 듯했다. 낮게 엎드려 핀 야생화 사이를 갖가지 화려한 색깔의 호랑나비 떼가 너울너울 춤추고 있었다. 김영갑 선생의 넋인가 싶어 한참 동안 눈길을 떼지 못했다. 그가 맞았을 바람이 내 온몸을 휘날릴 듯 거세게 불었지만 좀처럼 내려오고 싶지 않았다.

다시 만나기

몇 달 전, 지인 여럿을 다시 만났다. 서로 살아있음의 기쁨을 나누는 사이 어떤 삶을 살아왔는지가 그 모습에서 대략 드러났다. 오랜만에 다시 보는 책이나 영화, 풍경에서 새로운 의미를 깨닫거나 예전에 미처 느끼지 못했던 감정이 되살아났을 때의 즐거움도 적지 않지만, 그리운 사람을 만나 긴 세월 겪어온 이야기를 나누고 서로를 격려하는 행복에 비기랴! 근래에 만난 초등학교 동창들 모임이 그렇다. 요즘 들어 지금 만나는 누군가는 어쩌면 다시 보기 어려울지도 모른다는 생각을 할 때가 있다. 그렇기에 한 사람 한 사람 만날 때마다 모두가 소중하게 다가오고 이왕이면 서로를 좋은 기억으로 남기고 싶다.

그동안 사람을 많이 대하다 보니 사람을 보는 관점에도 변화가 있어, 전에는 찾지 못했던 장점을 발견하게 되는 수가 많다. 지난날 나와 불편했던 사람, 서먹했던 누군가와 다시 만나면 훌훌 털어버리고 따뜻한 악수를 나눌 것이다. 내가 걷는 길을 밝게 비춰준 고마운 사람들, 난관 속에서 힘을 보태준 지인들을 하나라도 더 만나보고 싶다.

〈무도회의 수첩(Un Carnet de Bal)〉이라는 옛 프랑스 영화는, 여주인공이 묵은 수첩에 적힌 옛날 자기의 무도 파트너를 찾아가는 추억 여행이다. 젊고 전도유망하던 남자들이 가지가지의 모습으로 변해서 살고 있음에, 여주인공은 인생의 허무와 세월의 불가항력, 예측할 수 없는 인간의 운명을 느낀다. 영어판 제목을 〈인생은 춤(Dance of Life)〉이라 붙여놓았다. 인생은 한 판의 춤인가?

작곡가들도 되풀이하고 싶은 대목에서 도돌이표를 쓴다. 인생의 도돌이표는 축복이다. 시간이 흐를수록 인생은 풍요로워진다.

제6부

우리는 섬이 아니다

도예가 김기철 선생님 부부

그리운 사람들을
이따금이라도

-박명성 선생님

1. 추억의 순간들

사진 한 장을 들여다보고 있다. 고등학교 동창 몇이서 우리들이 사랑하는 선생님을 모시고 숲속 나들이를 갔을 때 찍은 것이다. 오십 대 중반의 여인들이 소풍 나온 소녀들처럼 환하게 웃고 있다. 순도 100퍼센트의 맑은 웃음이 오랜 시간 동결된 채 사진 속에 갇혀 있다가 내가 바라보는 순간 다시 터져 나온다. 오월의 숲은 온통 초록이다. 연둣빛 어린잎들은 제 몸에 닿은 햇살에 자지러지고, 산새들은 쉴 새 없이 지저귄다. 마치 초록색의 갖가지 스펙트럼을 읊어내듯이.

우리 일행이 산길을 오르다가, 내려오던 젊은 여인들과 마주치게 되었다. 여인들은 밝게 인사를 건네었다.

"어머님 모시고 오셨나 봐요?"

우리는 합창을 하듯 말하며 자랑삼아 덧붙였다.

"우리 고등학교 때 선생님이세요. 아, 그리고 시인이세요."

"어쩌면 고등학교 선생님을 지금까지!"

여인들은 선생님을 향해 고개를 숙여 인사를 드렸다. 어떤 이는 사 뭇 부러운 듯, 어떤 이는 감동한 듯 눈물까지 글썽이면서 우리들을 바 라보았다.

그런 지도 벌써 20여 년이 흘렀다. 이제 선생님은 파킨슨병으로 고 생하며 당신 인생의 12월에 가까워진다. 선생님께서 건강하실 때, 선 생님 뵈러 갈 때면 우리들은 미리부터 행복했다. 우리는 늘 선생님께 브이브이아이피(VVIP)였으니까. 선생님께서는 언제나 즐거운 계획을 준비해 놓고 우리를 기다리시곤 했다. 선생님 댁에는 오랜 외국 생활 을 하며 모은 소소한 물건들이 많았다. 가령 아프리카의 말린 열매를 손수 꿰어 만드신 목걸이나 팔찌, 혹은 어느 벼룩시장에서 찾아낸 깜 찍하게 생긴 부채나 꽃병 등 선생님은 가끔 그 물건들에 번호를 매겨 놓고 우리에게 제비뽑기를 시키고는 같은 번호의 물건을 갖게 하셨 다. 누가 무얼 갖게 되는지보다 놀이 그 자체가 재미있어서 웃음바다 를 이루곤 했었다.

선생님께서 외교관 남편 따라 홍콩에 나가 계실 때 우리들 여섯 명 이 다녀온 적이 있다. 우리는 선생님으로부터 가히 국빈(國賓) 대접을 받았다. 그곳 외국 공관들이 있는 자댕(Jardin) 거리의 하얀색 관저 안에 서 우리 선생님은 초로의 우아한 귀부인이셨다. 헤어질 때, 한 사람씩 우리를 얼싸안고 뺨을 비비며 작별을 아쉬워하시던 선생님의 사랑은 오늘도 우리들 가슴속에 그대로 따뜻하다.

이제는 10여 년의 투병으로 쇠약해지신 선생님을 뵙는 일이 가장 어려운 일이 되었다. 문병을 가도, 병원이 아닌 선생님 댁으로 갈 때가 훨씬 좋았다. 친구들과 함께 가서 선생님을 제일 즐겁게 해드리는 방법은 다 같이 합창을 하는 것이었다. 선생님이 젊은 날 즐겨 부르셨다는 〈댄서의 순정〉에서부터 〈만남〉이 이어진다. 누가 일어나 살짝 몸을 흔들어 댄서의 몸짓이라도 하면 선생님은 어린애같이 좋아하셨다. 또 문학 얘기를 화제로 삼을 때면 저절로 기운이 나시는지 정신이 또렷해지셨다. 앞으로는 선생님을 뵈러 병원으로만 가야하고 그나마 허락된 면회 시간도 점점 짧아져 가고 있다.

간병인의 눈짓에 우리는 일어서야 한다. 마치 갓난아기 떼어놓고 오는 어미 마음이 되어서. 아쉬움에 친구들과 약속한다. '우리 곧 다시 오자'고. 선생님을 뵙고 올 때마다 사람의 한평생을 생각한다. 누구나 생로병사의 수순을 거친다고 하지만, 느닷없이 찾아오는 불청객 '병'의 단계에선 예측을 불허한다. 영국의 토마스 칼라일(Thomas Carlyle)은 그의 시에서 '삶이란 햇볕 따스한 해변에 떠서 녹고 있는 얼음판'이라고 했다.

선생님께서도 '병상 일기'를 시로 써놓으셨다.

사람은 왜 늙어 가는가?
늙어가며 이리저리 망가져 가는가?
우리는 이 훼손을 수용하고 인내하며
무덤까지 떠메고 가야 한다.

(중략)

우리의 지식은 언제나 냉엄한 한계에 부딪힌다.

그 앞을 잘 모르면서,

그러나 미지에의 희망과 소생의 꿈을 안고

새날의 삶에 뛰어들 뿐이다.

건강하실 때 하시던 말씀이 떠오른다. 프랑스의 시인 말라르메가 말년에 이르러 "아, 육체는 슬프다. 나, 수만 권의 책을 읽었건만!"이라고 했다는 이야기를 들려주셨고, 또 누군가에 대해 얘기하시다가 "한 사람의 일생의 공적이 그의 말로와 일치하지 않는 것이 참 불가해한 일이다."라고도 하셨다. 그 말씀이 당신의 미래를 예견한 듯해서 더욱 가슴이 아프다.

참으로 천지불인(不仁)이요, 자연은 친소(親疎)가 없다고 하더니, 뉘라서 생로병사를 피해갈 것인가! 공식도 정답도 없는 생의 한 가운데에서 미약한 우리는 속수무책일 뿐이다.

2. 그리운 선생님

우리가 고3 때, 처음 교편생활을 시작하신 선생님은 국어과 교사로 우리 반 담임을 맡아 주셨다. 젊고 열정적인 데다가 시인의 풍부한 감수성을 가지신 선생님과의 수업은 우리에겐 행운이었다. 칠판 글씨체가 유려했고, 말씀도 언제나 정확하고 또렷했다. 언뜻 이지적이고 냉정해 보였지만 가슴은 뜨거운 인간애로 가득한 분이어서 어려운 제자들에게 결코 무심치 않으셨다. 문학 작품이나 문학가들 이야기를 자주 들려주셨는데, 특히 '톨스토이 할아버지(선생님은 꼭 이렇게 부르셨다)' 작품 이야기해 주실 때의 고조된 음성은 아직도 귓전에 생생하다.

외국에 나가 계실 때에는, 편지며 카드 써서 부치고 답장받는 행복도 컸다. 선생님이 보내주신 30여 년 전의 육필 편지를 꺼내어 보며 또 하나의 그리움을 읽는다.

조경에게

그리운 사람들을 이따금이라도 만나 볼 수 있는 거리에 산다는 일이 얼마나 행복한가. 멀리 바다와 산을 넘어 사랑하는 제자의 정성어린 카드를 받아 읽는 일이…… 또 한 살 나이를 더 먹고 나의 과거의 무게가 그 한 살만큼이라도 더 충실해지는 일이…… 모든 일에 애정을 가지는 일이, 아름다운 것들을 찬양하는 일이 얼마나 얼마나 행복한가! (하략)

—1985. 12. 23 워싱턴에서 박명성

고국에 돌아오신 다음부터는 자주 찾아뵈면서 이것저것 여쭙곤 했는데 그럴 때마다 이런 말씀을 하시곤 했다.

"너와 내가 주고받는 말이 줄탁동시(啐啄同時)로구나."

사람은 만남으로 자란다고, 이제까지 나의 정신세계에 선생님이 주신 자양분이 크다. 선생님과 통화를 할 때면 나는 늘 속기할 준비가 되어 있었다. 한 말씀이라도 놓치고 싶지 않아서다. 어느 날의 노트에는 이렇게 적어 놓았다.

"부처님의 가르침인 팔정도의 제 일이 정견(正見) 아니니? 릴케도 '우리는 보는 법을 배워야 한다'고 말한 걸 보면 진리에는 동서양이 없구나."

늘 '깨어 있는 자'가 되자 하셨고 삶에서 진·선·미를 실현하자고 일깨우셨다.

졸업한 지 반세기가 넘도록 가르침을 주시는 선생님이 계셔서 우리들은 행복하다. 우리들의 한결같은 사랑과 존경을 받고 계신 선생님 또한 행복한 스승이시다. 그중에도 친구 H는 어느 딸이나 어느 며느리가 못 따를 만큼 선생님을 지성껏 공경해 오고 있어 고맙기 그지없다.

삼 년 전에는 병상에 계신 선생님의 팔순을 기념하여 글 잘 쓰는 친구 둘이 서둘러, 선생님 일생 동안 낸 시집들 중에서 뽑아 시선집을 묶어 드렸다. 『바보 눈썹』이라는 제목의 책을 받아 드신 선생님의 야윈 얼굴에 기쁨이 가득하셨다.

선생님은 다섯 살에 어머님을 여의었고 여형제도 따님도 없다. 또 30여 년 외국에서 생활하셨으므로 친구들과 교류도 많지 않았다. 선생님의 평생은 '그리움과 외로움'의 외줄타기였을 것이다. 긴 외국 생활에서 고국에 대한 그리움은 시 「모국어」에 오롯이 새겨져 있다.

모국어는 내가 죽도록 경작할 토지이다.
모국어는 나를 길러준 아버지요 어머니이다.
내 존재의 본향이며 그 시작이요 끝이다.

— 박명성의 「모국어」 중에서

3. 끝까지 존엄을

선생님은 『모리와 함께한 화요일』의 주인공 모리 교수를 특별히 좋아하셨다. 그에 관한 시를 써 놓으신 게 지금 선생님의 상황이 되리라고는 누구도 짐작하지 못했던 일이다.

> 너무 빨리 떠나지 말고 너무 늦게 매달려 있지도 말라.
> 그렇습니다.
> 떠나려는 시간과 끊어지는 시간이 적절히 맞추어지기를 바랄 뿐입니다.
> 풍랑의 인생을 복역하는 땅에 아, 복역하는 이 땅에
> 끝까지 끝까지 품위와 존엄을 지키다 가신 사람
> 당신이 입버릇처럼 외던 시 한 줄
> "우리는 서로 사랑하지 않으면 멸망한다."
> 최악의 상황에서 최선의 삶을 살다 가신 사람, 모리 선생이시여!
> ─박명성, 「모리 선생의 아포리즘」 중에서

언젠가 주말 오후에 선생님을 뵈러 갔다. 간병인들마저 썰물처럼 빠져나간 요양원은 적막했다. 선생님이 계셔야 할 병상이 비어 있었다. 가슴이 철렁했다. 찾아다닌 끝에 복도 맨 끝 유리창 안쪽으로 노부부의 실루엣이 보였다. 그곳은 체력 단련실이었고 그 덩그런 공간에 우리 선생님 내외분, 단 두 분만이 계셨다. 가녀린 선생님의 몸은 커다란 기계에 벨트로 고정되어 있어 혼자 설 수 없는 선생님을 위한 장치

인 듯했다. 남편께서 시중을 들고 계시는 중이었다. 부부만 남는구나! 그 광경이 너무나 애틋해서 차라리 가슴 저리게 아름다웠다. 병실로 돌아와 아내를 조심스레 병상으로 옮겨 드리는 움직임에서 아내에 대한 극진한 애정이 묻어났다.

"어서 낫자. 그래서 당신 좋아하는 일본 여행 가야지?"

남편께선 다정하게 마나님에게 희망의 말씀을 건네셨다. 그 어조가 어찌나 간곡하시던지 나도 모르게 눈물이 핑 돌았다. 선생님을 버티게 하는 힘은 남편의 저 지극한 정성일 것이다. 나는 가져간 선생님 시집에서 시 몇 편을 읽어 드리고, 예전에 선생님이 써주신 글도 읽어 드렸다.

"행복하다!"

선생님은 웃음과 울음이 뒤섞인 어조가 되셨다.

그날 쉬이 돌아서지지 않는 발걸음을 떼며 나는 간절히 기원했다. 부디 선생님 바람대로 떠나려는 시간과 끊어지는 시간이 일치하기를, 모리 선생님처럼 끝까지 끝까지 존엄을 지키다 가시기를.

20년 전 오월의 숲속에서 환하게 웃고 계신 사진 속 선생님과 눈을 맞춘다. 순간, 선생님께서 언젠가 보내주신 편지 한 구절이 가슴에 와 박힌다.

'그리운 사람들을 이따금이라도 만나볼 수 있는 거리에 산다는 일이 얼마나 행복한가.'

큰 나무 그늘

곤지암을 향하는 우리는 마치 고향이라도 찾아가는 것처럼 들떴다. 무조건 반겨주는 사람이 있는 곳, 즐거운 이야기와 웃음이 기대되는 곳, 그리고 맛있는 밥이 있는 곳, 그곳이 지헌 김기철 선생님의 보원요(寶元窯)이다. 선생님은 만날 때마다 혹은 통화할 때마다 늘 말씀하신다.

"우리 집에 밥 잡수러 한번 오세요. 맛이 괜찮아요."

자화자찬하는 팔불출이라고 너털웃음을 터뜨리시지만, 진짜로 선생님 댁의 밥은 최고다. 농약도 안 치고 밭고랑에 멀칭도 안 하고 옛날 방식대로 당신께서 손수 가꾸신 식재료만을 쓰는 데다 사모님 조남숙 여사께선 가장 전통적인 방식의 요리법을 고수하신다. 특히 각종 김치나 된장, 고추장, 간장의 풍미가 그만이다. 무슨 음식이든 입에 넣는 순간, 아! 이 맛, 하면서 어머니의 밥상이 있었던 고향으로 돌아가는 듯하다.

차창 밖으론 화사한 봄꽃들이 바람에 난분분하고 숲속 가득 나부끼는 어린 잎들이 금방 세수한 아이처럼 해사하다. 오월의 바람과 향기 속을 달려 이윽고 눈에 익은 산 초입에 차를 세웠다.

산 아래 2층짜리 돌집 한 채가 운치 있게 들어앉아 있고 담장도 없는 흙마당에 비질 자국이 곱다. 그 집을 중심으로 비스듬한 경사를 이룬 주변 산자락이 온통 다 정원이다. 두루뭉술 솟은 곳은 솟은 대로 움푹 팬 곳은 패인 대로 다듬지 않은 비탈에는 전지 같은 건 한 번도 당해보지 않은 나무들이 아무렇게나 편안하게 자리 잡고 가지를 맘껏 펼치고 있다. 꽃 필 나무면 꽃을 피우고 잎 틔울 나무면 잎을 틔우면서 저마다 당당해 보인다. 그 사이로 맘대로 쌓은 듯한 돌탑이 듬성듬성 서 있고, 절구만 한 돌덩이나 퇴색한 나무 둥치에 선생님의 도예품들이 의젓하게 올라앉아 있는데, 비바람에 바래어 마치 그 땅에서 솟아오른 듯 천연덕스럽다. 돌탑에는 푸르고 검고 흰 이끼 화석이 창연하게 피었다.

이 모든 것이 요행이나 남의 도움을 바라는 바 없이, 맨손으로 의지와 정성을 쏟아 40년 가까이 이루어내신 선생님 내외분의 작품이다.

저만치서 두 분이 만면에 웃음을 띠며 흐벅진 봄꽃 사이로 마중을 나오신다.

"아이구, 이렇게 귀한 분들이 이런 누추한 곳을 찾아주시니 뭐, 몸 둘 바를 모르겠습니다."

구수하고 익살스럽고 능청스럽고, 그래서 더욱 편하고 정겨운 선생님의 인사법이다. 누구는 달려가서 선생님을 끌어안고 누구는 사모님의 손을 부여잡으며 깔깔대고 한바탕 소란을 피운 뒤 이층으로 오른다. 너른 전시실 옆에는 소박한 방 두 칸이 딸려 있다. 그중 하나를 접객실로 쓰는데, 우리는 전시실 감상은 아껴두고 우선 접객실로 들어가 방석을 하나씩 차지하고 앉는다. 이제부터 선생님은 아주 구수하고 향기로운 보이차를 손수 우려주실 것이고, 차보다 더 그윽하게 곰삭은 이야기를 들려주실 것이다. 창호 문 사이로 들이친 햇살은 방바닥에 보자기만 하게 빛 무늬를 그리고, 큰 항아리에는 천장에 닿도록 풍성하게 꽂힌 진달래가 흐드러졌다.

찻물 따르는 소리는 창밖의 새소리 바람 소리와 어우러진다. 앞앞이 당신이 빚은 찻잔에 향기롭고 따뜻한 차를 따라 주신다. 이 찻물을 마시면 선생님의 예술성을 조금이라도 닮을 수 있으려나, 엉뚱한 생각이 스친다. 하긴 선생님께서 우리를 아끼고 불러주는 마음만으로도 감지덕지하다. 이런 어른이 우리 곁에 계신 것이 얼마나 축복인가 싶다.

선생님 곁에는 단아한 자태의 조남숙 여사가 얌전히 앉아서 내내 미소를 짓고 있다. 그 모습에서 남편에 대한 깊은 신뢰와 존경을 읽을 수 있다. 이런 노부부의 모습이 참으로 아름답다.

선생님 특유의 거침없는 어법(語法)에 의해 세상의 풍경들은 가차 없이 발가벗겨진다. 우리는 카타르시스를 느끼며 박장대소한다. 교언(巧言)과 허사(虛辭)가 넘쳐나는 세상에서 그 솔직하고 용기 있는 발언에 나는 연신 박수를 친다. 스스로 당당하고 가슴이 따뜻한 사람만이 남에게 정직하게 말할 수 있다고 본다.

오늘의 화제는 우리말의 아름다운 묘미에서 시작해, 자연히 그 압축인 시(詩)로 넘어갔다. 선생님께서 가장 좋아하는 애송시는 조지훈의 「승무(僧舞)」라고 하셨다. 한번 들려달라는 우리의 청에 선생님은 흔쾌히 그 긴 시 전문을 읊어서 우리의 박수를 받았다.

아낌없는 박수로 신명이 나신 선생님, 그만하기 아쉬우셨던지 한 수 더, 승무의 분위기와 대조되는 시로 이육사의 「청포도」를 들 수 있다며 또 읊어주었다. 우리는 더듬거리며 처음 몇 줄은 따라 외웠는데, 끝까지 한 자도 안 틀리고 다 읊어내는 건 선생님 혼자였다.

이어서 노랫말이 아름답기로는 정지용의 시 「향수」가 아니냐는 말씀에 다 같이 합창을 했고, 선생님은 애창곡이라며 〈고향의 노래〉를 정감 넘치게 완창하셨다.

함께 갔던 이 교무님도, 안 선생님도 보통 노래 실력이 아닌지라, 몇 곡씩 가사가 아름다운 노래를 불러 분위기를 돋우었다.

이윽고 조남숙 여사께서 밥상을 차리겠다고 일어선다. 나도 얼른 따라 나와 전시실로 향한다. 큰 작품에서부터 자그마한 소품 하나하나까지 모두가 범상치 않다. 금강송 몸피처럼, 잘 익은 가을 호박처럼 발그레한 빛을 은은하게 머금은 도자기들, 연잎을 닮은 곡선들은 우아하고, 연잎에 깜찍하게 올라앉은 청개구리는 해학적이다. 꽁지를 치켜든 기러기 연적에는 풍자가 있고 큰 백자 항아리에 범접지 못할 위엄이 서려 있다. 모든 작품들이 숨을 쉬며 피돌기를 하는, 그대로 생명체인 듯하다. 오늘따라 유난히 그중 한 항아리가 내 눈길을 오래 붙든다. 보고 있는 동안 전율에 가까운 극치감이 온다. 이것을 빚으며 불을 때며 바쳤을 선생님의 순정(純正)한 정신과 만나고 있다는 생각이 들었다.

선생님의 첫 전시 때, 당시 최순우 국립박물관장이 오셔서 작품 하나하나 앞에 서서 예를 표하더라는 일화를 들은 적이 있다. 대영제국박물관, 로마교황청, 시카고박물관 등 세계 도처 유명 박물관에 그리고 우리나라에도 국립현대미술관, 청와대에 선생님의 작품이 소장되어 있다고 한다.

와아, 접객실에서 웃음이 터져 나온다. 꿈에서 깨어나 그쪽으로 향하는데 일행이 방을 나선다. 선생께서 성큼성큼 계단을 앞서 내려가며 소리치신다.

"너무 떠들어서 배고프지요? 반찬이 없어서 이렇게 시간을 끈 거예요. 시장이 반찬이라잖아요."

밥은 선생님의 살림집에서 먹는다. 거실에 차려진 밥상은 우리 어릴 적 먹던 앉은뱅이 둥근상이어서 더욱 푸근하다. 자리에 앉으며 일시에 터져나오는 탄성, 반찬이 없긴, 된장에 지진 무청, 집에서 만든 도토리묵, 고추장 더덕구이, 금방 따온 두릅, 취나물, 고사리, 도라지…, 그것도 수북수북 담아 내온 푸짐한 모양새에 마음이 먼저 배부르다. 채소 한 입을 씹어도 그 향취와 질감이 다르다. 이 댁 밥상 앞에서는 그 누구도 절제의 미덕은 깜빡 잊고, 제 스스로 탐식을 용서하고야 만다.

선생님은 젊은 시절 영어 교사로 재직하며 번역 일을 하셨는데 흙이 마냥 좋아서, 틈틈이 농사짓고 꽃나무 기르기에도 열중했다고 한다. 그러다가 40대에, 아무래도 흙을 만지며 살기로 하고 도예의 길로 접어들었다니 놀랍기만 하다. 어떻게 자신의 숨은 재능을 알아보고, 그런 과단성 있는 결기를 세우셨을까. 아니, 선생님의 재능을 알아본 사람은 선생 자신보다 여사일지도 모른다. 아내가 안정된 생활이 깨지는 것을 두려워했다면 그런 결단을 내리기 쉽지 않았을 텐데, 아무래도 조남숙 여사의 지극한 응원이 큰 몫을 했지 싶다. 여사께선 서울에서 교직 생활을 하며 삼 남매를 키웠고, 주말마다 선생의 작업장인 이곳 곤지암을 오가며 작업을 도왔고, 학교를 그만둔 후에야 이곳으로 합류했다고 한다. 지금 이곳을 찾는 이들은, 선생님의 작품에서 높고 고상한 예술의 향기를 흠뻑 맡은 후에, 여사가 차려주는 밥으로 원초의 행복 또한 만끽한다. 그 밥은 육신의 배고픔에 더하여 정신의 허기까지도 채워주는, 고향 같은 힘이 있다. 선생님이, '우리 집 밥이 세상에서 가장 맛있어요'라고 말씀하시는 것은 결국 아내에 대한 지극한 사랑과 존경의 표현이리라.

선생님은 탁월한 도예 작품을 빚으셨고, 조남숙 여사는 바로 그 탁월한 도예가를 빚어낸 분이다. 식사를 마친 우리는 다시 전시실로 향한다. 보원요 방문객은 이것이 기본 코스다. 전시실 마당으로 나무 그늘이 그득하게 내려앉았다.

지난 4월 하순, 가마에 불 넣던 날에 이 마당에 멍석을 여러 장 깔았었다. 봄날 전국 곳곳에서 모여든 사람들은 어둠이 내려앉으려는 저녁, 꽃향기 은은한 마당에 멍석 깔고 옹기종기 앉아 조남숙 여사의 그 맛난 음식과 팔도에서 선생님의 팬들이 가져온 산해진미를 여한 없이 먹었다. 선생님은 해마다 가마에 불 때는 날이면 잔치를 베푸신다. 몇 년 전까지만 해도 천여 명씩이나 모여들었고 민속놀이 마당을 벌였다. 김덕수 사물놀이패, 송파산대놀이, 김금화 굿, 공옥진 곱사춤 등이 이 마당에서 펼쳐졌다. 우리 것을 찾아 기리고 보여주려는 선생님의 우리 문화 사랑이다.

뜰 안의 온갖 꽃나무들도 우리의 토종들이다. 그날은 백여 명의 지인들이 조촐하게 모였다. 용가마에는 새벽 3시에 이미 불이 지펴졌고, 우리가 도착한 해거름에 가마 옆구리에 장작을 쟁여 넣고 있었다. 거대한 용의 허리는 불을 머금고 투명하게 이글거렸고 굴뚝에서는 검은 연기가 흑룡인 듯 기세 좋게 용트림하며 승천하고 있었다.

나는 가마 머리로 가서 절하며 빌었다. 가마 안에 안치된, 선생님의 꿈과 땀이 깃든 흙 그릇들이 고귀한 도자기들로 거듭나기를. 선생님이 쓰신 책 『흙장난』에 '나의 흙장난은 결국 흙과 물과 불의 조화로 영구불변한 하나의 생명체로 태어나는 것이 궁극적인 꿈'이라고 했다. 또 한 차례 그 꿈이 익어가고 있다. 거기 모인 모두가 한마음으로 축원하고 있었을 것이다. '지헌 선생님, 오래오래 건강하셔서 좋은 작품 많이 만들어 내시기를, 그래서 계속 이런 아름다운 자리에 불러주시기를.' 그리고 이미 어둑해진 마당에 가마의 불기운을 느끼며 연기가 힘차게 솟구치는 걸 보면서 제각기 쌓아온 선생님과의 인연을 서로 이야기하며 인사를 나누었다.

다시 전시실에 모인 우리는 차를 우려주시는 선생님 곁에 둘러앉는다. 팔순이 넘은 연세에도 훤칠하고 곧은 체격, 삭발한 머리, 흰 수염, 혈색 좋은 피부, 아무리 봐도 선생님의 풍채는 속인이 아닌 듯하다. 조남숙 여사의 저 인자한 미소도 중생의 미소와는 정말 다르게 보인다.

사람이 멋지게 산다는 건 어떤 걸까? 가치관에 따라 다르겠으나, 멋진 분으로 나는 서슴지 않고 선생님 내외분을 첫손에 꼽는다. 빼어난 솜씨와 격조 높은 안목으로 이루신 예술적 성과야 말할 것도 없지만,

그것을 이루어낸 그 열정과 근면함과 검박하심과 부부간의 신뢰가 못지않게 아름답다. 또 있다. 누구에게나 늘 베풀어주시는 마음, 그 후덕함과 푸근함이 참으로 아름답다.

이제 아쉬운 작별을 고해야 할 시간, 마당으로 나서는데 선생님께서 마당 한가운데 키 큰 참나무를 올려다본다.

"이 나무에서 해마다 도토리 댓 말은 거뜬히 나와요. 허허허! 묵을 쑤어서 나누어 먹지요."

조남숙 여사가 예의 그 다소곳한 미소를 머금고 선생님 옆에 서서 고개를 끄덕인다. 두 분 모습, 오래 간직하고 싶다. '찰칵', 셔터를 누른다.

설핏해진 햇살을 머리에 이고 선 참나무 고목이 지그시 내려다보며 여린 이파리를 살랑댄다. 나이 들었으나 늙지 않았다. 그 큰 나무는 보원요 지킴이인 듯, 선생님 내외와 함께 살아가는 든든한 벗인 듯 의젓한 위용을 보인다. 곤지암의 보원요, 그 꽃피는 산골에 큰 나무 그늘이 넓고도 짙다.

길게 보세요

몇 년 전 가을, 대학 동기 모임 날이었다. 해를 거듭하면서 참석 회원은 하나둘 줄어들고 있다. 20대 학창 시절에는 내외하느라 서로 말도 안 나누던 우리였다. 게다가 살기 어렵던 그 시절, 우리들 대부분은 강의 끝나면 바로 아르바이트 하러 가기 바빴다. 4년 동안을 서로 알지도 못했고 알려는 마음도 못 내었다. 나이 들어 여유가 생기니 매달 만남이 이어지고 우정이 꽤 끈끈해졌다. 우리 여학생(또 한 친구는 보스턴에 산다.) 두 사람은 가끔 말하며 깔깔 웃는다.

"다들 이렇게 괜찮은 사람인 걸 아는 데 수십 년이 걸렸구나."

웬만하면 기어이 출석하자는 게 우리 사이의 불문율이 된 지 오래다. 나는 파리로의 출국을 며칠 앞두고 있었다. 아마추어 화가인 내가 파리에서 과분한 전시를 계획해 놓았으니 벅찬 중압감이 왔다. 친구들 만나 기분도 바꿀 겸 인사도 하고 싶었다. 우리 모임을 잘 이끌어주는 R회장이 발표를 했다.

"곧 해외 전시를 앞두고 있는 이 회원의 장도를 축하하며 양란 한 분을 보내기로 했습니다."

"같이 가서 박수쳐 주고 싶은데, 우리들 환송으로 힘내서 좋은 성과 이루고 와요."

한마디씩 하면서 터뜨리는 박수 소리 중간에 내가 벌떡 일어섰다.

"아니, 마음만 받아도 충분한데……. 더구나 나도 없는 빈집에 웬 꽃이에요?"

회장은 바로 내 말을 받았다.

"어이구~ 길게 봐야지. 다 끝나고 와봐요. 이 꽃이 반겨줄 거요."

얼핏 드는 내 생각으로 빈집에 꽃이 무슨 소용이냐 싶기도 했지만, 공금이 나에게 쓰인다는 부담감이 더 컸다. 내 말에 회장이 그 뜻을 철회할 리도 없었다. 오히려 언제 출국하는지 그 전날이라도 화분을 도착시키겠노라 했다. 나는 마음이 불편해져서 속으로 구시렁거렸다. '참, 생각도 어찌 이리 다를까. 누구 보라고 빈집에 꽃이라니!'

출국을 이틀 앞둔 날, 꽃 화분이 왔다. 진분홍의 화사함이 대문간을 가득 채웠다. 어찌 알고 내가 좋아하는 진달래 핑크색 양란, 만천홍이 면사포 쓴 신부마냥 고운 종이를 쓰고 왔다. 안고 들어오며 자세히 보니 다닥다닥 붙어 있는 꽃봉오리들이 피어난 꽃들보다 훨씬 많았다. 두 갈래로 늘어진 리본에 덕담이 가득하게 쓰여진 채로. 보낸 이들에게 고마워서, 화분을 거실 탁자 위에 모시듯이 앉혀놓았다. 그리고는 안쓰러운 마음으로 중얼거렸다.

'안됐구나. 봐줄 사람도 없는 집에 혼자 있겠네.'

집을 비워둔 지 20여 일도 더 지나 돌아온 날, 시간은 하필 어두움이 어둑어둑 내리덮이는 저녁 무렵이어서 집안은 더욱 가라앉아 있었다. 그 적막 속에 내가 들어섰을 때 나는 비로소 평소에는 전혀 느끼지 않았던 쓸쓸함에 몸을 떨었다. '다들 어디 가셨나? 나 왔어요, 엄마 왔다~'고 소리칠 뻔했다. 시끌벅적하게 나를 환영해 주는 이 아무도 없다니. 방방마다 문을 활짝 열어볼까 혹시 내 기척을 못 들었나. 외국에서 돌아와 빈집에 들어설 때마다, 그제서야 철든 사람처럼 내가 혼자라는 사실에 놀라 당황한다. 예전 같으면 남편이나 아들딸이 나를 얼싸안고 등 두드려주고, 반가움 가득한 말들을 나누기 바쁜 순간이었을 게다. 나는 젊은 날에도, 혼자인 아직도 별명이 철녀(鐵女) 씨인 줄 알고 있는데, 그 꿋꿋함은 어디로 가고 겨우 잠시의 허전함에 심약해지다니! 사람 온기 없던 집안은 초가을인데도 한기가 느껴졌다.

집안을 한 바퀴 둘러보던 내 눈길이 한 군데에서 멎었다. 아니, 자석처럼 내 시선을 확 끌어당긴 게 있었다. 환한 빛의 덩어리, 양란 화분의 꽃들이 한창 만개를 하고 보란 듯이 당당하게 웃고 있었다. R회장은 옳았다. 이거였구나! 나를 반겨주는 이 화분 하나는 하나가 아니었다. 내 동문들 모두였다. 일당 열두 명! 그들의 깊은 마음에 눈물이 핑 돌았다. 객지로 나가 개인 전시하느라 애쓰고 돌아온 나를, 이 꽃이 있어 위무해 주는구나. 나는 짐 풀 생각도 잊은 채 한참이나 양란 앞에 서서, 가슴 그득하게 따뜻하고 환한 무언가를 껴안았다.

내 집에 양란이 온 지 꼭 넉 달이 되었다. 이제는 잎사귀는 그대로지만, 만발했던 꽃들은 다 져버리고 네 줄기의 꽃대만이 남아 있다. 볼품없는 모양새가 나이 든 내 모습을 닮아간다. 더이상 안 보고 싶어졌다. 그러다 퍼뜩, 그건 보내준 사람들에게 예의가 아니라는 생각이 들었다. 살아있는 한 끝까지 보듬어 주어야지. 늘 해온 대로 보살피며 물을 주던 어느 날, 유난히 내 눈길이 꽃대를 자세히 훑었다. 세상에~ 어쩔 뻔했나. 꽃대인 줄기 끝마다 크기도 색깔도 꼭 팥알만 한 것들이 두세 개씩 오밀조밀 돋아나 있었다. 그건 꽃망울들이었다. 장하구나! 중얼거리며 나도 모르게 바싹 가까이에다 대고 박수를 쳤다. 마지막 남은 열정을 뿜어내려는 모양이다. 한 생의 완전연소가 이런 것이 아니겠나. '나의 노년은 피어나는 꽃입니다. 몸은 이지러져도 마음은 차오릅니다.' 문득 누군가의 말이 떠올랐다.

　지금 내 눈앞에서 노년의 양란이 계속 꽃으로 피어나고 있다.

옛날을 만나다

문자가 왔다.

"우리 서로 알아볼 수 있을까요?"

바로 이어서 한 마디 덧붙였다.

"따져보니 50년 만이라서……."

나도 그건 미지수이다. 나를 비추어보아서 상대방도 많이 변했을지도 모르니까. 나부터 예전엔 안 쓰던 안경을 썼고, 머리칼은 희끗하고 체형도 달라져 보일 게다. 젊음이 한창이던 그 시절의 생기도 사라지고 없으니 몰라보기 십상이다. 그래도 속으로 바란다. 내가 좋아하던 그의 모습은 여전하기를, 희고 매끄럽던 그 얼굴이 오랜 객지 생활에 많이 풍화되지 않았기를.

순을 만나기로 한 날, 도저히 차분하게 시간에 맞출 수가 없었다. 약속 시간보다 훨씬 일찍 도착했다. 유리문 안쪽 대기실에 서너 명의 여인들이 보인다. 잠시 후 그중 한 사람이 내 쪽으로 구르듯이 달려 나온다. 아~! 순이다. 마주 튀어나간 나는 그와 얼싸안았다. 50년 가두어 두었던 우정을 단 한 번 포옹으로 모조리 전하고 싶은 사람들처럼. 말 없는 시간이 흐르고 좀 진정이 된 듯 순이 입을 열었다.

"이렇게 대번에 알아볼 걸 괜한 걱정을 했네요! 그런데 어떻게……별로 안 변하셨어요."

그럴 리는 없다. 우린 둘 다 팔십을 코앞에 둔 나이에 걸맞게 잔주름이 자글거린다. 그런데도 그 속에 예전 모습이 다 보인 거다. 오랜 세월 문득문득 그립고 아쉽던 모습이 눈앞에 있다. 꿈만 같은 이 만남이 신기하고 대견해서 내가 한마디 했다.

"이렇게 둘이 다 건강한 모습으로 만나다니……. 긴 시간을 각자 살아내고! 우리 참 장한 거죠!?"

우리는 20대 후반, 대학 졸업한 직후 교직에 있던 5년 간 동료 교사로서 제일 친하게 지냈다. 당시 그 학교에는 여교사들이 많이 있었는데 분위기가 거의 가족적이었다. 그중에서도 우리 두 사람은 지음(知音)이었다. 횡적(橫的)으로 유대감이 좋으니 직장생활은 훨씬 즐거웠다. 내 친정집에서의 거리가 만만치 않아도 나는 출퇴근길이 힘든 줄을 몰랐다. 학교에는 순이 있으니까. 그는 생물 교사였고 나는 영어를 가르쳤다. 무엇이 두 사람을 각별하게 친하게 하는가. 사람과 사람 사이가 가까워지는 건 어떤 끌림에서일까. 그것이 우리의 성향이건, 공통점이건 무언가가 남달리 서로를 믿고 의지하고 좋아하게 했다.

그 무렵의 우리 둘은 비슷한 고충이 있었고 그 속내를 다 털어놓으면 마음이 더 통했다. 우린 비록 젊고 미래는 가능성으로 가득 찬 듯했으나 장래에 대한 막연한 회의(懷疑)도 있었다. 둘이 다 맏딸이어서 그 무게감도 공감이 되었고 결혼 적령기의 우리를 부모님이 걱정하고 계시는 것도 같았다. 때로는 사람들이 학부모인 척 찾아와서 실은 선을 보고 간 것까지도 우리의 화제였다.

한식 전문 식당으로 들어와 앉아서도 음식보다 이야기가 더 급했다. 물을 것도 얘기할 것도 밀렸던 터라 두서도 없이 대화를 주고받았다. 서로의 현재 상황을 말하다가 금방 타임머신을 타고 옛날의 추억 속으로 사진첩이 획획 넘어갔다. 젊은 시절, 순은 오래 사귀어오던 사람과의 결혼을 결정하지 못하고 고민했다. 나에게 심각하게 의논해왔을 때 내가 결정적인 한마디를 했던가 보다.

"'그 사람 버리면 벌 받아!'라고 하셨던 거 기억나세요? 그 사람하고 결혼 안 했더라면 어쩔 뻔했어요?"라며 깔깔 웃는다. 순은 결국 미래를 보고 당시에는 가난한 학생이던 애인을 선택했다. 우리는 인생의 꽃봉오리이던 시기에, 가장 중요한 선택의 순간에 함께 의논하고, 그 변화의 현장에 서로 참여했던 증인이었다.

그 시절의 나에 대해 순이 기억하고 있는 게 얼마나 많은지 놀라웠다. 내가 즐겨 입던 옷이며 내 친정집 식구들에 대해서 소소한 것까지. 우리 둘만의 지리산 여행에서 있었던 일들. 하다못해 내가 큰아이 낳고 산후조리하느라 친정에 머물 때 찾아온 기억까지도. 막상 나는 잊고 지내 온, 묻혀 있던 나의 시간들이 순의 소환으로 살아나오고 있다. 그것들은 한데 모여 추억의 조각보를 만들어주었다. 우리 각자가 생의 전환점을 돌던 즈음, 서로 지지하며 지켜보았던 끈끈한 우의(友誼)

와 그 시절의 젊음이 새삼스러운 그리움으로 되살아나 우리들 앞에 펼쳐졌다.

차를 마시려고 옮겨 앉은 후에야, 순이 결혼 후 미국 들어가더니 연락이 끊겨 내가 애태운 얘기를 했다. 이번에는 어찌 나를 찾게 되었느냐고 정작 궁금하던 것을 물었다. 순이 그 경위를 말했다. 그가 사는 미 서부 오리건 한 동네에 우리들의 옛날 제자가 사는데 우리가 얼마나 친했는지 다 아는 그 제자가 한국 다녀오면서 제 동창들을 통해 나의 소식을 알려주더란다. 이번에 순은 조카 결혼식 참석차 한국 다니러 올 결정을 하고는 나를 만날 생각에 흥분이 되더라고 한다.

이야기를 나누며 오 헨리의 단편 「20년 후」가 생각났다. 절친하던 두 친구가 헤어지면서 꼭 20년 후 그 자리 그 시간에 다시 만나기로 했다. 그들은 약속을 지켰다. 그러나 막상 만나고 보니 그들은 전혀 다른 입장이 되어 있었다.

우리는 헤어질 때 반세기 후에 만나자는 약속도 안 했다. 자그마치 20년의 두 배 반이나 지나 어렴풋이 포기할 뻔했는데 이렇게 다시 만나 손을 맞잡았다. 오 헨리의 두 친구와는 달리, 우리는 서로가 건실하게 살고 있음을 확인했다. 요즘에는 SNS나, 페이스북, 인스타그램 등의 매체를 통해 쉽게 영상으로 접속되어 만나기도 한다. 우리는 디지털 시대에 살면서도 아날로그 방식으로 만났다. 얼굴을 마주 보고 밥을 같이 먹는 이런 구식 만남이라야 제대로 만난 것 같다.

한창 이야기가 무르익었을 때, 나에게 급한 연락이 왔다. 추억 보따리를 겨우 풀기 시작했을 즈음인데 나는 일어서야만 했다. 단 두어 시간의 만남으로 긴 여운을 남겨두어야 했다. 아쉬움 가득한 표정으로 순이 손을 내밀어 악수를 청한다.

"고마워요. 옛날의 우리도 이번 만남도 서로에게 선물이었어요."

변함없는 우정이 건재함을 확인한 것, 서로의 청춘을 기억해주는 것만으로도 소중한 인연이다. 이번 만남은 그것만으로도 정점(頂点)을 찍은 것이다. 우정은 함께한 시간의 길이에 있지 않았다. 둘 사이의 거리도 문제가 되지 않았다.

차마 발길이 돌아서지지가 않았지만 각자 제 갈 길로 향해야 했다. 마주 보는 두 사람의 눈빛이 간절히 말하고 있었다. 이런 날이 또다시 오기를!

연을 날리다

　버스는 자유로를 달린다. 나는 15년 전 1월, 어머니의 유골함을 모시고 임진강변에 왔었다. 한국전쟁 때 어머니는 남동생 셋과 생이별을 했다. 의용군으로 북으로 끌려간 20대 초반의 외삼촌들은 반세기가 흐르도록 생사를 알 수 없었다. 어머니는 내가 죽으면 넋이라도 동생들 가까이 있고 싶으니 화장해서 임진강에 뿌려달라고 부탁했다. 어머니의 유골함을 안고 우리는 강변을 따라 북으로 북으로 걸어 올라가다가 철책 앞에서 멈춰 섰다. 매운바람이 언 땅과 차가운 강물을 휩쓸고 있었다. 임진강물은 군데군데 얼어 은빛으로 반짝였다. 나는 얼음장 사이로 물속을 들여다보았다. 흰 구름이 떠가고 있었다. 그 위에 어머니의 유골을 얹으며 속으로 빌었다.

　"엄마, 이제 구름 타고 가서서 외삼촌들 꼭 만나 보세요."

　소망이 간절하면 이루어질 수도 있다는데 어머니는 그 한을 풀었을까? 그때의 나는 15년이나 지난 후에야 다시 올 줄은 몰랐다. 8월 하순, 차창 밖 들녘은 막바지 더위 속에서도 싱그럽게 짙푸르다. 맑은 하늘에 하얀 뭉게구름이 한가롭게 떠간다. 라벤더색을 띤 먼 산의 능선은 솟았다가 가라앉고, 가라앉는 듯하다가 다시 솟아오르며 이어진다. 가까이에 강물이 무심하게 반짝거리며 따라오고 있다. 두 세대 전 우리는 동족끼리 총부리를 겨누고 서로의 피를 저 강물 속에 뿌렸다. 선혈이 낭자했던 강물은 60년 세월 동안 흐르고 흘러 맑은 제 색을 되찾았건만, 한 번 헤어진 혈육은 찾을 수가 없고 아직도 국토는 남북으로 나뉜 그대로다.

버스는 임진각 주차장에 섰다. 건너편 산기슭에 외딴집 한 채가 있다. 자세히 보니 태극기가 걸려 있는 남측 지역 안이다. 잊고 살았던 분단의 상처가 가슴 저릿하게 통증으로 다가왔다. 북에 있는 누군가를 기다리느라, 아니면 두고 온 고향 땅에 하루라도 빨리 돌아가고 싶어 저렇게 바싹 가까이 터를 잡았으리라. 목청 높여 부르면 들릴 듯한 거리이다. 애초에 자리 잡은 분은 기다리다 지쳐 이미 돌아가셨을지도 모른다. 어느 자손이 대물림하고 있으려나?

임진각 구역 안의 시설물들을 눈여겨보기 시작한다. 처음 왔을 때에는 주변 경관을 둘러볼 마음의 여유조차 없었다. 살아 계셨을 때 어머니는 이곳에 오고 싶으셨을 텐데, 왜 우리에게 그런 말씀을 하지 않으셨던 걸까. 이제라도 나는 어머니와 함께인 듯 찬찬히 둘러볼 작정이다. 돌병풍이 둘러쳐진 망배단(望拜壇)으로 향한다. 널찍한 상석과 큰 향로는 텅 비어 있다. 망향의 노래비로 발길을 돌린다. 돌에 새겨진 고향에 대한, 혈육에 대한 그리움이 절절하다. 저만치 그 유명한 철마가 보인다. 한국전쟁 당시 유엔군 군수물자를 나르던 증기기관차라고 한다. 수없는 총탄 자국으로 구멍이 숭숭 뚫린 채 기관차는 멈추어 서 있다. 많은 관광객이 와서 기차 앞부분에 올라 사진들을 찍으니, 아예 그 옆에 목조로 사진촬영구역(photo zone)을 만들어 놓았다.

착잡한 심정으로 걷다 보니 도라산역 입구다. 신촌역에서 수색, 능곡, 일산, 금촌, 문산, 북쪽이 된 장서, 봉동, 개성, 평양을 거쳐 신의주까지 이어지던 경의선은 1953년부터 문산역이 종착역이 되고 말았다. 2000년 남북정상회담에 따른 경의선 복구사업의 일환으로 세워진 도라산역은 이제 남에서 북으로 가는 마지막 역이다. 2014년 7월 31일부터 서울역에서 평화열차(DMZ-TRAIN)가 하루 두 번 들어온다고 한다. 도라산역 앞에는 평양 205km, 서울 56km라는 표지판이 서 있지만 평양행 기차는 아직 없다. 'KTX로 가면 1시간 반 남짓의 거리네.' 실없이 계산을 해본다. 여기서 북한 땅을 거쳐 장춘을 지나고 또 시베리아를 횡단하여 유라시아로 가는 그날이 기어이 오고야 말 것이다.

전망대쪽으로 발걸음을 옮긴다. 우리가 북쪽을 조금이나마 볼 수 있는 건 겨우 망원경을 통해서다. 드넓은 광장에 북쪽을 향해 망원경을 여러 대 놓아두었다. 곁에 서 있던 이가 친절하게 망원경 보는 자세를 가르쳐 주며 덧붙인다. "오늘은 다행히 날씨가 맑아 잘 보이네요."

개성의 송악산과 극락봉 아래 인공기가 펄럭이는 기정동 마을과 대성리 마을이 한눈에 들어온다. 개성공단의 건물들이 보이고 산자락에 들어앉은 집들도 보인다. 너무 가까운 것 같기도 하고 참 낯설 만큼 멀게도 보인다. 눈을 크게 떠서 작은 유리 동그라미 속을 샅샅이 헤집었으나 북녘땅의 주민은 단 한 사람도 보이지 않는다. 망원경을 뒷사람에게 넘기고 나서 내 육안에 처음 잡힌 건 작은 새들이다. 저 멀리 숲에서 허공을 향해 유유히 나는 새들, 그 이름 모를 새들이 자유롭게 날아다니는 보금자리가 비무장지대(DMZ)이다. 임진강이 물을 대어주는 그 숲의 색깔은 진초록이다. 나는 살아있는 땅을 보았다. 그 땅은 노루며 고라니며 온갖 들짐승과 날짐승들, 야생화와 희귀종 나무들의 천국이다. 70년 넘게 사람의 출입이 금지되어온 상처의 땅이 생명의 보고가 되었다.

돌아서는데 저만치 놀이공원이 보인다. 젊은 부부들이 아이들을 데리고 와서 놀고 있다. 아이들 몇이서 연을 날리고 있다.

어느 해인가, 설날의 한 장면이 떠오른다. 가족들이 윷판을 벌이고 왁자하게 웃고 떠드는데, 어머니는 혼자 한켠에서 TV에만 눈길을 주고 계셨다. 방송은 한강 연날리기 대회를 중계하고 있었다. 한참을 보던 어머니가 혼잣말처럼 중얼거렸다.

"북으로 연이라도 날려 보냈으면…. 세 개를 만들어서…."

마침 놀이공원 하늘 위로 서너 개의 연이 꼬리를 길게 펄럭이며 오르고 있다.

"엄마, 정말 우리도 연을 날려요."

외삼촌들의 이름을 날아오르는 연 하나하나에 몰래 얹어본다.

'자, 엄마 보세요.' 나는 속으로 말했다.

연들은 푸른 창공을 더욱 힘차게 날아오르고 있었다.

제 모자를 용서해 주세요

-캐서린 맨스필드의 「가든파티」를 읽고

백여 년 전에 나온 단편소설의 내용이 마치 오늘날 일어난 일 같다. 영국의 여성 작가 캐서린 맨스필드(K. Mansfield, 1888~1923)가 쓴 「가든파티」는 유년시절의 자기 집을 무대로 하고 있다. 가든파티가 열린 날, 하루 동안 일어난 이야기이다. 주인공 로라는 이날 하루 동안 정신적인 큰 변화를 경험한다.

제목에서 암시하듯 이 이야기는 부유한 사람들이 사는 모습이다. 자연히 그들끼리만 살 수는 없고 바로 이웃에는 가난한 이웃이 살고 있다. 가진 자의 전형인 셰리던 부인은 계급의식에 가득 차 있고 자녀들에게 가난한 사람들과는 가까이하지 말라고 교육시킨다. 가든파티를 여는 날에도 자신은 아무 일도 책임지지 않고 맏딸인 로라에게 그 준비를 다 떠넘긴다. 메인 무대인 천막을 치는 일꾼들을 감독, 지휘하는 동안 로라에게는 몸에 밴 거만함이 있지만 다른 가족들과는 달리

노동자들에게서 일말의 친근감을 느낀다. 동생들은 노래 연습도 하고 하인들과 피아노를 옮겨놓느라 부산하다. 부엌에서 음식 준비하는 것을 점검하던 중에 로라와 여동생 조스는 그들의 이웃인 가난한 마부 스콧 씨가 죽었다는 소식을 듣는다.

로라는 순진 발랄하고 사교계에는 관심이 있어도 세상물정에는 어둡다. 로라도 내심에는 파티를 즐기고 싶은 마음이 숨어 있다. 그러나 약자에 대한 동정심은 가족 중 누구보다도 컸다. 로라가 파티를 취소해야 된다고 믿는 반면, 어머니와 세 동생들은 당치도 않다며 반대한다. 이때 로라가 거울로 본 자신의 모습, 파티용 멋진 새 모자를 쓴 모습은 로라의 마음을 돌리게 한다. 파티가 끝날 때까지는 스콧의 죽음은 잊어버리자고 결정하며 양심을 무마한다. 로라의 어머니를 비롯해서 가족들은 계획대로 밴드까지 동원해서 음악을 연주하며 파티를 열고 저녁때가 되어서 다 마친다. 방금 전에 이웃이 죽었음을 알면서도 이렇게 한 것이 너무 박정하지 않은가 로라는 회의에 싸인다. 가족들이 쉬고 있을 때, 어머니는 로라에게 남은 음식을 스콧 씨네 집에 담아다 주라고 이른다.

로라는 스콧 씨의 집으로 가서 안으로 안내받아 들어간다. 그곳에서 미망인의 가엾은 모습과 죽은 스콧의 시신을 보게 된다. 죽은 자의 얼굴을 본다는 것은 로라에게 매우 낯선 경험이다. 그러나 여기에서 로라는 전혀 뜻밖의 장면과 마주한다. 죽은 스콧 씨의 얼굴은 깊은 잠에 빠져 있는 듯했고 아름답고 행복하고 평화로웠다. 잠든 얼굴이 말하는 듯했다.

'이렇게 잘 되었어. 모든 게 좋아. 나는 만족해.'

죽음이 불가사의하게 멋진 일일 수 있다는 발견은 로라에게는 뜻밖이었다. 스콧 씨의 가난하고 슬픔에 잠긴 집에서 로라는 비싼 드레스와 모자를 쓴 자신의 화려한 차림새가 부끄러워 어린애처럼 흐느껴 운다. 그곳을 떠나기 전, 스콧 씨에게 무슨 말인가를 해야 할 것 같아서 겨우 한마디, '제 모자를 용서해 주세요'라고 중얼거리며 도망치듯 빠져나온다. 골목길 모퉁이에서 마중 나온 오빠 로리를 만나게 된다. 로리가 울고 있는 로라에게 묻는다.

"무서웠어? 어머니가 걱정하고 계셔."

"아니, 그저 너무 놀라웠어. 인생이란……."

로라도 오빠도 말끝을 흐린다.

소설은 여기서 끝난다. 작품의 무대에는 부유한 자와 가난한 자가 등장한다. 가진 자들의 삶의 꽃인 가든파티가 벌어진 날, 가난한 이웃의 슬픔이 극한에 이르는 가장의 죽음을 설정해서 극명한 대비로 극적 긴장감을 높인다. 작가는 전지적(全知的) 시점으로, 그러한 상황에서 각 인물이 어떻게 반응하는지를 여성 작가다운 섬세한 심리 묘사로 보여준다. 특히 주인공 로라가 이웃의 고통을 알았을 때 갈등을 누르고 연민을 갖는 건전한 성인으로 성장하는 모습을 부각시켜 보여준다.

이야기의 맨 끝에서 작가는 삶에 대한 해석을 모호한 채로 열어둔다. 그 해석은 독자들 각자의 몫이다. 또한 아직 청소년기에 있는 주인공 로라와 그의 오빠로서는 삶을 한 마디로 단정할 수 없는 게 자연스럽다.

부의 풍요 속에서 바깥세상의 어두움을 모르고 살아가던 로라가 가난한 자들의 현실에 눈을 뜨고, 그 가운데서도 죽음에 대면하며 얻은 체험은 로라에게는 순간적인 충격이며 깨달음이다. 죽은 모습이 무섭고 슬프기만 한 것이 아니라 그와 완전히 반대되는 정서, 만족스러움, 안온함, 아름다움마저도 느낀 것이다. 무서운 어둠일 줄만 알았던 곳에서 밝은 평화를 본 셈이다.

맨스필드는 34세 때 이 단편을 썼다. 인생을 다 안다고 볼 수 없는 나이였으나 깊이 있는 통찰이다. 자신의 앞날이 예감되었던가. 그는 이듬해에 타계했다. 자신의 죽음도 마부 스콧 씨가 보여준 대로 평화로운 모습으로 맞이했을까?

이 작품은 계층 간의 대비되는 삶, 타자의 고통에 대한 주변 인물들의 태도 그리고 죽음을 보는 시각까지 담고 있다. 이 주제는 예나 지금이나 인간 세상에서 오래 이어질 보편적 문제일 것이다. 언제나 가진 자와 못 가진 자는 있게 마련이고 옆에서 슬프고 아플 때 손 내미는 사람도 냉담한 사람들도 섞여 살아간다.

고통의 상대성에 관한 시가 있다. 영국 시인 오든(W.H. Auden, 1907~1973)의 「미술관(Musee des Beaux Arts)」이라는 시다. 시에서는 그림 한 장을 감상한다. 그 시의 내용을 이루고 있는 그림은 네덜란드 화가 피터 브뤼헬(Pieter Brueghel, 1525~1569)의 〈추락하는 이카로스가 있는 풍경〉이다. 태양에 너무나 가까이 날아오른 이카로스는 밀랍으로 된 날개가 녹으면서 바다에 추락한다. 이때, 푸른 고요를 깨뜨리는 첨벙 소리, 초록빛 바다 위에서 허우적대는 하얀 다리와 허공을 찢는 비명소리에 그 누구도 관심을 기울이지 않는다. 근처에 있던 어부도 농부도 양치기도 각자의

하던 일만 계속한다. 바다 위를 항해 중이던 호화로운 여객선도 목적지를 향해 고요하게 항해를 계속할 뿐이다.

시인은 개탄한다. '모든 것이 주변의 재앙을 얼마나 유유히 외면하고 있는가.'

이 시와 그림은 타인의 고통과 슬픔에 무심한 채 살아가고 있는 인간의 모습을 우리 앞에 대면시킨다. 그들은 소설 속 로라의 가족과 같은 부류의 사람들이다. 우리 각자도 돌아보게 될 것이다. 이웃이 아플 때 나도 이 양치기나 목동, 어부인 적은 없었던가?

어쩔 수 없는 현실 속의 너와 나라고 해도, 각자의 사정과 한계가 있는 중에도, 가파른 오르막길의 수레를 보고 어찌 외면할 수 있겠는가.

"제 모자를 용서해 주세요"라는 로라의 한마디가 내 마음에 꽃으로 피어난다.

달마의 소무공덕(所無功德)을
생각하다

미국에 사는 지인이 아들, 손자, 며느리를 거느리고 한국을 방문했다. 그분은 매년 가을이면 고국을 찾아오는데 꼭 나를 만나보고 간다. 내 남편과는 학창 시절부터 단짝 친구였기에, 지금은 이 세상에 없는 친구 대신 나라도 보고 싶은가보다. 남편 생전에는 한국 나오면 꼭 우리 집에 와서 하루라도 묵고 갔다. 그래서 나하고도 조금은 친구다.

대개는 그분 혼자 다녀가곤 했는데, 올해는 그 댁 둘째아들이 온 가족과 함께 아버지를 모시고 효도 여행을 왔다. 아버지의 일가친척을 지방마다 찾아가 만나게 해드리고, 80대 중반의 아버지가 고국에서 가고 싶은 곳, 하고 싶은 것을 여한 없이 다 해드리고 싶다고 했다. 그 아들 본인도, 중국계 부인도, 세 꼬마들도 한국말을 전혀 못 했다. 그건 아무 문제가 되지 않았다. 그들의 행동과 표정에서 아버지의 고국에 대한, 저희들의 뿌리로 향하는 애정이 보였다.

그분이 자기네 가족 모임에 나를 초대했다. 세상이 좁다고, 그분 부인의 올케언니가 내 여고 동창생인 걸 알게 된 후로, 몇 년째 으레 함께 만난다. 저녁 회식 장소로 들어서자, 벌써 나도 안면이 있는, 친구의 막내 시동생이 형수를 보더니 와락 얼싸안았다. 진정으로 반갑다는 기색으로. 세상에! 형수와 이렇게나 친한가?

"우리 형수, 학교 때도 이렇게 예뻤어요?" 그의 질문에 나는 깔깔 웃기부터 했다.

"지금하고 똑같았어요."

"아~~ 그럼 그때부터 이뻤구나!"

넓은 방안에는 양쪽으로 상차림이 되어 있어 어른들 따로, 자손들 따로 앉았다.

내 맞은편에 그분이 자리 잡았다. 나와 그분은 한자리에 있는 동안 내 남편의 부재를 아쉬워하는 동지가 된다. 나는 그분에게서 내 남편과 함께했던 시간의 흔적이라도 보고 싶었고 그분 또한 내게서 자기 친구의 체취라도 그리워했을지 모른다. 내 남편은 이 자리에 부재함으로 그의 실체 없음이 절실히 확인되는 시간이었다.

속속 친척들이 들어섰다. 내 바로 밑의 남동생 나이쯤 되어 보이는 신사가 내 옆자리에 와 앉았다. 이게 우리 집안 모임이라면 당연히 내 동생이 내 옆에 앉을 테지.

'누가 인생에서 성공이라는 말을 할 수가 있는가. 살아남는 게 제일이다.'라고 버트런드 러셀이 말했다던가. 세계 75억 명의 인구에게 성공은 75억 가지가 있을 수 있지만, 공통으로 중요한 성공 딱 한 가지는 살아남는 것이다.

열 명이 모여 앉자 우리 테이블이 다 찼다. 그 들은 형님, 형수님, 작은아버지, 외삼촌이라는 호칭을 다정하게 불러가며 지난날의 추억들을 꺼내어 되뇌고 웃고 행복해했다. 나는 거기서 섬이었다. 한집안 사람들끼리 모여 앉아 그야말로 동기상구(同氣相求)하고 동성상응(同聲相應)하는 장면을 보는 것은 세상에서 보기 좋은 장면이고, 그 자리에서 나 같은 아웃사이더에게는 그보다 부러운 일은 없었다.

저쪽 젊은이들 상에서는 누가 뭐라고 했는지 까르르 폭소가 터졌다. 세 꼬마들도 손뼉을 치며 방실대고 이리저리 품에 안기고 있었다. 아기들 엄마가 세 아이들을 재워야겠다며 할아버지께 굿나잇 키스를 해드리라고 하자, 세 꼬마가 쪼르르 할아버지 품으로 들어와 안겼다. 여행의 시차 때문에 졸린지 눈들이 반은 감긴 채 할아버지 목을 감고 볼을 비볐다. 고 예쁜 모습에 옆의 어른들도 귀여워서 한마디씩을 했다.

"큰 손녀 오드리가 할아버지하고 제일 정이 든 티가 나네~"

"손자가 할아버지를 빼닮았어, 판박이야!"

그 할아버지는 이 말에도 끄떡, 저 말에도 맞아! 그저 좋기만 한 듯, 품 안의 손주들이 세상 다인 듯 웃고 있었다. 나는 잠시, 아주 잠깐 동안만 그 할아버지 얼굴에 먼저 간 남편 얼굴을 겹쳐서 바라보았다. 가슴으로 따가운 통증이 지나갔다.

그때, 이제야 일을 마쳤다며 젊은이가 들어서더니 우리 테이블로 와서 한 분 한 분 친척 어른들께 인사를 올렸다. 자세히 보니 내 막냇동생을 많이 닮았다.

나에게는 남동생이 셋이 있었다. 그런데 지금은 하나도 없다. 둘은 세상을 떠났다. 큰동생은 열두 살에 병으로 입원 하루 만에 떠났고, 막내 남동생은 열두 살에 우울증으로 20년을 고생하다가 자기가 원하는 절에 가서 선종(善終)을 했다. 가운데 동생은 거취도 알 수가 없다. 인연을 끊은 듯이 잠수를 타고 있다. 나는 가끔 생시인지, 꿈결인지 그 동생을 본다. 세상을 떠돌다 지친 몸으로 내 집 문 앞에 쓰러져 있지나 않나, 그는 누이에게 문 열어 달라고 말할 용기가 없을 테지. 그러면 나는 양이라도 잡아, 돌아온 탕자를 맞이할까. 아니, 자기 나름으로는 구도의 자유를 찾아, 딴에는 자기완성을 위한 길 위의 그를 내가 세속으로 끌어내리려는 것일지도 모른다.

　'적선지가(積善之家)에 필유여경(必有餘慶)'이라는 말은 많은 부분 맞겠지만 더러는 틀린다. 친정아버지, 시아버님 두 분 다 소문나게 베풀며 사신 분들이다. 불쌍한 사람들 데려다 먹이고 재우는 게 몸에 밴 분들이었다. 시댁이나 친정이나 똑같이 삼 형제분이었다. 단명한 것까지도 비슷하다. 이 자리에 모인 분들의 조상께서는 얼마나 큰 덕을 쌓으셨기에 이렇게 자손들이 번창하고 오래 살고 우애가 있는 것일까. 그것은 노력해서 될 일도 아니고 돈으로 살 수도 없는 복일 텐데 한탄하면 무엇 하겠는가. 나는 내 나름의 복을 짓는 수밖에. 복을 짓는다고? 그때, 중국의 양무제와 달마대사의 문답이 떠올랐다.

　"내가 절도 많이 짓고 시주(施主)도 많이 하고…… 이렇게 불사(佛事)를 많이 했으니 그 공덕이 얼마나 되오?"

　"소무공덕(所無功德)이오."

달마대사의 단답이었다.

불법을 몸소 실천하고 사찰을 일으킨 대왕에게 전혀 공덕이 없다고 말씀한 달마대사의 의도를 생각해 보게 된다.

하되 바라지 않는 홍부의 자비심에 마음이 가 닿는다.

우리는 섬이 아니다

전화벨이 울린다. 요즘은 전화벨 소리가 바로 음악이다. 대기 중이었던 것처럼 날렵하게 수화기를 든다. 누굴까. 기대감에 찬 귀가 쫑긋해진다.

"저 선생님 여기 미국 미네소타예요. 선생님 잘 지내시나 싶어서요"

반세기도 더 전 고등학교 재직 때의 제자로 근래에 이르도록 연락하고 지내온다.

"여긴 모두 난리예요. 선생님은 정말 괜찮으신 거죠? 건강하시죠?"

꼭 확인해야겠다는 듯이 다그쳐 묻는다. 올봄에 한국 나오면 선생님도 뵙거니 하고 부풀어 있다가 여행을 취소할 수밖에 없어 맥이 풀린다고 한다. 무어라 희망적인 말을 못 하고 안타까움만 나눈다.

며칠 전에는 구순이 가까운 선배 언니가 전화를 하셨다. 잘 있겠거니 생각하다가 불쑥 목소리가 듣고 싶더라고. 내가 먼저 전화를 드렸어야 되는데……. 예진에 어머니 전화를 받으면 가슴이 뜨끔해지던 게 생각난다. 아무리 내리사랑이라지만, 내 전화를 기다리시게 한 죄스러움이 컸다. 말로 천 냥 빚 갚는 심정이 되어 감사함을 흠뻑 드러낸다. 전화 한 통으로 서로의 정이 더 깊어지고 끈끈한 유대감에 젖는다.

나도 마음을 내고 표현을 하리라 싶어서 아예 아침에 메모를 해 놓는다. 오늘은 누구누구에게 안부 전화를, 문자를 보내리라. 전에는 무슨 모임이나 행사가 있으면 저절로 만나지니 굳이 따로 연락할 일은 드물었다. 만날 수가 없는 요즈음은 그렇게 두루두루 가까운 사이이던 사람들 중에서도 아무래도 좀 더 마음 가는 사람들과는 전화나 문자로라도 만나고 싶다. 사람 간의 관계가 보다 압축되어 드러나는 중이라 할까.

바깥은 봄이다. 꽃들은 연달아 흐드러지게 피어난다. 얼마 전만 해도 연둣빛이던 앞동산이 어느새 초록으로 탈바꿈을 하는가 싶더니, 어느 날엔 창밖을 보는데 그새 몸집을 불린 산이 온통 내 앞으로 달려든다. 나무들은 부쩍부쩍 제 몸을 키워내는 동안 내가 해놓은 건 아무것도 없다는 생각에 갑자기 초라해진다. 순간 벌떡 일어나서 운동화를 신는다. 누가 가두지도 않았는데 유리창 안에 들어앉아서 그 광경을 바라만 보다니. 산으로 가서 저 생기와 손을 잡으리라.

오월의 숲속은 초록이 내뿜는 생명력으로 가득하다. 숲속 가득한 싱그럽고도 은은한 이 기운은 활기의 향내인가 보다. 새들은 신바람이 나는지 멜로디가 소프라노이다. 저 악보에는 쉼표도 없나, 쉴 새 없이 도돌이표만 있나. '뻐꾹, 뻐꾹' 제철 맞은 뻐꾸기가 추임새를 넣는다. 온 산이 거칠 것 없이 저희들 차지다. 근심이나 불안 따위는 어디에도 없다. 마스크를 턱에 걸친 나는, 남의 잔치에 들어선 이방인이다. 햇빛을 받아 나뭇잎들이 만드는 그림자가 오솔길에 레이스를 깔아 놓았다. 무늬 틈새로 반짝이는 밝음이 출렁인다. 마치 그 밝음은 어두운 세상살이 틈새로 들려오는 반가운 이들의 목소리 같다. 그렇구나, 하늘도 햇빛도 대지도 그 사람도 그대로 내 곁에 있구나. 자연은 아무것도 바꾸어 놓질 않았다.

　저만치서 누가 오고 있다. 움찔, 긴장이 되는 순간, 마스크부터 단단히 제대로 여미어 쓴다. 사람이 사람을 경계하는 이 슬픈 세상을 어쩌나. 전 같으면 모르는 사람에게도 반갑게 먼저 말을 잘 붙이곤 했다. "안녕하세요, 이 산, 너무 좋죠?" 그러면 상대도 역시 산행의 즐거움에 겨운 어조로 명랑하게 화답을 해왔다. 지금은 저 사람도 나를 보더니 경계심에 가득 찬 몸짓으로 휙 재빨리 지나친다. 나는 인사는커녕 숨마저 참고 최대한 비켜서 준다. 몇 걸음이 지나고 나서야, 아차, 목례라도 보낼 걸⋯⋯. 그건 해도 되는데. 내가 멍청한 건지 내 마음이 야박해졌는지 둘 다 한심스럽다.

　세상살이가 코로나로 요동을 치고 있다. 갈피를 잡으려고 바깥의 뉴스를 좇기도 하다가 안으로 시선을 돌리기도 한다. 이 어둠의 시절, 마음이 아픈데 어떻게 주눅 들지 않고 살아낼까. 봄의 기운을 마음 놓고 즐기기에는 안타까운 사람들이 너무 많다. 보고 싶어도, 마주 보고 얘기하고 싶어도 참아야 한다. 그게 서로에 대한 배려라니! 거슬리는 것도 많던 그 옛날이 그리도 귀한 세상이었다. 앞날에 대한 예측이 어려운 지금에 와서야 분명하게 떠오르는 것은, 너와 내가 서로 연결되어 있다는 믿음의 소중함이다.

믿음! 문득 영화의 한 장면이 떠오른다. 제임스 카메론 감독의 영화 〈타이타닉〉에서 침몰하는 배로부터 바다에 빠진 사랑하는 남녀. 그 절명의 순간 그들의 대화는 똑같은 한 마디의 반복이다. '난 널 믿어(I trust you).' 죽음이 시시각각 다가오는데 이 말을 수십 번도 더 주고받으며 절망의 순간을 이겨낸다. 너와 나는 사랑하고 있음을, 한 운명으로 연결되어 있음을, 내 곁에는 언제나 네가 있음을 믿자는 것이다. 내 가슴 깊은 곳에 각인되었던 그 절절한 외침을, 지금 나는 내가 사랑하는 사람들에게, 그리고 나 스스로에게 보낸다. 저 하늘과 햇빛과 대지와 바람, 그리고 당신은 변함없이 내 곁에 있다고, 섬들은 바닷물 속에서 어깨동무하고 있다고.

예술적 자의식을 통한 그리움과 긍정의 인생론
이조경의 수필 미학

유성호(문학평론가·한양대학교 인문대학장)

"글 속에서 진짜 나를 찾아가니까요."
—「맏이」

1. 심원한 통찰과 심미적 문장으로 지은 언어적 성채

수필이란 작가 스스로 삶에 대한 회상과 해석을 통해 세계를 향한 위안과 치유의 언어를 건네는 산문문학이다. 그 안에는 동시대의 독자들에게 예언적 지남(指南) 역할을 수행하면서 동시에 지성적 충전까지 선사해주는 기능이 충일하게 흐르고 있다. 독자들은 훌륭한 수필을 통해 자신을 성찰하면서 가장 친근한 멘토를 만나기도 하고, 자신과 유사한 경험을 치러온 정서적 도반(道伴)을 만나기도 할 것이다. 그만큼 수필은 자유로운 형식 안에 보편적 인생론과 개성적 언어를 담아내는 독자 친화적 장르라고 할 수 있다. 우리가 읽게 될 자담(紫淡) 이조경(李祚慶)의 수필집『꽃은 제힘으로 피어나고』(연암서가, 2022)는 이러한 보편성과 개성을 황금률의 원리로 구축한 우리 시대의 자화상이자 독자들을 향해 쓴 손글씨 편지이기도 하다.

작가는 「책을 내며」에서 "모든 것에 경탄하는 마음으로 내 눈에 들어오는 어느 한 장면도 새롭게 보자고 생각"하면서 "수필을 쓰며 작은 일에서 큰 의미를 발견하게 되고 허투루 지나친 것에서 전혀 다른 해석을 하게 되니 삶이 더욱 풍성해집니다."라고 소회를 밝혔는데, 이 문장들이야말로 빼어난 한 편의 수필론(論)으로 모자람이 없을 것이다. 그래서인지 그의 수필은 세계에 경탄하면서 인생의 진실을 발견해가는 열정과 모험으로 가득하다. 그는 마음을 가다듬어 자신의 심원한 통찰과 심미적 문장으로 언어적 성채를 아름답게 지어간다. 여기서는 그 가운데 가편(佳篇) 몇 편을 골라 읽어봄으로써 이조경 수필이 보여주는 미학적 경개(景概)를 그려보고자 한다. 이제 그 세계 안으로 들어가 보도록 하자.

2. 가족들의 삶에 대한 잔잔하고 맑은 기억들

이조경의 수필집은 아름다운 문장과 매혹적인 사유가 결속된 수필 문학의 한 정화(精華)로 다가온다. 그의 수필은 오랜 경험과 사색을 통해 다다른 정성스러운 깨달음을 활달한 문체로 전달함으로써 읽는 이들로 하여금 역동적 자기 투영을 가능하게끔 해준다. 그의 수필에는 나날의 소소한 감동이나 깨달음 혹은 사랑의 감성들이 깊이 무르녹아 있다. 그때 우리는 그가 펼쳐가는 이성적 사유를 경험하기도 하고, 실천적 삶에 대한 자극을 받기도 하고, 작가 자신의 순수하고 원형적인 모습을 상상함으로써 삶의 미학적 징표를 선사받기도 한다. 아닌 게 아니라 이조경의 세계 인식은 이러한 이성적, 실천적, 미학적 계기를 우리에게 풍요롭게 부여해준다. 특별히 그 저류(底流)에는 사랑과 그리움이라는 가장 원형적인 인생론적 세목이 때로 가녀리게 때로 거대하게 흐르고 있다. 그 가운데 이조경 작가의 개인사랄까 사적(私的) 고백이 유난히 아름답게 담긴 작품을 먼저 읽어보도록 하자.

　　나는 비로소 거울을 똑바로 들여다보았다. 거울 속 얼굴이 말하고 있었다. 이제부터 너는 그 누구를 위해서가 아니라 네 안의 꿈을 위해서 사는 거다. 네 안에 잠자고 있는 광맥을 캐어내 봐라.
　　그 무렵 마침, 그동안의 내 희망과 절망을 모두 들어주던 친구가 미국 뉴저지 자기 집으로 나를 불렀다. 나는 새장에서 나온 새가 되어 그곳으로 날아갔다. 거기에서 나의 그림 공부는 시작되었고 한국으로 돌아온 후 수필과 시조 쓰기에도 몰두하게 되었다.
　　'그래 당신, 맞아. 그렇게 살아.'
　　남편이 흐뭇해서 말해주는 것 같다.

―「거울 앞에서」

　종부(宗婦)로서의 무거웠던 삶, 대가족에 행사도 많고 손님도 끊이지 않았던 젊은 날, 그때 작가는 자신만의 오붓한 자유의 시간을 간절하게 희구했다. 그러나 남편이 먼저 떠나고 얻은 새로운 자유로움 앞에서, 작가는 언제나 그 자유를 유보하면서 지켜왔던 가정에 대해 자신만의 당당함을 내비치며 이제야 남편의 음성을 환청처럼 듣는다. 그렇게 새롭게 얻은 자유의 결과가 '그림'과 '수필'과 '시조'였다. 그것이 작가에게는 "네 안의 꿈"이었고 "네 안에 잠자고 있는 광맥"이었을 것이다. "새장에서 나온 새"는 그때서야 비로소 새로운 예술적 자의식으로 거울 앞에 선 자신에게 위안과 다짐의 언어를 건넬 수 있었을 것이다.

어머니는 누구를 봐도 장점을 찾아내어 칭찬해주고 누구든지 스스로 잘난 사람이라고 느끼게 하는 힘이 있었다. (…)
아버지가 평소 애송하는 이시카와 다쿠보쿠(石川啄木)의 시를 외우기 시작했다. (…) 어머니가 세상에 온 것도 떠난 것도 한겨울이었으니 어머니는 '겨울꽃'인가 보다. 모진 겨울을 이겨낸 꽃은 강하고 귀하다.

─「겨울꽃」

멀리 떨어져 제각기 다른 일을 하며 다른 방식으로 살아가지만, 마음 깊은 곳에는 한 뿌리에 닿아 있는 게 보인다. 이 유대감이 서로의 삶에 버팀목이 되기를.

─「두 나무 한 뿌리」

이조경 작가는 일제 강점기 말 "국어 선생님이자 한글학회 초기 회원"이셨던 아버지와 평생 가정에만 헌신하셨던 어머니 사이에 맏이로 태어났다. 성향이나 습관도, 남의 어려움 못 봐 넘기는 것이나 남의 말 잘 믿는 것까지 아버지를 빼닮은 맏딸은 아버지의 권면대로 교사의 길에 들어섰다. 그리고 자신의 시선으로 바라보고 사랑하고 간직해온 세상을 정갈한 시선과 필치로 갈무리해간다. 그의 기억 속에서 어머니는 모진 겨울을 이겨내신 '겨울꽃'의 형상으로 계시다. 아버지가 좋아하시던 이시카와의 시가 맏딸의 수필집에 재현되는 순간 우리는 그 맏딸도 시인으로 수필가로 자신의 예술적 역량을 드러낼 것을 예감하게 된다. 그리고 작가는 연년생 남매를 둔 어머니로서 그네들이 한 뿌리에서 났지만 서로 다른 나무로 자라 "서로의 삶에 버팀목이 되기를" 간절하게 소망해본다. 그렇게 '작가 이조경'은 지어미로서, 맏딸로서, 어머니로서, 수필집에 수없이 현현한다. 그리고 가족들의 삶에 아름다운 언어를 끝없이 부여해간다. 잔잔하고 맑은 기억들이 그 언어를 따뜻하게 감싸안고 있다.

이처럼 이조경의 수필에는 한편으로 합리성에 바탕을 둔 지성이 자리하고 한편으로 가장 깊은 기억에 바탕을 둔 감성이 들어 있다. 이때 지성은 사물에 대한 객관적 인식을 가능하게끔 해주고 감성은 읽는 이들의 정서적 확장을 도모하게끔 해준다. 이러한 지성과 감성의 균형적 결합은 수필 고유의 인생론적 기능을 제고함으로써 그 예술적 위상을 한 단계 높여줄 수 있었을 것이다. 이조경 수필을 천천히 읽어가면서 우리는 그러한 정서적 안도감과 미학적 가능성을 함께 만나게 된다.

3. 삶에서 마주친 순간의 감동과 아름다운 사람들

두루 알다시피, 수필 미학의 중요한 속성 가운데 하나는 진솔한 고백을 통한 자기 확인의 의지에 있고, 다른 하나는 특정 토픽이나 현상에 대해 독자에게 들려주려는 말 건넴의 욕망에 있을 것이다. 우리의 귀를 울리는 명작들은 한결같이 이러한 진솔함과 소통 지향성을 가지고 있다. 이때 고백과 소통이 타자들의 삶에 어떤 충격을 주려는 계몽 의지의 소산임은 말할 것도 없다. 또한 작가는 자신의 주변에서 친숙하게 겪어온 경험에 언어적 초점을 맞추면서, 일상에서 마주친 순간의 감동과 깨달음을 기억에 남을 만한 문장으로 제시해간다. 그 점에서 수필은 삶에 대한 감동과 깨달음을 고백하고 소통하는 과정이 가장 중요한 장르인 셈이다. 다음 작품들을 그 훤칠한 사례로서 만나보자.

'난 널 믿어(I trust you).' 죽음이 시시각각 다가오는데 이 말을 수십 번도 더 주고받으며 절망의 순간을 이겨낸다. 너와 나는 사랑하고 있음을, 한 운명으로 연결되어 있음을, 내 곁에는 언제나 네가 있음을 믿자는 것이다. 내 가슴 깊은 곳에 각인되었던 그 절절한 외침을, 지금 나는 내가 사랑하는 사람들에게, 그리고 나 스스로에게 보낸다. 저 하늘과 햇빛과 대지와 바람, 그리고 당신은 변함없이 내 곁에 있다고, 섬들은 바닷물 속에서 어깨동무하고 있다고.

　　　　　　　　　　　　　　　　　　　　　　　　—「우리는 섬이 아니다」

예전에 읽었던 책을 다시 꺼내 든다. 이미 보았던 영화도 다시 감상한다. 같은 책이고 같은 영화인데 어찌 이리 새로울까. 추억 속의 장소를 다시 찾는다. 상전벽해로 변한 경치도 있고 익숙한 풍경들이 전혀 다르게 보이기도 한다. 새로운 사람을 만나 사귀는 즐거움 못지않게, 오래 적조했던 지인을 찾아보는 기쁨 또한 대단하다. 오랜만에 만나는 사람은 내가 변한 것 못지않게 그 사람도 변해 있다. (…) 작곡가들도 되풀이하고 싶은 대목에서 도돌이표를 쓴다. 인생의 도돌이표는 축복이다. 시간이 흐를수록 인생은 풍요로워진다.

─「도돌이표로 살아보기」

앞의 글은 영화 〈타이타닉〉에서 비롯한 사유를 단단하고 치열하게 보여준다. 죽음과 절망의 순간에도 사랑과 믿음을 건네는 주인공의 최후는 비장하고 아름답다. 그 "절절한 외침" 속에서 작가는 우리도 비록 섬과 같이 살아가지만 "바닷물 속에서 어깨동무"할 수 있음을 깨닫는다. 뒤의 글은 오래전에 보았던 책과 영화, 추억 속의 장소, 오랜 지인을 다시 찾으며 느끼는 재발견의 기쁨을 담고 있다. 그러한 "인생의 도돌이표"야말로 시간의 흐름에 겸허하면서 동시에 인생을 풍요롭게 만드는 비밀을 품고 있을 것이다. 이러한 재발견의 감각에는 인생에 대한 비평적 시선도 있어야 하고, 우리가 귀 기울여야 할 적정한 해석 과정도 있어야 하고, 무엇보다 밑줄 긋고 싶을 정도로 아름다운 문장이 있어야 한다. 우리는 이조경의 수필이야말로 이러한 은밀하고 신비로운 수필의 운명을 균형감 있게 성취한 결실이라고 말할 수 있을 것이다. 인간의 유한성을 받아들이면서도 그것이 인간과 세계를 이어주는 유대 고리 역할을 한다는 점을 승인하면서, 작가는 인간적 삶의 상징적 징표를 새로이 구축해 간다. 그만큼 그의 수필은 우리에게 소중하게 반짝이는 재발견의 순간을 하염없이 부여해준다.

사람이 멋지게 산다는 건 어떤 걸까? 가치관에 따라 다르겠으나, 멋진 분으로 나는 서슴지 않고 선생님 내외분을 첫손에 꼽는다. 빼어난 솜씨와 격조 높은 안목으로 이루신 예술적 성과야 말할 것도 없지만, 그것을 이루어낸 그 열정과 근면함과 검박하심과 부부간의 신뢰가 못지않게 아름답다. 또 있다. 누구에게나 늘 베풀어주시는 마음, 그 후덕함과 푸근함이 참으로 아름답다.

—「큰 나무 그늘」

고통 속에 내던져진 사람들을 도울 힘이 미약할 때 수녀님은 하느님을 갈망했고 응답이 없을 때 그는 흔들렸다. 그리고 버려진 이들에게서 신음하는 예수님의 모습을 발견하고 더욱 고통스러워했다. 그러나 자신의 내적 고뇌를 '정화의 수단'으로 여기고, 해답 없는 의문과 싸우며 오히려 최선의 섬김으로 순응하면서 신앙의 등불을 밝혔다. 위대한 신앙이란 흔들림 속에 피어있는 등불을 끝까지 꺼뜨리지 않는 것일 게다. 그래서 그의 위업은 더욱 빛난다. 나는 한층 심오한 성스러움을 만난 것이다.

—「어둠에서 나온 빛」

이조경 수필에는 박명성 선생님을 비롯하여, '자연인 이조경'과 크나큰 감동의 순간을 함께한 분들이 여럿 나온다. 김기철 선생님 내외분도 그 한가운데 계신데, 작가는 그분들의 삶을 "큰 나무 그늘"로 은유하고 있다. 이러한 감동 어린 관찰은 "사람이 멋지게 산다는 건 어떤 걸까?"라는 질문에 대한 명료한 해답을 제공해주고, "빼어난 솜씨와 격조 높은 안목으로 이루신 예술적 성과"와 함께 "그 열정과 근면함과 검박하심과 부부간의 신뢰"를 흠모하게끔 해준다. 말할 것도 없이 이러한 덕목은 이조경 작가 스스로가 추구하는 삶의 가치일 것이다. 그에게도 "누구에게나 늘 베풀어주시는 마음, 그 후덕함과 푸근함"이 새록새록 발견되니까 말이다. 그런가 하면 마더 테레사가 남긴 일기를 통해 작가는 그분의 끝없는 고통과 흔들림을 바라본다. 그 과정에서 그분이 내적 고뇌를 정화의 수단으로 바꾸면서 최선의 섬김으로 순응해온 시간을 떠올리는 것이다. 그때 발견되는 "한층 심오한 성스러움"이야말로 정말 "어둠에서 나온 빛"이 아니었을까 한다.

이처럼 이조경 수필은 삶의 미세한 결이 아름답게 복원되어 있어 읽는 이들의 마음을 따스하게 데우고 있다. 그리고 가장 아름다운 삶의 모습을 보여준 범례(範例)들을 떠올리면서 수필이 우리에게 삶에 대한 성찰을 가능하게 한다는 사실을 암시해준다. 이렇게 친화력 있는 언어를 통해 이조경 작가는 그리움과 갈망의 시간으로 충일한 그만의 심미적 문장을 우리에게 살갑게 들려준다. 삶에서 마주친 순간의 감동과 아름다운 사람들이 아름답고 융융하고 애잔하게 다가오고 있다.

4. 대상을 안아들이는 사랑의 힘

수필이 담아내는 삶의 원리는 작가 스스로 자신의 실존적 경험을 힘겹고 아름답게 유지해가는 과정에서 생성된다. 그래서 작가는 앞으로 살아갈 날들의 나침반 역할을 하는 삶의 순리를 탐색하고, 과거와

현재는 물론 자아와 대상, 현상과 실재, 죽음과 삶, 생성과 소멸의 경계를 지워가며 자신의 언어와 사유를 한 차원 높게 완성해간다. 거기에 대상을 안아들이고 스스로의 삶을 완성해가려는 사랑의 힘이 숨쉬고 있고, 삶의 순연한 흐름에 대한 친화와 긍정이 흐르고 있는 것이다. 이조경의 수필은 이러한 속성을 통해 한편으로 삶을 차분하게 관조하여 그 존재론적 의미를 밝혀내기도 하고, 한편으로 새로운 삶의 기율을 제시하기도 한다. 이러한 수필의 존재론적 본령에 충실하게 부합하는 좌표를 그려가면서 그는 대상을 안아들이고 스스로의 삶을 완성해가려는 사랑의 힘을 보여주는 것이다.

누가 말했나, '시간은 만인의 스승이다, 그러나, 마침내는 그 제자들을 다 죽인다.' 결국 인간은 태어나서 죽는다. 태어나는 그 어떤 존재에게도 시간은 유한하게, 각기 다르게 주어진다. (…) 내 지나온 시간은 흘러가 버린 게 아니고, 일기 노트에 기록되어 있는 만큼 간직되어 있다고 느껴진다. 일기장이 늘어나면서 그 볼륨 안에 내 시간이 고여 있기나 한 듯이 흐뭇하다. 다시 그 시간을 되살려낼 수는 없지만 적어도 내가 보낸 시간의 흔적을 기록해 놓은 것만큼, 내 생명의 조각들을 붙들어둔 셈 아닌가 싶다.

—「시간을 간직하다」

내가 애호하는, 입 닿는 가장자리가 도톰한 큰 머그잔에 종이 필터를 받치고 일정한 속도로 물을 아주 조금씩 부어가며 내린다. 소위 핸드 드립이다. 커피 가루에 뜨거운 물을 떨어뜨려 그 맛과 향을 추출해내는 이 순간을 나는 사랑한다. 훅, 코끝으로 먼저 첫 한 모금을 머금고 내가 만들어 낸 맛을 감정(鑑定)해 본다. 이것은 도저히 거부할 수 없는, 오묘하게 뇌쇄적인 맛이라고 할 수밖에 없다. 혹시 더 맞는 표현이 있으려나? 유혹적인 구수함에 살포시 감춰진 쓴맛이 매력이다. 이번 원두는 살짝 신맛이 도는 풍미가 입안에 감겨든다.

― 「낙역재기중(樂亦在其中)」

앞의 작품에서 작가는 '시간'이라는 물리적 실체에 대한 남다른 사유를 보여준다. 일상에서 느끼는 감상을 표현하는 작가의 솜씨가 반영되면서, 이 작품은 "만인의 스승"인 시간의 양면성을 제시한 후에 인간의 유한성과 함께 "일기 노트에 기록되어 있는 만큼 저장되어" 있는 시간을 부조(浮彫)한다. 그 볼륨 안에 "내 시간이 고여 있기나 한 듯이" 말이다. 이러한 "생명의 조각"으로서의 시간이란 경험적 시간 자체가 아니라 작가의 내적 요구에 따라 변형된 일종의 미학적 시간일 것이다. 그의 기억이나 문장 역시 심상이라는 지층에 남은 시간의 변형된 흔적일 것이다. 뒤의 작품에는 커피에 대한 작가 고유의 경험적 통찰이 들어 있다. 작가가 특별히 애호하는 커피 제조 공정과 함께 그때 "커피 가루에 뜨거운 물을 떨어뜨려 그 맛과 향을 추출해내는 이 순간을 나는 사랑한다."라고 고백하는 작가의 마음은 커피라는 대상을 통해 인생을 사유하는 매력을 전해준다. 시간이든 커피든 모두 무심한 대상이 아니라 살아 움직이며 다가오는 사유의 식솔들로 몸을 바꾸어가는 것이다.

사람을 만나는 게 운명이듯 책과의 만남도 그런가 싶다. 한 권의 책을 만난 여운이 이렇게 짙다. 지금도 내 책상 정면 벽에 걸려 있는 이 편액은 몇십 년째 나와 눈을 맞추며 내게 말을 건넨다. '읽을 책이 많다'고. 어느 때엔 넉넉함으로 느껴지고 어느 때엔 못다 한 숙제로도 들리는 말을.

─「책은 천국으로」

그들이 살아가는 모습은 우리네와 많이 다른 것을 느낀다. 삶에서 그들이 추구하는 것은 더 많이, 더 좋은 것 갖기보다 이미 가지고 있는 것, 지금 누리고 있는 것을 아끼고, 내일을 위해 오늘을 희생하기보다 여기 이 순간을 더 아름답게 가꾸는 게 가치 있다고 보는 듯하다.

─「초록 불」

사람이나 책과 만나는 일이 모두 운명인 것처럼 다가온다. "한 권의 책을 만난 여운"을 토로하는 작가의 마음은 "어느 때엔 넉넉함으로 느껴지고 어느 때엔 못다 한 숙제로도 들리는 말"을 지금도 듣고 있다. 그런가 하면 프랑스인 사위를 맞은 장모의 마음으로 작가는 그들이 살아가는 모습이 우리와 많이 다른 것을 느끼면서 "이미 가지고 있는 것, 지금 누리고 있는 것을 아끼고, 내일을 위해 오늘을 희생하기보다 여기 이 순간을 더 아름답게 가꾸는" 가치를 그들의 삶에서 발견한다. "여유로움과 여운이 우리 민족예술의 결정적 특장(特長)"(「우리의 미소를 나르다」)임을 발견하는 것과 균형을 이루는 순간인 셈이다.

이 수필 작품들에는 작가의 오랜 경험과 깊은 사색을 바탕으로 하는 고백적 전언이 담겨 있다. 그 내용이라든가 문체가 작가의 인격과 교양을 드러내며 작가 스스로의 인생관이랄 수 있는 삶의 태도가 그 안에 드러나 있는 것이다. 이처럼 이조경 수필에는 강렬한 인생론적 태도와 함께 작가 고유의 예술성이 강하게 들어 있다. 그것은 작가의 의도가 자신의 정서를 독자에게 전달해서 감동을 불러일으키는 데 있기 때문일 것이다. 특유의 친화적 언어로 고백한 '사라져간 것들'에 대한 그리움은 그의 개성을 함뿍 담은 화폭으로 천천히 다가온다. 거기에는 일상부터 역사까지, 삶의 구심에서 원심까지, 생성에서 소멸까지 사유해가는 작가의 창의적 언어가 가득 담겨 있다. 그렇게 작가는 대상을 힘껏 안아들이는 사랑의 마음과 깊은 해석안(眼)을 통해 수필 문학의 드문 존재론적 위의(威儀)를 보여준 것이다.

5. 지성적 통찰과 창의적 비전

우리는 훌륭한 수필을 통해 타자의 경험 속에 잠겨 있는 자신의 가능성을 발견하고 우리를 감싸고 있는 인생의 신비들을 수납할 수 있게 된다. 그 점에서 수필은 어떤 부재하는 세계에 대한 그리움을 긍정의 미학으로 변화시켜가는 가장 대표적인 양식이며, 우리를 위안하고 치유하고 나아가 인간 보편의 감동을 만들어가는 최적의 장르이다. 거기에 타자에 대한 사랑과 인류 보편의 언어를 추구해가는 것을 더한다면, 수필은 매우 충실하고도 고유한 자신만의 역할을 해나갈 수 있을 것이다. 그 점에서 이조경의 수필은 인생을 낱낱이 관조하여 그 형상과 존재의 의미를 밝혀가면서, 날카로운 지성으로 새로운 삶의 지향을 명쾌하게 제시하기도 하는 이중의 직능을 감당하고 있다 할 것이다. 단순한 감성 표백에 머무르지 않고 지성적 통찰과 창의적 비전을 수일(秀逸)하게 제시하는 역할을 해주는 것이다.

해가 없어졌어도 아랑곳없다는 듯, 마지막 이 지상에 해가 있던 자리, 아니 정확히는 수평선에 닿았던 그 자리의 황금빛이 오래도록 사라지질 않았다. 가다가 멈추고 돌아보는지, 해는 오히려 그 경계를 넓히고 넓히는 중이었다. 거대한 황금색 빛 덩어리가 되어 하루 동안 그 품에 안겼던 만물에게 축복을 주고 싶은가 아니면, 응달이라도 있었더냐 미안하다는 듯, 해는 하늘에 온통 황금색, 보라색, 오렌지색, 청회색과 그 농담의 색깔들을 섞어가며 천상의 잔치를 벌여 보였다.

―「저녁노을 속에서」

우주가 팽창하면서 두 개의 행성이 멀어져가는 게 당연하다는 글을 읽었다. 그러니 점점 멀어져 영영 사라져버리기 전에 웜홀 (wormhole)을 만들라는 것도. 웜홀은 두 행성 간 순간의 연결로(連結 路), 통로라고 한다. 그건 우리가 만나서 좋은 추억을 만들고 속내 얘기를 나누는 것, 그것이 아닐까. 딸아이의 이번 방문이 바로 웜홀 인 셈이다. 더 멀어지지 전에 내 아들 가족과 동기간, 그리고 지인 들과도 더 자주 통로를 만들며 살아야겠다.

―「마음 나누기」

작가를 포함한 세 명의 친구가 미국 시애틀 해변에서 만나 바라본 장관이 바로 '저녁노을'이다. 태양이 지고 나서 그 잔상(殘像)의 광휘를 보여주는 태양은 "수평선에 닿았던 그 자리의 황금빛이 오래도록 사라지질" 않고 "거대한 황금색 빛 덩어리가 되어 하루 동안 그 품에 안겼던 만물에게 축복을 주고 싶은" 마음을 드러낸다. 그렇게 해는 하늘에 온통 "농담의 색깔들을 섞어가며 천상의 잔치를 벌여"준다. 또한 작가는 우주가 팽창할 때 두 개의 행성이 점점 멀어지듯이 우리도 사라져버리기 전에 존재의 웜홀을 만들기를 희망한다. 좋은 추억을 만들고 속내 얘기를 나누라는 시간의 명령을 "딸아이의 이번 방문"을 통해 경험한 것이다. 그렇게 마음을 나눈 어머니로서 작가는 "더 멀어지지 전에 내 아들 가족과 동기간, 그리고 지인들과도 더 자주 통로를 만들며 살아야겠다."라고 환하게 다짐해보는 것이다.

이제 나이 들어가니 저절로 경계가 허물어지면서 너와 내가 서로 스며드는 걸 알겠다. 그게 더 편하고 좋다.

―「하나인 전체」

인간(人間)이라는 단어를 떠올린다. 사람 사이, 곧 인간이라는 말 속에는 이미 거리, 사이가 있다. 사이는 관계를 말하고 관계 맺음은 혼자가 아님을 말한다. 거꾸로 관계 속에는 사이가 있어야, 적정의 거리가 있어야 한다는 뜻이 아닐까? 그렇다면 그 적당한 거리는 얼마큼이어야 하는지.

― 「사이 좋으세요?」

나이 들어가면서 느끼는 생의 지혜는 "저절로 경계가 허물어지면서 너와 내가 서로 스며드는" 과정에 있다. 그것이 바로 "하나인 전체"일 것이다. 또한 작가는 '인간'이라는 말 속에 담긴 사이[間]를 떠올리면서 사이야말로 "관계를 말하고 관계맺음은 혼자가 아님을 말한다."는 원리에 다다른다. 그 적당한 거리를 생각하면서 새로운 삶의 자리로 나아갈 것을 다짐하는 작가의 마음이 실물감 있게 번져온다.

이조경 수필은 이처럼 작가 자신의 새로운 감각과 깨달음을 통해 사물의 표층과 심층을 투시하면서 삶의 근원적이고 보편적인 의미를 발견해가는 과정에서 발원한다. 삶이 불가피하게 가질 수밖에 없는 보편적 지향을 드러내면서 자신이 경험하고 발견한 원초적 세계를 형상화해간다. 이때 그 발원지이자 귀속처가 되는 것은 지성적이고 정서적인 탐구 과정을 담아낸 근원적 질서와 사람살이의 구체성이 아닌가 한다. 삶의 의미가 가려진 시대에 가장 눈부시고 또 어둑하기도 한 언어 세계를 상상적으로 펼쳐가는 그의 수필 세계는 아득한 빛을 뿌리고 또 우리에게 아늑한 기운을 보낸다. 이로써 그는 스스로 애틋함과 경이로움을 황홀하게 변증한 언어의 사원을 향해 걸어가는 작가임을 증명해 낸다. 그렇게 삶과 사물과 현상에 대한 지성적 통찰과 창의적 비전을 보여주는 작가로 우뚝한 것이다.

·

6. 작가로서의 예술적 자의식을 통한 수필쓰기의 자긍(自矜)

말할 것도 없이 훌륭한 수필가는 우리가 무심히 지나칠 사물이나 현상의 표면을 뚫고 들어가 거기 숨겨져 있는 삶의 본령을 찾아내고 유추하고 표현해 낸다. 이런저런 맥락에서 만난 사물이나 현상을 새로이 바라보면서 자신의 경험과 기억 속에 깃들인 장면에 섬세한 시선과 필치를 부여하는 것이다. 이조경 작가는 의식 저편에 깃들인 형상들을 상상적으로 복원하여 자신의 현재형을 유추해가는 데 진력한다. 그리고 그러한 유추는 사물이나 시간에 대한 매혹으로 나타났다가 그 사물과 시간이 다시 작가 스스로의 삶을 반추하는 과정을 거쳐가고 있다.

작가의 잠 못 이룬 시간과 공력이, 땀이 배어 있는 작가의 분신이다. 한 사람의 내밀한 삶이 녹아 살아 있는 결정체이다. 그것은 어느 누구의 삶을 변화시킬지 모르는 미지의 힘을 내장하고 있다. 그 소중한 것을 보여줄 선택된 자가 되어 나는 선물을 받은 것이다. (…) 수필은 진실게임이라고 한다. 진실이라야 힘이 실린다. 소설 같은 허구가 아니며 시에서처럼 상징과 은유 뒤에 숨을 수도 없다. 오로지 내가 체험한 이야기를 인간과 자연, 우주에 숨겨진 본질과 비의(秘義)와 조응하기 위해 이리저리 숙고의 과정을 거듭해서 써낸다. 사실 수필 쓰기는 고도의 고독한 자기 수련이다.

―「축복받은 사람」

작가로서 "잠 못 이룬 시간과 공력"은 스스로의 분신일 수밖에 없을 것이다. 아닌 게 아니라 그 과정에서 흘린 작가의 땀 역시 "내밀한 삶이 녹아 살아 있는 결정체"일 것이다. "누구의 삶을 변화시킬지 모르는 미지의 힘"을 내장한 '수필'을 통해 작가는 '진실게임'에 나선다. 진실이라야 힘이 실리지 않겠는가. 그리고 "내가 체험한 이야기를 인간과 자연, 우주에 숨겨진 본질과 비의와 조응하기 위해" 고독한 자기 수련을 마다하지 않는 작가의 시간은 자신을 "축복받은 사람"으로 수긍하기에 이른다. 나아가 작가는 "누군가 내게 수필을 왜 쓰는가 묻는다면 수필 쓰기는 한 마디로 인생 공부의 도정(道程)이라고 말하고 싶다."라고 강조하는 것이다.

나는 성소(聖所)에 가듯이 산으로 간다. 바람결에 법문(法文)이라도, 기도문이라도 듣고 싶어서다. 산은 언제나 온몸으로 보여준다. 흙과 물과 햇빛과 바람이 어떻게 조화롭게 어울려 여기에 깃들어 사는 뭇 생명을 살리는지를. 키 큰 나무 그늘에는 그늘을 좋아하는 이끼식물이 다복하게 자라고 있다. 토종 다람쥐가 있고 청설모가 있고 두꺼비와 뱀도 함께 있다. 네가 있으므로 내가 있다. 자연의 품 안에서는 이름 모를 풀 한 포기도 그대로 충만하다.
— 「산길을 걸으며」

이제 작가는 산이라는 '성소'에서 "바람결에 법문이라도, 기도문이라도 듣고 싶어"한다. 가령 '산'은 언제나 온몸으로 흙과 물과 햇빛과 바람이 어떻게 조화롭게 어울려 뭇 생명을 살리는지를 알려준다. 그렇게 "네가 있으므로 내가 있다."라는 명제는 '작가 이조경'을 곧추세운다. 그러니 산은 그 자체로 생명의 거소(居所)이자 그의 예술이 가능한 탄생지를 은유하는 공간이 아니겠는가.

지난해 4월 이조경 작가는 시조집 『초대(An Invitation)』를 한영 대역(對譯)으로 출간한 바 있다. 일찍이 저명한 화백이자 시조시인이자 수필가로 활동해온 그가 거둔 최근 시적 성과인 셈이다. 단시조만 90여 수를 묶은 이 단아한 시조집에는 이번 수필집을 은유하는 시편들이 여러 편 보인다. 여기 두 편만 인용해보고자 한다. 수필집에도 영국에서 열린 세계전통시인대회에 참가한 기록인 「울타리를 넘어」가 실려 있는데, 이러한 작품들을 통해 우리는 '시조시인 이조경'을 만나게 된다.

> 번질 대로 번지면 너에게 닿으려나
> 스밀 대로 스미면 너에게 안기려나
> 그 붓을 정화수에 적신다 획마다 꽃이어라
>
> —「수채화」 전문

> 놀이하듯 신들린 듯 신명 바쳐 도자(陶瓷) 빚네
> 흙과 불, 내 영혼 어우러져 타는 고요
> 불가마 문 열리는 날 산고(産苦)의 빛 미소여
>
> —「도공(陶工)의 노래」 전문

물감이 '너'를 향해 번져가면서 그 궁극에는 '너'에게 닿고 안기려는 예술적 의지가 피어난다. 어쩌면 이러한 그림 그리는 작업은 그대로 수필 쓰기와 한 몸을 이룬다. 번지고 스미는 문장이 정화수에 붓을 적시듯 아름답게 획마다 꽃을 만들어 낸다. 그런가 하면 도자를 정성스레 빚어내는 도공 역시 작가의 분신으로 다가온다. 더러는 놀이하듯 자유롭고 더러는 신들린 듯 어떤 경지에 올라 신명을 바치는 이 도공의 몸놀림은 그 자체로 흙과 불과 영혼을 섞어 고요의 작업을 치러내는 모성(母性)과 등가를 이룬다. 불가마의 문이 열려 미소 띤 "산고의 빛"이 새어나올 때 비로소 창작의 고된 과정은 그 결실을 이룬다. 그 과정이 '글(작가)=수채화(화백)=도자(도공)'의 등식을 빚으면서 이조경의 존재론적 트라이앵글을 이루는 것이다. 귀한 전언이 아닐 수 없다.

이조경 수필은 이러한 은밀하고 신비로운 운명의 영역에 대해 직접성과 균형성으로 천착한 결실이라고 말할 수 있다. 삶에 대한 그리움과 그 엄연한 이치에 대한 긍정의 미학은 종요로운 존재 근거가 되어줄 것이다. 그의 언어는 다매체시대에 접어든 우리 사회에서 수필이 얼마나 제 역할을 적정하게 해나가고 있는지를 알려준다. 이는 감성과 지성의 결합을 통한 수필 정신의 확대를 이루어가는 힘으로 작용할 것이다. 작가로서의 예술적 자의식을 통한 수필 쓰기의 자긍(自矜)이 넘쳐나는 순간이 아닐 수 없다.

7. '진짜 나'를 찾아가는 여정에 축복 있기를!

바이러스와 싸우는 동안 세월이 많이 지나갔다. 미증유의 감염병

상황을 마주하고 건너오면서 우리는 수필이라는 장르가 삶의 주변, 외곽, 상실된 것들을 향해 손길과 눈길과 발길을 열어주는 양식임을 다시 한번 깨닫게 되었다. 잃어버린 것들을 회복하고 탈환하면서 친근하고도 머나먼 대상을 호명해가는 작가들의 필치를 따라가면서 우리는 부재하면서도 아득하게 편재(遍在)하는 어떤 가치와 의미들을 찾아갈 수 있었던 것이다. 아니 우리는 결국 그것들을 찾을 수 없음을 절감하면서, 가장 근원적인 언어와 사랑의 마음을 찾아 항구적으로 헤맬 것이다. 그렇게 수필은 때로 경쾌하고 때로 중후하게 독자들의 감식안을 충족하면서 공감 능력을 길러줄 것이다. 그 가운데 핵심적 장치가 바로 삶의 이치를 배워가는 과정일 터인데, 구체적 경험 속에서 삶의 본질을 배워가는 것은 우리가 끝까지 이루어가야 할 실존적 과제일 것이기 때문이다.

대체로 좋은 수필에는 작가 자신의 고유하고도 각별한 경험은 물론 사물을 향한 한없는 사랑의 마음이 들어앉아 있게 마련이다. 이조경의 새로운 수필집 『꽃은 제힘으로 피어나고』는 이러한 미학적 속성을 아름답게 결실해낸 성과로서 빛날 것이다. 그만큼 작가는 우리 주위에 놓인 사물의 순간성 속에서 미(美)의 근원을 찾아냄으로써 자신의 수필 세계를 완성한 것이다. 우리는 그의 단정하고 깊은 언어와 사유를 통해 삶에 대한 증언의 한 차원을 예시한 수필 문학의 실례로 얻게 되면서, 어떤 대상을 찾아가는 그의 사랑을 두고두고 기억할 것이다. 예술적 자의식을 통한 그리움과 긍정의 인생론을 펼친 작가 스스로 "그 가벼움, 무애(無碍)의 비행, 너의 자유로움을 선망"(「나비와 나눈 말」)하면서 써간 수필의 언어와 사유가 한없는 친근함으로 당분간 다가오지 않겠는가. 그래서 우리는 "죽음이 가까이에 와 있는데 그게 두렵지 않고 오히려 삶을 찬미하다니."(「삶이여 만세」)라고 프리다 칼로에 대한 경이로움을 금치 못했던 '작가 이조경'의 수필집을 앞에 두고서, "글 속에서 진짜 나를 찾아가니까요."(「만이」)라고 한 그의 '진짜 나'를 찾아가는 여정에 축복 있기를 마음 깊이 소망해보는 것이다.